W0359591

Luc Besson
Arthur
und der Krieg der zwei Welten

Luc Besson

ARTHUR

UND DER KRIEG DER ZWEI WELTEN

Aus dem Französischen
von Rosemarie Griebel-Kruip

BAUMHAUS
VERLAG

Nach einer Idee von Céline Garcia

FSC
Mix
Produktgruppe aus vorbildlich bewirtschafteten Wäldern und anderen kontrollierten Herkünften
Zert.-Nr. SGS-COC-1940
www.fsc.org
© 1996 Forest Stewardship Council

© 2009 Baumhaus Verlag GmbH
Frankfurt am Main
Alle Rechte vorbehalten
Titel der französischen Originalausgabe:
Arthur et la guerre des deux mondes
© 2005 EuropaCorp-Avalanche Productions-Apipoulaï Prod.
© 2005 INTERVISTA
All rights reserved
Originalumschlagillustration von Patrice Garcia
3D-Grafik: Grafikdesign BUF

ISBN 978-3-8339-3580-0

Redaktion: Anja Bauseneick
Herstellung: FredManStudio
Printed in Germany

Gesamtverzeichnis schickt gern:
Baumhaus Verlag GmbH,
Ludwigstraße 33-37, D-60327 Frankfurt am Main
www.baumhaus-verlag.de

5 4 3 2 1 09 10 11 12 2013

Kapitel 1

Die Sonne wandert langsam Richtung Zenit und der morgendliche Nebel löst sich auf wie ein verklingender Seufzer. Die Natur in diesem kleinen paradiesischen Fleckchen Erde rund um Arthurs Haus ist so wunderschön wie immer. Die Bäume stehen kerzengerade, ihre gewölbten Blätter glänzen, die Blumen leuchten in allen Farben. Aber das vollkommene Bild trügt, passt nicht zu der herrschenden Grabesstille: Kein Laut dringt aus dem Wald, nicht einmal das leise Rascheln der zahllosen Beinchen des Tausendfüßlers. Selbst die berühmte Nachtigall, die der königlichen Familie Gesangsunterricht erteilt, ist verstummt. Dabei hat sie zeitlebens jedem Sonnenaufgang ein paar Noten gewidmet.

Wir kennen den Grund für diese eisige Stille. M. dem Verfluchten ist es gelungen, an die Obererde zu kommen, und jedes noch so kleine Lebewesen spürt die Anwesenheit dieser düsteren Gestalt.

Da durchbricht plötzlich ein leises Knacken die angespannte Stille, unbeholfene Schritte sind zu hören. Welches Tier ist so töricht und riskiert in einem solchen Moment eine Bewegung?

Es muss blind, taub oder durch eine dicke Erkältung ziemlich beeinträchtigt sein, wenn es die drohende Gefahr nicht spürt.

Wer kann nur so dumm sein? Wer tappt immer näher, drückt langsam die Farne auseinander und lässt den Waldboden knarren wie Parkettdielen in einem alten Spukschloss? Offensichtlich handelt es sich um einen Menschen. Ja, die Menschenfamilie hat eines ihrer getreuesten Exemplare entsandt: den *homo abrutis,* gemeinhin bekannt unter dem Namen François.

»Arthur?«, flüstert der Vater und biegt zwei Farne auseinander, als spiele er Verstecken. »Du kannst rauskommen! Papa ist dir nicht böse!«

Es stimmt, François ist nicht böse. Er ist vor allem besorgt, denn seit letzter Nacht ist sein Sohn verschwunden. Spurlos. Er hatte friedlich auf dem Rücksitz des Autos geschlafen, doch dann war er plötzlich wie vom Erdboden verschluckt. Seitdem hat niemand den Jungen gesehen, weder sein Großvater Archibald noch seine Großmutter Margarete. Und seine Mutter hat nach dem abenteuerlichen Ausflug durch den Sumpf so viele Kratzer auf ihrer Brille davongetragen, dass sie Arthur, wenn er jetzt vor ihr auftauchte, sicher mit seinem Hund Alfred verwechseln würde.

»Du hast gewonnen, Arthur, du kannst jetzt rauskommen! Papa wird langsam ungeduldig«, ruft Arthurs Vater, diesmal etwas lauter.

Ja, allmählich verliert François die Geduld, sei es vor Müdigkeit oder vor Sorge. Warum auch immer, der Wald bleibt auf jeden Fall weiterhin still.

»Wenn du jetzt rauskommst, kriegst du eine ganze Packung Marshmallows!«, versucht Arthurs Vater seinen Sohn zu locken. »Und du darfst alle aufessen, bis du Bauchschmerzen hast!«

Der Vorschlag soll lustig klingen, doch niemandem im Wald ist gerade nach Lachen zumute. Wirklich niemandem? Da! Zwei große Farnwedel sind leicht in Bewegung geraten. Es gibt offensichtlich doch jemanden, der Lust auf etwas Süßes hat. In François' Augen blitzt Hoffnung auf und ein Lächeln überzieht sein Gesicht.

»Aha! Dir knurrt wohl der Magen, was? Welcher kleine Junge möchte gerne eine große Packung Marshmallows?«, fragt er, als wäre Arthur erst drei Jahre alt.

Und tatsächlich! Im Gebüsch rührt sich etwas. Sein Sohn scheint auf ihn zuzukommen. Das einzig leicht Beunruhigende ist, dass sich seine Schritte zentnerschwer anhören.

Arthurs Vater ist verwirrt. Zwar hat er das Gefühl, seinen Sohn eine Ewigkeit nicht mehr gesehen zu haben – er könnte also durchaus gewachsen sein –, aber doch nicht so sehr, dass er jetzt Schuhgröße zweiundfünfzig trägt! François' Beunruhigung wächst. Hoffentlich ist seinem kleinen Jungen nichts zugestoßen.

Als könne er damit ein Unglück abwenden, wiederholt er mit honigsüßer Stimme: »Für wen sind die Marshmallows?«

Die Ungewissheit hält nicht lange an, denn plötzlich werden zwei Farne zur Seite geschoben und ein riesiges, zwei Meter vierzig großes Ungeheuer tritt hervor: Es ist Maltazard höchstpersönlich!

»Für mich!«, trällert der Herrscher der Finsternis.

Instinktiv hat François tief eingeatmet und seine Lungen mit Luft gefüllt, um gleich den Rekord des unmenschlichsten Aufschreis zu brechen. Doch die Angst blockiert seine Stimmbänder, er kann so viel Luft holen, wie er will – aus seinem offen stehenden Mund entweicht kein Pieps. Er versucht es noch einmal, ist aber so kurzatmig, dass er keine drei Kerzen auf einem Kuchen ausblasen könnte.

Maltazard macht einen Schritt auf François zu und mustert ihn von oben bis unten. Arthurs Vater zittert so sehr, dass er alle Blätter um sich herum zu einem fast melodischen Rascheln bringt. Zusammen mit seinem Zähneklappern und dem erstickten Schrei, von dem nicht mehr als ein rasselndes Röcheln übrig geblieben ist, klingt das fast wie eine Samba.

Maltazard, der immer ein Ohr für schöne Musik hat, entgeht dieser Auftakt zur Fiesta nicht, und so beginnt er leicht zu tänzeln. Wenn man, nebenbei bemerkt, von Maltazards Ohr spricht, dann ist das natürlich nur metaphorisch gemeint, denn dieses halb verfaulte Wesen hat schon lange keine Ohren mehr. Doch das stört ihn nicht sonderlich, da er sowieso auf niemanden hört.

»Und? … Wo sind sie? … Die Marshmallows?«, fragt der Herrscher der Finsternis ungeduldig.

François nimmt seinen ganzen Mut zusammen und stottert schließlich, als sänge er den Refrain eines Volksliedes: »I-ich ho-ho-ho-hole si-sie …«

»Hohoho?«, wiederholt der Verfluchte, der allmählich die Geduld verliert. »Lachst du etwa über mich?«

»Ga-ga-ganz bestimmt nicht«, beteuert der vor Angst bibbernde François.

»Gaga? So kommst du mir auch vor, du Trottel!«, brummt Maltazard.

»Nein! Nein! I-ich ho-ho-hole di-die Marsh-Marsh-mallows von zu Hause!«, stammelt François zähneklappernd und an Armen und Beinen schlotternd.

Maltazard scheint verstanden zu haben.

»Na, dann marsch, marsch! Geduld ist das Einzige, was ich nicht grenzenlos besitze.«

Mit einem Wink entlässt er den armen François, der Reißaus nimmt wie ein Kaninchen, das zu seinem Bau flüchtet. Maltazard schaut ihm nach und kann ein hämisches Grinsen nicht unterdrücken. Die menschlichen Wesen sind ja leichter zu manipulieren, als er dachte! Es kostet ihn sogar mehr Zeit, die Seïden unter Kontrolle zu halten. Hier hat er sich kaum in all seiner Hässlichkeit gezeigt, da gehorcht ihm der Mensch bereits. Er muss nicht einmal einen seiner fürchterlichen Schreie ausstoßen oder mit seinen krallenförmigen Fingernägeln drohen. Allein sein Auftreten reicht aus, um aus jedem Menschen ein gefügiges, sanftes Lamm zu machen.

Bei diesem Gedanken huscht ein Lächeln über Maltazards grauenerregendes Gesicht. (Übrigens muss man Maltazard gut kennen, um zu wissen, dass er lächelt. Ein Fremder hätte beim Anblick dieser Grimasse wahrscheinlich den Rettungsdienst gerufen …)

Maltazard betrachtet das unbewohnte, stille Waldstück. In Wirklichkeit ist es gar nicht so unbewohnt, wie es auf den ersten Blick scheint: Aus allen möglichen Winkeln beobachten Hunderte von Augen angsterfüllt dieses aus einer anderen Welt gekommene Monster. Maltazard ahnt sie eher, als sie zu sehen, aber ein Gebieter weiß, dass er sowieso ständig beobachtet wird. Es gehört sozusagen zu seiner Position, im Mittelpunkt des Interesses zu stehen, alle Aufmerksamkeit auf sich zu ziehen wie ein Leuchtturm. Der Souverän lächelt noch mehr angesichts dieses mutmaßlichen Publikums.

Alle warten besorgt auf sein nächstes Zeichen. Wäre er ein Außerirdischer, dann würde man sich ähnliche Fragen stellen: Kommt er in friedlicher Absicht? Will er Freud und Leid mit uns teilen? Oder ist er als Eroberer gelandet und will uns alles, was uns gehört, wegnehmen? Jeder ist auf dieses Zeichen fixiert, das nicht kommt, auf die Kriegs- oder Friedenserklärung, die, wie sie auch ausfallen mag, das Leben eines jeden Einzelnen auf den Kopf stellen wird.

Aber nichts. Keine Reaktion. Maltazard begnügt sich damit zu beobachten und zu lächeln, als wolle er die Ruhe vor dem Sturm auskosten. Jemanden warten zu lassen ist nämlich bei einem perversen Wesen wie Maltazard eine besonders raffinierte Form der Folter. Dutzende von Nagetieren klappern vor Angst mit den Zähnen, Hunderte von Vögel schnattern mit den Schnäbeln, Tausende von Tausendfüßlern bekommen weiche Knie.

Plötzlich holt Maltazard tief Luft und alle um ihn herum halten ihrerseits die Luft an. Nach einigen unerträglich angespannten Sekunden lässt der Herrscher ein »Buh!« hören.

Der Laut ist so schwach, dass es fast zum Lachen ist, trotzdem schreckt der ganze Wald zusammen. Ein großes Gerenne in alle Richtungen setzt ein und führt zu einem absoluten Chaos. Die Vögel fallen von den Ästen, die Tausendfüßler klettern an den Bäumen hoch, die Eichhörnchen und Kaninchen stürzen zum Eingang des nächstbesten Baus. Panik bricht aus. Mit einem Kanonenschuss hätte Maltazard nicht mehr Erfolg erzielen können. Er stößt ein wildes, heiseres Gelächter aus. Ein kraftvolles Lachen, das ein zweites Mal den Wald und die umliegenden Hügel erfüllt und alle frösteln lässt wie ein eisiger Wind.

Es ist dieses kraftvolle, wie ein Erdrutsch donnernde Lachen, das Archibald aufweckt. Arthurs Großvater war auf seinem Sessel mitten im Wohnzimmer eingenickt. Er hatte nämlich in der Nacht zuvor kein Auge zugetan. Wie hätte er auch schlafen können, nachdem er wusste, dass sein Enkel für immer tief unten im Garten verschwunden war?

Archibald hatte alle Werke, die sich mit der Welt der Minimoys beschäftigen, vom Dachboden heruntergeholt. Um acht Uhr abends hatte er, auf der Suche nach dem kleinsten Hinweis, angefangen zu lesen. Margarete hatte ihm bis zwei Uhr morgens regelmäßig Kaffee gebracht, dann hatte sich die arme Frau völlig erschöpft in ihrem Schlafzimmer hingelegt. Archibald war wach geblieben und hatte seine ganzen Bücher alle noch mal rauf und runter, kreuz und quer durchgelesen, in der Hoffnung, eine Lösung für sein Problem zu finden. Aber alle seine Nachforschungen erwiesen sich als vergeblich und gegen fünf Uhr morgens war er, noch vor dem Hahnenschrei, erschöpft eingedöst und sofort in Tiefschlaf gefallen. Nichts und niemand hätte ihn da herausholen können. Außer natürlich das grässliche Lachen von Maltazard, das, wie jeder weiß, einen Toten erwecken würde, obwohl Maltazard ja eigentlich dafür bekannt ist, Lebende für immer schlafen zu lassen.

Archibald zuckt zusammen wie bereits die Eichhörnchen vor ihm und rennt dreimal um seinen Sessel, bevor ihm klar wird, dass er sich in seinem Wohnzimmer befindet. Er fasst sich wieder und kneift die Augen leicht zusammen, um herauszufinden, woher dieses Höllenspektakel kam. (Komisch übrigens, dass man oft die Augen zusammenkneift, um besser hören zu können. Offenbar gibt es da eine geheimnisvolle Verbindung, die umgekehrt genauso funktioniert: Denn wenn man am Ohr gezogen wird, kneift man gerne auch mal die Augen zu.)

Doch zurück zu Archibald, der die Ohren spitzt und sich fragt, wem man zu dieser frühen Stunde wohl die Kehle durchschneidet. Aber als er genauer hinhört, stellt er fest, dass selbst ein Schwein, das geschlachtet wird, wohlklingender schreit. Dieses Gegröle ist viel eisiger, viel schrecklicher, viel durchdringender. Dabei ist es so gewaltig, dass der Schall ein Bild von der Wand fallen ließ, ein Familienfoto, das nun unter einem Berg Glasscherben am Boden liegt. Behutsam greift der Großvater nach der alten, etwas vergilbten Fotografie, auf der Arthur und seine Großeltern abgebildet sind. Sie lachen und sehen so glücklich aus. Ein Foto aus der sorglosen Zeit, als sie noch alle drei zusammen waren, sich darüber freuten, dass die Sonne schien und es ihnen gut ging. Das Foto strahlt so viel Glück und Lebensfreude aus, dass es jegliches Unglück vertrieben hätte. Aber das Unglück ist geduldig, und es hat einen Verbündeten gefunden, der es oft bei seinen unseligen Feldzügen unterstützt: die Zeit. Die Zeit knabbert beständig am Glück und spielt ihm böse mit. Die Zeit entfremdet die Menschen voneinander, sie färbt Fotos gelb und hinterlässt Spuren auf den Gesichtern.

Eine kleine Träne rollt langsam über Archibalds Wange. Wie gerne würde er die Zeit zurückholen, die ihm zwischen den Fingern zerrinnt, und noch einmal diese wunderbaren Momente erleben, in denen sich das Glück in allen vier Ecken des Hauses auftürmte! Aber die Zeit ist wie ein Bild, das der Wind davonträgt und das man nie mehr einfangen kann.

Archibald seufzt tief und legt das Foto vorsichtig auf die Kommode. Das Lachen ist verklungen, aber nun hört er ein anderes merkwürdiges Geräusch, das vom Kiesbelag herrührt, der die Hofeinfahrt bedeckt. Es ist ein eigenartiges Geräusch, eigentlich eine Aufeinanderfolge von Tönen. Schwer herauszufinden, ob es sich dabei um einen hechelnden Hund oder ein Auto mit geplatztem Reifen oder um einen Heizkörper handelt, aus dem Luft entweicht. Es sei denn, es ist ein Hund, der die Luft aus der Heizung eines Autos mit geplatztem Reifen herauslässt.

Archibald öffnet die Haustür und erblickt François, der völlig aufgewühlt den Garten durchquert und auf ihn zustürzt. Er hechelt wie ein Hund, raucht wie ein Ofen und wackelt wie ein Auto mit drei Rädern. Archibald lag also gar nicht so falsch.

Arthurs Vater hat nicht einmal mehr die Kraft, bis zum Haus zu laufen, und bricht über der ersten Bank auf der Veranda zusammen. Archibald ist verunsichert und hat angesichts des jämmerlichen Zustands, in dem sich sein Schwiegersohn befindet, auch allen Grund. Hätte François eine Partie Kricket gegen eine Elefantenmannschaft gespielt, sähe er jetzt wahrscheinlich besser aus.

»Teufel auch, was ist denn mit dir passiert?!«, fragt der Großvater und wagt es kaum, François den Arm auf die Schulter zu legen.

Der arme Mann nickt heftig, als würde er Archibald zustimmen, dabei hat der doch nur eine Frage gestellt.

»Ja … er war's!!«, bestätigt François, immer noch völlig traumatisiert von seiner Begegnung.

»Wer war was?«, fragt der Großvater so langsam, als rede er mit einem Kind, das unsere Sprache nicht versteht.

»… Der Teufel … Ich habe den Teufel gesehen!«, erwidert

François mit verzerrtem Gesicht und in der Ferne verlorenem Blick.

Archibald braucht keine weitere Erklärung. Er kennt nur einen auf Erden, auf den diese Beschreibung passt: Maltazard.

Arthurs Großvater lässt sich seufzend auf die Bank fallen. Zwei so schlimme Nachrichten auf einmal sind zu viel für den alten Mann.

Maltazard der Verfluchte ist tatsächlich unter ihnen, und es sieht nicht so aus, als wäre er nur zum Shoppen gekommen. Und wenn Maltazard den Mondstrahl benutzt hat, um an die Obererde zu gelangen, bedeutet das, dass der kleine Arthur in der Welt der Minimoys festsitzt, komprimiert in einem zwei Millimeter großen Körper, aus dem es kein Entrinnen gibt.

Ein Schauer überläuft Archibald. Aber es ist nicht der leichte Sommerwind, der ihn frösteln lässt, sondern ein eisiger Gedanke, der so kalt ist wie die Nacht, ein Gedanke, den er nicht vertreiben kann, eine Gleichung, die er nicht lösen kann: Wie soll er Arthur nur helfen?

Kapitel 2

Zur gleichen Zeit sitzt auch Arthur auf einer Bank. Und während sein Großvater François an seiner Seite hat, sitzt Arthur neben Bétamèche. Arthurs Bank ist allerdings nur wenige Millimeter groß. Es handelt sich dabei nämlich in Wirklichkeit um ein Streichholzstückchen.

Alle Minimoys kennen diese Bank. Sie dient vielen als Treffpunkt, da sie an einem sehr zentralen Ort steht: direkt neben dem großen Platz, an der Straße, die zum Nordtor führt, dem bekannten Eingang ins Dorf, an dem alle großen Reisen ihren Anfang nehmen.

Arthur und Bétamèche sind genauso niedergeschlagen wie Archibald und François. Und wer wäre das nicht an ihrer Stelle? Maltazards Auftritt hat das ganze Dorf traumatisiert und Bétamèche zittert noch immer. Arthur seufzt, als er daran denkt, wie Selenia, das Messer an ihrer Kehle, noch vor kurzem Maltazards Klauen ausgeliefert war. Glücklicherweise ist diese schreckliche Geschichte gut ausgegangen: Selenia ist mit einer kleinen Schnittwunde am Hals davongekommen, der König mit einer vorübergehenden Demütigung und das Volk mit einem großen Schrecken.

Aber auch wenn sie alle noch einmal Glück hatten, sind damit ihre gegenwärtigen Probleme nicht gelöst. Stellt sich für Arthur doch immer noch die Frage, wie er seine normale Größe wiedererlangen kann. Und vor allem, wer kann Maltazard von seinem fürchterlichen Vorhaben abbringen? Unsere beiden Helden auf dem Streichholzende finden einfach keine Antworten auf diese Fragen und sind nun schon seit fast einer Stunde abwechselnd am Seufzen.

»Diese Bank ist herrlich bequem, nicht wahr?«, durchbricht Bétamèche schließlich das Schweigen.

Arthur starrt ihn so entgeistert an wie eine Kuh einen Wahlzettel. Wie kann sein Freund in einem solchen Moment nur von Bequemlichkeit sprechen? Noch dazu da dieses kleine Streichhölzchen so hart ist wie Granit!

»Du müsstest mal Großmutters Sofa ausprobieren, dann wüsstest du, was das Wort bequem bedeutet«, erwidert Arthur. »Das ist so weich, dass sich mein Großvater nicht daraufsetzen kann, ohne in der nächsten Minute einzuschlafen.«

»Genau das bräuchte ich für mein Wohnzimmer«, antwortet Bétamèche mit einem genüsslichen Lächeln.

Der Gedanke an sein Zuhause hat Arthur traurig gemacht. Da hat er monatelang vor seinem Buch gesessen und geträumt, jeden Abend den Himmel angefleht, er möge doch eines Tages in das wunderbare Land der Minimoys gelangen, und jetzt, da er wirklich dort ist, wird ihm klar, wie sehr er seine eigene Welt vermisst. Sein kleines Zimmer, sein fröhliches, kleines, wohlorganisiertes Durcheinander. Die Treppe, an der jede Stufe anders knarzt, wie die Tasten eines riesigen Klaviers. Arthur ist oft stundenlang über diese Stufen gesprungen, um sich ein Liedchen zu komponieren. Er brauchte kein Klavier, hatte sich selbst eines erfunden.

Und dann das gemütliche Wohnzimmer seiner Großeltern! Seine Oma hat all die Spitzenvorhänge vor den Fenstern selbst gehäkelt. Sie tauchen das Zimmer in ein angenehm warmes und sanftes Licht. Und sie zeichnen wunderbare Muster auf den Fußboden. Ihr Licht- und Schattenspiel verzaubert den abgetretenen und mit den Jahren ausgeblichenen Teppich und verwandelt ihn in ein Verkehrsnetz aus unzähligen Straßen und Kreuzungen. Stundenlang hat Arthur hier seine kleinen Spielzeugautos in den wunderbaren Kurven, die der Lichteinfall durch die Spitzenvorhänge warf, herumfahren lassen.

Da brauchte man keinen Nürburgring, ja nicht einmal eine Playstation. Für Arthur war das ganze Haus ein einziger großer Spielplatz. Die Kommode diente als heiliger Berg, der Kühlschrank als Nordpol und der Garten war Amazonien, die Region, für die der fürchterliche Yeti – diese Rolle war immer brillant von Alfred, dem Hund, besetzt – eine besondere Vorliebe hatte.

Eine winzige Träne kullert über Arthurs Wange. Es macht ihn so traurig, wenn er an sein Zuhause denkt. Fast bereut er sein Abenteuer. Leider wird einem oft erst dann, wenn man sich von Dingen oder Menschen trennt, klar, wie sehr man sie liebt. Im Großen Buch der Minimoys steht ein Sprichwort, das dieses Gefühl recht gut in Worte fasst. Es handelt sich um Artikel einhundertfünfundsiebzig, nachzulesen auf Seite einhundertfünfundsiebzig: *Wenn man die Menschen um sich herum nur noch wie Stühle wahrnimmt, setzt man sich daneben.*

Arthur gibt fast gleichzeitig mit Bétamèche einen tiefen Seufzer von sich. Unsere beiden Freunde sind nicht gerade in Hochform. Sie erinnern eher an zwei kleine Alte, wie sie da so gramgebeugt auf der Bank sitzen.

»Hört endlich auf, wie zwei Malamuts hier rumzuhocken, zu jammern und den Mond anzustarren!«, ertönt plötzlich eine zarte, aber doch wie ein Donnerschlag einschlagende Stimme.

Es ist Selenia – wie immer sprühend vor Elan, als würde das Unglück sie geradezu anspornen. Sobald sie von einem Problem erfährt, ihr eine Ungerechtigkeit oder eine wirkliche Katastrophe zu Ohren kommt, ist die kleine Prinzessin zur Stelle. Sie ist immer bereit, sich in ein neues Abenteuer zu stürzen, und zappelt auch jetzt wie eine Made auf der Suche nach einem Apfel.

»Was ist das, ein Malamut?«, fragt Arthur leise, während Selenia auf und ab rennt.

Bétamèche weiß nicht so recht, wie er dieses hochkomplizierte Tier in wenigen Worten beschreiben soll. »Das Malamut lebt auf dem Zweiten Erdteil, in den Ebenen von Weitah-Weitah. Es ist mittelgroß, hat ein wunderbar weiches Fell und seine großen blauen Augen schauen oft ein wenig traurig und müde. Die Malamuts leben im Familienverband und verbringen ihre Zeit damit, sich gegenseitig abzulecken, angeblich um sich so vor Ungeziefer zu schützen oder dieses zu entfernen. Sonst tun sie eigentlich nichts. Sie fressen ein bisschen Gras und legen sich bei Sonnenuntergang schlafen. Vierzehn Tage im Monat schlafen sie allerdings nicht, denn sobald der Mond am Sternenhimmel aufgeht, wacht die gesamte Malamutfamilie auf. Alle setzen sich dann auf ihr Hinterteil und heben ihren Kopf in Richtung des strahlenden Gestirns. Und so bleiben sie das ganze Jahr hindurch immer wieder stundenlang, nächtelang sitzen, als versuchten sie, das Geheimnis dieses so hell leuchtenden Planeten zu ergründen. Jedes andere Wesen, das so lange herumgesessen und den Mond angestarrt hätte, wäre dem Geheimnis wahrscheinlich längst auf die Spur gekommen, aber die Malamuts sind nicht nur bekannt für ihren traurigen Blick, sondern auch für ihre Begriffsstutzigkeit. Und so werden sie das Geheimnis des Vollmondes wohl noch lange nicht enträtseln. Sprechen wir es also ruhig aus: Das Malamut ist kein besonders intelligentes Tier und uns damit zu vergleichen ist alles andere als schmeichelhaft!«, fasst Bétamèche mit einem finsteren Blick auf Selenia zusammen.

Aber die Prinzessin braucht keine finsteren Blicke, da sie selbst gerade trüben Gedanken nachhängt. Und auch sie wird nicht eher schlafen können, bis sie ihr Problem gelöst hat. Doch nichts liegt uns natürlich ferner, als sie ihrerseits mit einem Malamut zu vergleichen!

»Es muss eine Lösung geben! Es gibt immer eine Lösung!«, murmelt sie und stampft mit ihren Füßen auf die Erde.

»Wenn es keine Lösung gibt, gibt es auch kein Problem! Artikel zweihundertzwei des Großen Buches!«, zitiert Bétamèche, dem es immer wieder Spaß macht, mit seinem Wissen anzugeben.

Selenia bleibt abrupt stehen und dreht sich zu Arthur um.

»Wir müssen den Rat zusammenkommen lassen, noch einmal das Schwert aus dem Felsen ziehen und diesen teuflischen M. einfangen, bevor er neuen Schaden anrichtet.«

»Selenia, ich bin bereit, mich ins nächste Abenteuer zu stürzen. Aber M. der Verfluchte misst wahrscheinlich inzwischen zwei Meter und wir sind kaum zwei Millimeter groß!«, erinnert Arthur besonnen.

»Zwei Meter oder zwei Millimeter! Darauf kommt es doch

nicht an«, erwidert die Prinzessin bestimmt. »Tapferkeit wird nicht in Zentimetern gemessen.«

»Und woran wird Dummheit gemessen? An der Anzahl der Dankesinschriften auf dem Grabstein?«, entgegnet Arthur, der angesichts seiner eigenen Ohnmacht ziemlich entnervt ist. »Zwei Meter, Selenia! Du hast keine Ahnung, was das bedeutet! Dein Schwert, so mächtig es auch sein mag, wird diesem Fiesling gerade mal als Zahnstocher dienen, wenn es ihm mit seinen krummen Fingern überhaupt gelingen sollte, es anzufassen!«

»Wenn du glaubst, dass mich meine kleine Körpergröße davon abhält, mich zu schlagen, dann täuschst du dich, lieber Arthur! Ich bin eine Prinzessin von königlichem Geblüt und ich werde mein Königreich bis zum letzten Atemzug verteidigen!«, schmettert sie ihm voller Leidenschaft entgegen.

»Du solltest dir deine Rede für den Großen Rat aufsparen!«, macht sich Bétamèche über seine Schwester lustig.

Selenia starrt ihn einen Augenblick lang an und scheint in ihrem Gedächtnis zu kramen.

»Sag mal, Bétamèche, es ist schon recht lange her, seit ich dich das letzte Mal erwürgt habe, oder?«

»Sich gegenseitig zu erwürgen ist sicher keine Lösung!«, geht Arthur sofort dazwischen.

»Und was ist die Lösung, Herr Besserwisser?«, schreit Selenia los, die allmählich auch die Nerven verliert.

Arthur geht auf sie zu, drückt ihr sanft die Hände auf die Schultern und zwingt sie, sich hinzusetzen.

»Bevor wir etwas unternehmen, müssen wir erst in aller Ruhe nachdenken«, erklärt Arthur weise und reibt sich die Schläfen, als wolle er so seine Gehirnwindungen ankurbeln. »Fassen wir doch einmal zusammen: M. ist groß, wir sind klein. Ein Punkt für ihn. Aber er befindet sich in einer Welt, die er nicht kennt. Ich dagegen kenne diese Welt gut. Ein Punkt für uns ...«

»Wie ich M. einschätze, wird er nicht lange brauchen, um eine Armee aufzustellen und in dein Land einzumarschieren!«, unterbricht ihn Selenia und Bétamèche erinnert: »Er ist innerhalb eines Mondes in alle Sieben Erdteile einmarschiert und damals war er nur wenige Millimeter groß!«

»Das ist sicherlich ein Argument, das man berücksichtigen muss ... noch ein Punkt für ihn«, überlegt Arthur hochkonzentriert. »Wir müssten also so schnell wie möglich wachsen und M. schrumpfen lassen, bevor er uns schadet.«

»Bravo! Super! Welch ein perfekter Lagebericht!«, ruft Selenia aus und verdreht die Augen. »Und wie willst du das bewerkstelligen? Einige hundert Teller Seleniellensuppe hinunterstürzen, um so schnell wie möglich einen Millimeter zu wachsen?!«

Arthur weiß, dass man vom Suppe-Essen wächst und vielleicht von Seleniellensuppe erst recht, aber das ist nicht die Lösung. Es muss etwas anderes geben. Arthur durchpflügt sein Gedächtnis in alle Richtungen auf der Suche nach dieser Idee, die sich irgendwo in einem Hinterstübchen seines Gehirns versteckt hat. Leider scheint sein Gedächtnis ebenso unaufgeräumt zu sein wie sein Zimmer, und es gelingt ihm einfach nicht zu finden, wonach er sucht. Diesen Hang zur Unordnung hat Arthur wohl von seinem Großvater. Und Archibalds Dachboden ist wahrhaftig die reinste Rumpelkammer! Wenn es in seinem Gedächtnis so aussähe wie auf seinem Dachboden, würde Archibald sich wohl nicht einmal an seinen Vornamen erinnern. Nur seine Bücher sind aufgeräumt, sie stehen in Reih und Glied auf den Regalen über dem Schreibtisch.

»Die Bücher!«, brüllt Arthur plötzlich.

Bétamèche schrickt zusammen und klammert sich instinktiv an seine Schwester.

»Welche Bücher?«, fragt die Prinzessin.

»Die Bücher meines Großvaters!«

»Meinst du, wir finden in den Büchern das Rezept, um größer zu werden?«, erkundigt sich Bétamèche erstaunt.

»Nein! Das Rezept steht *zwischen* den Büchern!«, ruft Arthur, dem wieder eingefallen ist, wonach er gesucht hat.

Tatsächlich hatte Arthur zu Beginn seines Abenteuers bei den Minimoys im Arbeitszimmer seines Großvaters gesessen. Es war Vollmond, und er hatte nervös auf Mitternacht gewartet, um durch den Strahl zu seiner geliebten Freundin zu gelangen. Ungeduldig hatte er, wohl schon zum zehnten Mal an diesem Tag, das dicke Buch seines Großvaters zur Hand genommen. Nur die Seite siebenundfünfzig hatte ihn interessiert, die Seite, auf die Archibald mit Kohle ein Porträt von Prinzessin Selenia gezeichnet hatte.

Arthur konnte diese Zeichnung stundenlang anschauen und ihre Umrisse streicheln. Als es Zeit fürs Abendessen gewesen war, hatte er das Buch wieder sorgfältig zugeklappt. Doch in dem Augenblick, als er es an seinen Platz zurückstellen wollte, hatte er die kleine Phiole entdeckt (nachzulesen in *Arthur und die Rache des Maltazard)*. Auf dem Etikett war ein kleines Bild, das keinen Zweifel daran ließ, was das Fläschchen beinhaltete.

»Bist du auch wirklich sicher, dass dieses Mittel dich wachsen und nicht schrumpfen lässt?«, fragt Selenia zweifelnd.

»Ja genau, da müsste man schon ganz sicher sein!«, stimmt ihr Bétamèche zu. »Ich bin der Kleinste von allen und habe wirklich keine Lust, unter die Einmillimetermarke zu fallen!«

»Ich glaube, es funktioniert in beide Richtungen«, behauptet Arthur. »Es macht große Personen klein und lässt kleine Personen humane Größe annehmen.«

»Was meinst du mit ›humaner Größe‹?!«, empört sich die Prinzessin postwendend. »Sind wir deiner Meinung nach nicht human genug?«

Arthur rudert auf der Suche nach der richtigen Antwort nervös mit den Armen.

»Aber nein! Du bist die humanste Person, die ich kenne! Ich meine ... nur weil du so klein bist ...«

»Aha! Du findest mich also zu klein!«, erwidert Selenia und wird auf einmal ganz rot im Gesicht.

»Überhaupt nicht! Du bist sehr schön! Ich wollte sagen ... sehr groß!!« Arthur verheddert sich in seinen Erklärungen und weiß nicht mehr, wie er heil aus diesem Durcheinander herauskommen soll. »Ich will doch nur sagen ... ich meine ... ich glaube, dass uns dieses Mittel wahrscheinlich groß genug werden lässt, um M. gleichwertig gegenübertreten zu können!«, erklärt der arme Junge schließlich.

Selenia betrachtet ihn einen Augenblick, als müsse sie schnell ihre Lage und die vorgeschlagene Lösung abschätzen.

»Einverstanden! Dann lasst uns anfangen!«, ruft sie schließlich aus und läuft zum königlichen Palast.

»Anfangen? Womit denn?«, fragt Arthur, der nicht so schnell schaltet.

»Na, damit den Rat einzuberufen, das Schwert aus dem Stein

zu ziehen, ins Arbeitszimmer deines Großvaters hochzusteigen, das Mittel aus der Phiole zu trinken und diesen teuflischen Maltazard zu verdreschen!«, schleudert ihm die Prinzessin in einem Atemzug entgegen.

Bétamèche erschrickt, als seine Schwester den verbotenen Namen, der doch so viel Unheil bringt, ausspricht. Aber Selenia zuckt nur mit den Achseln.

»Ich wüsste nicht, was uns jetzt noch Schlimmeres passieren könnte!«

Kaum hat die Prinzessin ihren Satz beendet, ist ein dumpfes Grollen zu hören. Die gepflasterte Dorfstraße beginnt bedrohlich zu vibrieren und ein feiner Erdregen rieselt von der Decke.

Selenia schaut hoch zu dem Gewölbe, das schützend über dem Dorf liegt.

»Was zum Teufel ist da oben los?«

Kapitel 3

Ein schwerer Polizeiwagen zermalmt gerade den Kies vor der Eingangstreppe zum Haus. Sein starker Zwölfzylindermotor lässt selbst das Land der Minimoys erbeben.

Der Polizeichef, Inspektor Martin Baltimore, macht den Motor aus und setzt seine Mütze auf, bevor er aus dem Auto steigt. Der Inspektor ist überaus pingelig und nimmt alle Vorschriften sehr genau, wenn er im Dienst ist. So richtet er seine Krawatte, kontrolliert, ob sein Polizeiabzeichen gut sitzt, verschiebt sein Koppel, ausgerüstet mit jeder Menge Spezialgerätschaften, und geht zur Eingangstür.

Dort zieht er an der Kordel, die sofort die Türglocke in Bewegung setzt. Sein Kollege befindet sich ein paar Meter hinter ihm. Simon ist viel jünger und arbeitet erst seit einem Jahr bei der Polizei. Sein Reaktionsvermögen lässt noch zu wünschen übrig.

»Ups!«, entfährt es ihm, als er eine Treppenstufe verfehlt und sich gerade noch am Geländer festhalten kann. »Fast hätte ich mich hingelegt!«, sagt er und grinst einfältig.

»Simon, dein Polizeiabzeichen!«, ermahnt ihn der Inspektor.

Der junge Mann überprüft sein Hemd und stellt fest, dass der

Aufschlag seiner Brusttasche sein Abzeichen zum Teil verdeckt. Simon bringt alles, so gut es geht, in Ordnung, aber offensichtlich steckt sein Abzeichen am falschen Platz.

»Das Dienstabzeichen gehört vier Fingerbreit unter die linke Brusttasche, Kleiner, und sonst nirgendwohin!«, erklärt ihm Martin.

»Aha! Danke für den Tipp!«, erwidert der junge Bursche und nimmt seine Plakette ab, um sich der Vorschrift zu beugen.

Aber Simon ist leider wirklich *sehr* ungeschickt und so gleitet ihm seine Dienstmarke aus der Hand. Martin verdreht seufzend die Augen. Simon brummt eine Entschuldigung, macht zwei Schritte und bückt sich, um sein Abzeichen aufzuheben. Und damit ist er in der optimalen Position, um die sich öffnende Tür direkt gegen die Nase zu bekommen. Ein heftiger Knall, ein bedenkliches Knacken, das hoffentlich von der hölzernen Tür stammt! Denn wenn das die Nase des armen Polizisten war, wird ihm das Schnäuzen in Zukunft ziemlich schwerfallen. Der Stoß war auf jeden Fall so heftig, dass der gute Mann ein paar Schritte nach hinten wankt, gerade weit genug, um auf der Treppe das Gleichgewicht zu verlieren. Simon stößt einen Schrei aus und hebt ab. Er vollführt eine beeindruckende Pirouette, die ihm bei der Weltmeisterschaft der Akrobatischen Gymnastik mindestens zehn Punkte eingebracht hätte. Der junge Polizist schlägt mit Händen und Füßen um sich, während sein Abzeichen durch die Luft fliegt. Schließlich legt er auf einem kleinen Blumenbeet, das wirklich nicht dafür vorgesehen ist, eine Notlandung hin.

Archibald drückt die Tür noch ein Stück weiter auf und erblickt den Inspektor.

»Oh, Martin! Danke, dass du so schnell gekommen bist!«, begrüßt er ihn und schüttelt ihm die Hand.

Dann bemerkt er die Bewegung im Gänseblümchenbeet. Er rückt seine Brille zurecht, denn es kommt ihm unwahrscheinlich vor, dass ein Maulwurf so groß sein könnte. Nachdem die Brille richtig sitzt, erkennt er, dass dort kein Tier herumwühlt, sondern ein etwas durcheinandergeratener Polizist im Blümchenhemd.

»Das ist Simon, mein neuer Kollege. Nimm es ihm nicht übel, er ist noch sehr jung. Ich werde ihm sein Handwerk schon noch beibringen!«, versichert Martin, dem die Situation ziemlich peinlich ist.

»Aha!? Und jetzt bringst du ihm gerade bei, wie man Treppen steigt, oder?«, macht sich Arthurs Großvater lustig.

»So ähnlich!«, seufzt Martin.

Archibald klopft dem Inspektor ermunternd auf die Schulter: »Gib mir Bescheid, wenn du ihm das Schießen beibringst, dann fahre ich ganz weit weg in den Urlaub!«, flüstert er ihm ins Ohr.

Martin ist nicht zum Lachen zumute, eher zum Weinen, als er Simon auf allen vieren im Kreis herumkriechen sieht.

»Simon! Etwas mehr Haltung, wenn ich bitten darf!«, fordert der Vorgesetzte.

Aber Simon dreht sich weiterhin wie ein Schwein auf Trüffelsuche im Kreis.

»Ich … ich habe mein Abzeichen verloren!«, stottert er aufgeregt.

»Komm herein, Martin, wir müssen dich über etwas sehr Wichtiges informieren!«, sagt Archibald und zieht den Inspektor ins Haus.

Martin folgt widerstrebend. Er lässt seine Truppen nicht gerne zurück.

»Mach dir keine Sorgen um ihn. Seine Dienstmarke kann nicht weit sein. Er wird sie schon finden.«

Schließlich stimmt Martin zu und lässt sich ins Wohnzimmer führen.

Während der junge Polizist noch in den Gänseblümchen sitzt, schwimmt Rose, Arthurs Mutter, in Limonade.

Aber warum tut sie das? Spulen wir etwas zurück, um die Situation besser zu verstehen.

Rose ist immer sehr aufgedreht, wenn sich Besuch ankündigt, und so hatte sie Martin, kaum dass er zur Tür herein war, eine Limonade angeboten. Martin nahm das Angebot gerne an, und Rose stürzte in die Küche, was man angesichts ihrer wohlbekannten Ungeschicklichkeit schon als böses Omen hätte deuten können. Da sie offensichtlich alle Zitronen gleichzeitig aus dem Gemüsefach herausholen wollte, kullerten diese wenig später auf dem Fußboden herum. Beim anschließenden Wiedereinsammeln stieß sich die junge Frau sämtliche Körperteile an den Schränken.

Das ist Roses Problem: Sie ist immer Opfer ihrer eigenen Überschwänglichkeit!

Im vergangenen Jahr besuchte sie ihre arme Tante Bernadette, die wegen ihres hohen Alters das Haus nicht mehr verlassen konnte. Der Winter war hart, und Rose hatte ihr angeboten, die Einkäufe für sie zu erledigen. Innerhalb eines Monats gab es in Bernadettes Haus keinen einzigen Gegenstand mehr, der nicht zerbrochen oder angeschlagen war, was allerdings ohne Bedeutung war im Vergleich zu der großen Katastrophe! Rose hatte Feuer im Haus gemacht. Es war tatsächlich kalt, aber deshalb musste man ja nicht gleich das ganze Haus abfackeln!

»Ist es nicht ein bisschen heiß?«, hatte die alte, schweißgebadete Tante inmitten der lodernden Flammen gefragt.

Daraufhin hatte Rose das Fenster weit aufgemacht und der Luftzug konnte das Feuer erst recht anfachen. In weniger als einer Stunde war das Haus niedergebrannt. Glücklicherweise war die alte Bernadette blind und deshalb nicht in der Lage, das Desaster zu überblicken. Aber selbst wenn sie etwas gesehen hätte, hätte es nicht mehr viel zu sehen gegeben.

Doch zurück zu den Zitronen.

Rose steht in der Küche und hält ein Messer in der Hand. Der Anblick erinnert an einen Horrorfilm. Zum fünften Mal schon umfasst sie die Zitrone mit einer Hand und bemüht sich mit der anderen, das Messer anzusetzen. Ihre Zungenspitze schaut ein Stück aus ihrem Mund heraus – ein untrügliches Zeichen dafür, dass Rose sich anstrengt. Das stumpfe Messer allerdings rutscht immer wieder von der straffen Zitrone ab, die absolut keine Lust hat, sich anschneiden zu lassen. Aber Rose ist wild entschlossen. Sie hat ihren Gästen Limonade versprochen und wird sich von einer dummen Zitrone doch nicht einfach ihre Pläne durchkreuzen lassen! So drückt sie fest auf das Messer und schon fährt ihr ein Saftspritzer direkt ins Auge. Rose kneift die Augen zusammen und sucht tastend nach einem Handtuch. Geschafft, sie hat eines gefunden. Jedenfalls glaubt sie das. In Wirklichkeit ist es ein Stück des Vorhangs, den sie fünf Minuten früher, als sie das Fenster schloss, eingeklemmt hatte. Sie zerrt an dem vermeintlichen Handtuch und versteht nicht, warum das

Tuch nicht bis an ihr Gesicht reicht. Da Rose durchaus praktisch veranlagt ist, zieht sie sich den Küchenhocker heran und steigt darauf, um näher an das Handtuch zu gelangen und sich abzuwischen. Dabei stützt sie sich auf dem Wasserhahn ab, der natürlich unter ihrem Gewicht nachgibt, weil er nicht dafür konzipiert ist, als Krücke zu dienen …

Ein gewaltiger Wasserstrahl ergießt sich in die Küche. Rose wischt sich das Gesicht ab, registriert erschrocken, was sie angerichtet hat, und hastet zur Spüle, um aus dem Schrank darunter einen Eimer zu holen. In der Eile kippt sie ein paar schlecht verschlossene Putzmittelflaschen um, deren Inhalt sich sofort auf dem Fußboden verteilt.

Unterdessen stellt Rose den Eimer so auf, dass der Wasserstrahl direkt hineintrifft. Das ist offenbar eine gute Lösung, aber nur für die nächsten fünfzehn Sekunden, denn man muss kein Ingenieurstudium absolviert haben, um zu wissen, dass der Eimer sehr schnell voll sein wird.

Rose sucht wie wild nach einem Ausweg. Sie öffnet einen Küchenschrank, starrt ein paar Sekunden auf eine Tomatendose, kommt aber zu dem Schluss, dass ihr die Dose nicht weiterhilft. Sie durchwühlt also die übrigen Schränke. Ihre Bewegungen werden immer hektischer und schon nähert sich folgerichtig und unaufhaltsam die tatsächliche Katastrophe: Rose stößt den Mixer um, den sie vergessen hat auszuschalten. Der Mixer zerbricht funkensprühend. Es knistert auf dem klebrigen Boden und schon zischt eine Stichflamme hoch. Die Reinigungsmittel fangen Feuer und im Nu steht die Küche in Flammen. Rose wirbelt herum und schlägt die Hände vors Gesicht. Ihre Gäste werden wohl noch ein wenig auf ihre Limonade warten müssen …

Plötzlich trifft sie ein Geistesblitz. Rose hat eine Idee, wohin sie den bereits überlaufenden Eimer leeren wird: Sie schüttet das Wasser auf den Flammenteppich, der sofort erlischt. Mit einem gewissen Stolz stellt sie ihren Eimer anschließend wieder unter den Geysir. Normalerweise muss sie in solchen Fällen immer die Feuerwehr rufen. Ihre Genugtuung, die Küche ganz alleine vor einer Feuersbrunst bewahrt zu haben, ist also verständlich. Doch nun droht der Küche eine Überschwemmung, denn wie vorauszusehen war, ist der Eimer erneut vollgelaufen, und Rose weiß schon wieder nicht, was sie tun soll. Dieses Problem hat sie seit ihrer Schulzeit. Sie konnte niemals diese Gleichungen lösen, in denen Gefäße gefüllt werden und dann halb leer oder halb voll sind. Für sie gibt es einfach nur den Wasserhahn: Wenn man ihn aufdreht, fließt Wasser heraus.

Auch bei einer Autopanne kann man nicht auf sie zählen. Denn um überhaupt einen Blick auf den Motor werfen zu können, hätte sie zunächst den Hebel finden müssen, mit dem man die Motorhaube öffnet. Wie Autos funktionieren, ist Rose schleierhaft, und sie würde es niemals wagen, ihren Mann zu fragen, wo sich dieser vielzitierte Motor befindet. Denn wenn ihr Mann den Kofferraum öffnet, damit sie ihr Gepäck hineinlegen kann, ist weit und breit kein Motor zu sehen! Sie versteht auch nicht, warum im Kofferraum ein fünftes Rad liegt, das zu nichts nütze ist, wo es sich doch gar nicht dreht!

Aber all diese unbeantworteten Fragen müssen jetzt warten, da der Eimer inzwischen wieder voll ist und Rose umgehend eine Lösung finden oder um Hilfe schreien muss. Sie holt tief Luft, hat sich also offenbar für die zweite Möglichkeit entschieden.

Dies bekommt Archibalds bedauernswertes Trommelfell

schmerzlich zu spüren. Denn leider hat Rose Arthurs Großvater nicht in die Küche kommen sehen. Beim Schreien und besonders beim Um-Hilfe-Schreien schließt sie nämlich immer die Augen!

»Ich weiß, ich bin schon ein bisschen alt, aber ich bin nicht stocktaub!«, klagt der alte Mann und reibt sich sein Ohr.

Rose stottert eine Entschuldigung und versucht, in wenigen Worten zu beschreiben, was passiert ist. Aber Archibald braucht keine Erklärung. Er sieht auf einen Blick, was vorgefallen ist, stürzt zur Spüle und dreht den Haupthahn der Wasserleitung ab. Sofort hört der Geysir auf zu sprudeln. Dann nimmt er den im Spülbecken liegenden Wasserhahn und schraubt ihn wieder an. Zum Schluss gießt er den Eimer ins Spülbecken, öffnet den Haupthahn und überprüft, ob der Wasserhahn wieder funktioniert. Archibald hat das Problem schneller erledigt, als wir es beschreiben können. Rose steht mit offenem Mund da. Ihr Vater hat ihr in solchen Situationen schon immer imponiert. Wie schafft er es bloß, seine Hände so zu beherrschen?, fragt sich Rose mit einem verzweifelten Blick auf ihre eigenen Hände.

Jetzt kommt auch Arthurs Großmutter in die Küche. Der ganze Radau hat sie aus ihrem Mittagsschlaf gerissen, was sie ziemlich ärgert, da sie ewig nicht einschlafen konnte. Die Großmutter betrachtet den zugleich verkokelten und überfluteten Küchenfußboden und starrt ihre Tochter an. Doch was sie verstört, ist nicht das Chaos, sondern die Vorstellung, wie diese kleine, doch so zerbrechlich wirkende Frau es geschafft hat, eine Küche gleichzeitig in Brand und unter Wasser zu setzen.

Aber dieses Geheimnis wird erst recht nicht gelüftet, als Rose mit leiser Stimme verkündet: »Ich … ich wollte Zitronenlimonade zubereiten.«

Margarete ist sprachlos. Rose bleibt ihr ein Rätsel, direkt einzuordnen zwischen dem Geheimnis der Pyramiden und dem Mythos um das versunkene Atlantis.

Arthurs Großmutter seufzt, öffnet den Kühlschrank, holt eine Kristallkaraffe mit leckerer Limonade heraus und zeigt sie ihrer Tochter.

»Für die Limonade hättest du nur den Kühlschrank öffnen müssen«, sagt sie mit leicht vorwurfsvollem Unterton, »dann hättest du dich wenigstens nicht geschnitten.«

»Geschnitten?«, fragt Rose verständnislos.

Sie schaut auf ihr Kleid und bemerkt eine einsame rote Blume zwischen den Margeriten. Dann betrachtet sie die kleine Schnittwunde an ihrem Finger, die wahrscheinlich von der »Operation Zitrone« herrührt.

Als sie das Blut sieht, wird Rose auf einmal leichenblass. Ihr Mund öffnet sich weit, sie verdreht die Augen und ihre Beine geben nach. Sie wird ohnmächtig und fällt zu Boden wie ein nasser Schwamm.

Kurz darauf hält Rose ihren Finger unter den Wasserhahn, um den Schmerz zu lindern und die Wunde zu desinfizieren. Die Küche ist blitzblank. Arthurs Großmutter hat sofort wieder alles in Ordnung gebracht.

Rose seufzt.

»Nicht mal eine Limonade krieg ich hin«, murmelt sie niedergeschlagen.

Margaretes Limonade kommt sehr gut an. Die Karaffe ist fast leer. Martin betupft sich die Stirn mit seinem Taschentuch und stellt sein Glas ab.

»Wirklich sehr lecker«, sagt er und lächelt der Großmutter zu.

François macht immer noch ein Gesicht wie jemand, der gerade dem Tod von der Schippe gesprungen ist. Seine Hand umklammert sein Glas, in das er gedankenverloren hineinstarrt.

»Trink ein Schlückchen, mein Junge, das wird dir guttun!«, ermuntert ihn Archibald und drückt François' Arm nach oben, damit er das Glas zum Mund führt.

Doch François ist völlig verkrampft und verschluckt sich beim Trinken. Archibald tätschelt ihm den Rücken, aber das hilft nicht. Der Großvater muss aufstehen und ihm fest auf den Rücken schlagen. Er schlägt so fest, dass sich eine Zahnplombe löst. Das Metallstück spritzt aus François' Mund und landet im Glas des wie versteinert dasitzenden Martin.

François taucht wieder aus seiner Erstarrung auf. Dass er eine Plombe verloren hat, hat er nicht realisiert. Martin würde ihm gerne mitteilen, dass er sie bereits gefunden hat, aber es gehört sich nicht, derartige Ankündigungen in aller Öffentlichkeit zu machen. Außerdem ist Martin der einzige Zeuge, kein anderer hat etwas gesehen.

»Noch etwas Limonade?«, schlägt Margarete liebenswürdig vor, um auf das Kompliment zu reagieren.

Der Inspektor sitzt in der Zwickmühle. Die Zahnfüllung in Limonade zu ertränken ist keine schöne Vorstellung, aber Margarete direkt nach dem Kompliment zu kränken, gefällt ihm auch nicht. Martin entschließt sich, die Plombe zu retten.

»Nein, vielen Dank!«, sagt er so zuvorkommend wie möglich.

In Wahrheit steht es für ihn außer Frage, was auch immer aus einem Glas zu trinken, in dem eine ungeputzte Plombe liegt.

Margarete lächelt wohlwollend und gießt ihm trotzdem die restliche Limonade in sein Glas. Der Polizist ist entsetzt und weiß nicht, wie er sie davon abhalten soll.

»Sie sind zu wohlerzogen, Martin! Sie haben nur Angst, dass für die anderen nichts mehr übrig bleibt, stimmt's?«

»So … so ist es!«, stottert der arme Mann, während sich sein Glas wieder füllt.

»Keine Sorge! Trinken Sie ruhig. Ich werde einfach neue Limonade machen«, kündigt die Großmutter an, die bereits auf dem Weg in die Küche ist.

Martin wirft einen verstohlenen Blick auf den Boden des Glases und entdeckt die höhnisch grinsende Zahnfüllung.

»Zum Wohl!«, ruft Archibald und hebt sein Glas, um mit den anderen anzustoßen.

Martin stehen Schweißperlen auf der Stirn. Hektisch hebt er sein Glas zum Anstoßen. Archibald nimmt einen kräftigen Schluck und seufzt zufrieden.

»Sie ist wirklich gelungen! Zudem hat sie jede Menge Vitamine. Zieren Sie sich nicht. Sie ist sehr gesund!«

Martin wäre jetzt gerne ein Kaninchen, das im Zylinder eines Zauberers verschwinden könnte. Doch er bewahrt Haltung. Lächelnd hebt er sein Glas und hält es in der Luft, während er auf irgendeine Eingebung hofft, die einfach nicht kommen will. Archibald schaut ihn erstaunt an. Der Polizist ist auf frischer Tat ertappt, was eher selten vorkommt, da er eigentlich dafür zuständig ist, andere auf frischer Tat zu ertappen. Schließlich führt Martin das Glas zum Mund und versteckt seinen Ekel hinter einem gezwungenen Lächeln. Er nippt kaum an dem Getränk und bestätigt mit zugeschnürter Kehle: »Sie ist wirklich köstlich!«

»Und das letzte Glas ist das allerbeste, weil sich am Boden alles abgelagert hat«, ereifert sich Archibald.

Martin steht kurz davor, sich zu übergeben. In diesem Moment beugt sich François zu dem Polizisten und reißt seine hervorstehenden Augen noch etwas mehr auf.

»Ich habe den Teufel gesehen!«, flüstert er mit fiebrig glänzendem Gesicht.

Der Polizeiinspektor schweigt. Er kann nicht umhin zu denken, dass man lieber einen Doktor hätte rufen sollen, anstatt die Polizei.

»Und … wie sah dieser Teufel aus?«, fragt der Inspektor und macht sich daran, die Hirngespinste in sein kleines Notizbuch zu notieren.

François hebt einen Arm hoch: »Ich erinnere mich gut, drei Meter mit Hut. Ein merkwürdiges Gesicht, nein, zum Lachen war das nicht«, erwidert François, als rezitiere er ein Gedicht mit zwölf Strophen.

»Groß wie ein Baum? Vielleicht war es ein Traum?«, reimt Martin feixend weiter.

François bemerkt nicht, dass man ihn auf den Arm nimmt. Er ist so fertig, dass er überhaupt nichts mehr bemerkt.

»Er hatte ein fürchterliches Gesicht, das überall voller Löcher war. Ganze Hautstücke und die Nase fehlten. Er hatte einen riesigen Arm, der aussah wie eine Kralle, und der andere war ganz klein und fast verkümmert.«

Es würde nicht leicht werden, eine Fahndungsskizze zu erstellen …

»Welche Hautfarbe? Weiß, schwarz, gelb?«, fragt der Polizist.

»Grün! Mit Blauschimmer!«, erwidert François bedächtig.

Der Polizist ist etwas ratlos und schwankt zwischen dem Bedürfnis loszulachen und dem, sich zu ärgern.

Das hier ist wahrhaftig kein Fall für ihn, sondern für die Irrenanstalt! Und die wird er gleich nach seiner Ankunft im Kommissariat anrufen! Der Inspektor tut so, als würde er seine Notizen noch einmal durchlesen.

»Ich glaube, ich habe alles, was ich brauche«, sagt er und steht auf. »Ich werde meinen Bericht schreiben und wir halten Sie auf dem Laufenden.«

François packt ihn am Arm.

»Passen Sie auf sich auf, Herr Kommissar, ich flehe Sie an!«

Der Polizist versucht zu lächeln, aber François' Warnung lässt ihn erschauern. Der Mann ist so überzeugt von dem, was er gesehen hat.

Da stürmt plötzlich Simon ganz verschwitzt ins Wohnzimmer und flüstert seinem Vorgesetzten ins Ohr: »Chef, ich habe mein Abzeichen nicht gefunden.«

»Noch ein Problem«, sagt der Inspektor etwas genervt von dieser ganzen Geschichte. »Wir werden erst mal versuchen, den Teufel ausfindig zu machen, und dann kümmern wir uns um Ihr Abzeichen.«

Hastig verabschiedet er sich von Margarete und geht, begleitet von Archibald, zur Tür. Der junge schweißtriefende Polizist schaut voller Verlangen auf das Limonadenglas, das sein Vorgesetzter stehen gelassen hat.

»Nur zu!«, ermutigt ihn Arthurs Großmutter, die überglücklich ist, dass ihre Limonade so viel Anklang findet.

Mit einem Zug trinkt er fast alles leer, doch dann verzerrt sich sein Gesicht: François' Zahnfüllung ist ihm im Hals stecken geblieben. Simon wird ganz rot, und wenn Margarete nicht bald was unternimmt, wird er gleich auch noch blau anlaufen. Der junge Mann fasst sich bereits an die Kehle und ringt nach Luft. Arthurs Großmutter möchte ihm auf den Rücken klopfen, aber der Polizist hält nicht still, sondern hüpft wild herum, kopflos wie ein Huhn. Margarete wartet einen günstigen Moment ab, dann packt sie ihn am Schopf und gibt ihm einen kräftigen Schlag auf den Rücken. Umgehend spuckt Simon die Plombe durch das Zimmer und kann endlich wieder atmen.

»Danke! Ich … ich bin wirklich etwas durcheinander!«

»Das macht nichts, das macht nichts!«, erwidert Margarete und schiebt ihn hinaus.

Martin steht jetzt vor seinem schweren Polizeiwagen und wendet sich an Archibald.

»Ich glaube, du solltest deinen Schwiegersohn in die Stadt bringen«, sagt der Polizist.

»Da magst du recht haben. Die Landluft scheint ihm nicht zu bekommen«, erwidert Archibald.

»Ich meinte nicht, zum Bummeln in die Stadt, ich meinte, in die Stadt, um einen Arzt im Krankenhaus aufzusuchen«, wird der Polizist etwas deutlicher.

»Keine Sorge! Den Teufel, von dem er spricht, kannte ich schon, als ich klein war. Ich werde ihn suchen und mit ihm reden. Alles kommt wieder in Ordnung!«

Der Polizist schweigt. Was ist bloß mit dieser Familie passiert, dass sie alle verrückt geworden sind?, fragt er sich. Aber da er keine Antwort darauf weiß, steigt er lieber in sein Auto.

»Ich komme morgen vorbei und schau nach, ob es euch gut geht!«, sagt der Polizist aus reiner Höflichkeit.

Sein Assistent stürzt aus dem Haus, verfehlt die Stufen und landet prompt auf dem Bauch. Er hat scheinbar nicht realisiert, dass Stufen, die auf dem Hinweg *aufwärts* führen, so gut wie zwangsläufig beim Rückweg *abwärts* führen. Der junge Mann steht auf, brabbelt noch einmal eine Entschuldigung vor sich hin und saust zum Auto. Er öffnet die Wagentür und wirft sich, eine Staubwolke hinter sich her ziehend, auf seinen Sitz. Um seinen Chef nicht warten zu lassen, ist er so schnell gerannt, dass er vergessen hat, sich abzuklopfen. Martin starrt ihn an, wischt sich über die Augen und begnügt sich mit einem tiefen Seufzer.

Das Auto fährt mit quietschenden Reifen los und der Inspektor verlässt erleichtert dieses Irrenhaus.

Kapitel 4

Das ganze Volk der Minimoys hat sich auf dem großen Platz versammelt. Alle Sitzreihen sind besetzt und man erwartet beklommen die Ankunft des Königs. Selenia steht bereits neben dem im Stein eingeschlossenen königlichen Schwert und trommelt nervös auf den Knauf.

»Jede verlorene Sekunde ist gewonnene Zeit für M. den Verfluchten«, schimpft die kleine Prinzessin ungeduldig.

»Wenn du erst Königin bist, kannst du immer noch das Protokoll ändern, wenn dir danach ist«, erwidert Bétamèche schalkhaft.

»Darauf kannst du Gift nehmen! Es wird sogar die erste Maßnahme sein, die ich ergreife! Man verliert irre viel Zeit mit diesem protokollarischen Zirkus! Beim letzten Seleniellenfest waren nach dem ganzen rituellen Ablauf und den Reden alle Blumen verwelkt!«, erinnert Selenia, die immer noch empört ist, wenn sie an diese üble Geschichte denkt.

»Du hast recht, die Zeit drängt«, bestätigt Arthur. »Gibt es nicht die Möglichkeit, in dringenden Fällen das Protokoll etwas abzukürzen?«

»Ja, natürlich! Aber um das Protokoll zu straffen, muss der Rat der Weisen eingeholt werden, und der tagt nur alle vier

Blütenblätter«, erklärt Bétamèche. »Er gibt dann eine Stellungnahme ab, die, falls sie wohlwollend ausfällt, den Würdenträgern erlaubt, bei Sonnenaufgang darüber abzustimmen.«

»Warum müssen sie den Sonnenaufgang abwarten, um abzustimmen?«, fragt Arthur nach.

»Weil die Nacht Rat bringt«, antwortet der kleine Prinz fröhlich. »So steht es auf Seite zweihundert des Großen Buches.«

»Wenn man darum bittet, das Protokoll zu vereinfachen, dauert das doppelt so lange, wie dem Protokoll einfach seinen Lauf zu lassen«, ergänzt Selenia, die inzwischen vor Wut kocht.

Aber in diesem Moment erhebt sich die Menge, denn die Pforten des Palastes haben sich geöffnet. Gemessenen Schrittes treten zuerst die königlichen Wachen heraus. Ihnen folgen die bei jedem Protokoll unverzichtbaren Lichtträger, die Licht in jedes Dunkel bringen können. Vor allem aber beleuchten sie die Stufen, damit der Souverän nicht der Länge nach auf dem Dorfplatz hinschlägt. Nun erscheint Miro, der kleine Maulwurf. Er ist der Gelehrte des Dorfes und verfügt über das Wissen der Ahnen. Ohne ihn wären die Minimoys verloren wie eine Uhr ohne kleinen Zeiger. Endlich nähert sich mit majestätischem Schritt, wie es den Sitten und der Tradition entspricht, der König. Das alles dauert tatsächlich ziemlich lange, aber uns gibt es zumindest Zeit, in Ruhe den Souverän in seiner offiziellen Amtstracht zu begutachten.

Auf den ersten Blick wirkt er sehr viel größer als sein Volk. Er misst wohl fast einen Zentimeter, was riesig ist im Vergleich, denn wie man weiß, bewegt sich die nationale Durchschnittsgröße bei den Minimoys um die Zweimillimetermarke.

Aber der König hat nicht etwa als Kind übermäßig vom

Seleniellensuppentopf genascht, er sitzt einfach nur auf seinem treuen Palmito, einem Malbak aus den südlichen Erdteilen. Der König hat nämlich vor vielen Jahren Palmitos Vater vor dem Tod bewahrt. Vielleicht wäre es interessant, diese Geschichte kurz zu unterbrechen, um euch eine andere zu erzählen. Sie handelt von der Begegnung des Malba-Mogoths mit dem König, der ihm das Leben rettete. Diese Geschichte ist auf Seite hundert des Großen Buches der Minimoys ganz wunderbar niedergeschrieben, aber da ihr wohl kaum die Möglichkeit haben werdet, in den nächsten Tagen in dem Werk zu blättern, werde ich das Wesentliche für euch zusammenfassen.

Das Ganze ist lange her. Der König war noch ein kleiner Prinz und das Volk der Minimoys lebte in Afrika. Die Zeit verstrich friedlich im Rhythmus der Sonne und die Minimoys lebten in Harmonie mit den Bogo-Matassalaï. Die einen waren bestens vertraut mit der mikroskopisch kleinen Welt, die anderen herrschten friedlich über die großen Steppen im Herzen Afrikas. Zusammen verfügten die beiden Völker also über Kenntnisse, die vom unendlich Großen ins unendlich Kleine reichten. Jeder hatte seinen festen Platz, jeder war ein kleiner Zahn an diesem ungeheuer großen Lebensrad.

Die Körpergröße eines Einzelnen war in dieser Welt nicht von Bedeutung. Denn ob groß oder klein, nur das Wissen und das Füreinander zählten. Allerdings war der zukünftige König der Minimoys schon … *ziemlich* klein. Zwei Millimeter hätten ihm vollauf genügt, aber er reichte ja kaum an die Einmillimetermarke heran! Der zukünftige König konnte noch so viel Seleniellen in Form von Suppe, Gelee, Pulver oder Sirup zu sich nehmen, es nützte alles nichts: Er blieb klein.

Seine Eltern waren auch nicht in der Lage, ihm dieses Phänomen zu erklären. Sie waren seit Generationen normal groß und es hatte während der Schwangerschaft der Königin keinerlei besondere Vorkommnisse (auch keine Naturkatastrophen) gegeben.

Wäre der kleine Prinz von Beruf Wurzelausstatter gewesen oder Früchtesammler oder Nussknacker, dann hätte er damit kein Problem gehabt. Aber das Schicksal hatte ihn nun mal dazu auserkoren, der zukünftige König zu sein. Und er konnte sich nicht vorstellen, ein so großes Reich zu regieren und dabei so klein zu sein. Immer wieder stellte er sich all die anzüglichen Witze und spöttischen Bemerkungen vor, denen er ausgesetzt wäre: »Mein bester König, wir möchten Euch ein großes Projekt unterbreiten.«

Oder: »Wir haben ein kleines Problem, das nur Ihr allein lösen könnt.«

Oder aber: »Dieses Problem ist von höchster Wichtigkeit. Man sollte ihm gewachsen sein.«

Der zukünftige König war tatsächlich noch zu klein, äh … Verzeihung!, zu jung, um zu begreifen, dass es für die Aufgabe, die ihn erwartete, nicht von großer Bedeutung, äh … völlig egal war, welche Körpergröße er hatte. Um ein guter König zu sein, braucht es einen schlauen Kopf, ein großes Herz und genügend Rückgrat. Der junge Prinz verfügte bereits über all diese Qualitäten, aber seine Gedanken kreisten immer nur um seine Größe, sodass er den Tatsachen nicht ins Auge sehen konnte. (Es ist allerdings auch schwierig, den Tatsachen ins Auge zu sehen, wenn man sogar zu klein ist, um sich im Spiegel betrachten zu können.)

Miro, der Maulwurf, traf sich einmal pro Woche mit dem Prinzen, um mit ihm über das Problem zu reden. Für Miro war das einfach, denn er maß selbst nicht mehr als einen Millimeter.

Eines Tages aber ruinierte ein Rotzbengel Miros allwöchentliche Bemühungen. Und dieser Rotzbengel war kein anderer als Maltazard. Er war zwar viel jünger als der Prinz, überragte ihn aber bereits um Haupteslänge – wenn auch das nicht viel wert war, da Maltazards Kopf einer hohlen Nuss glich.

Der junge Maltazard hatte sich eines schönen Morgens vor seinen künftigen König gestellt und gesagt: »Ich glaube, du wirst einmal ein sehr diplomatischer König!«

Zunächst war der kleine Prinz sehr überrascht über dieses unerwartete Kompliment. Erstens weil man von Maltazard sagte, dass er redete, ohne vorher nachzudenken. Von daher war es erstaunlich, aus seinem Mund einen kompletten Satz zu hören. Und zweitens weil Maltazard das Wort »Kompliment« eigentlich überhaupt nicht kannte.

Wie auch immer, der junge Prinz war tief gerührt und wurde rot.

»Ich danke dir für das nette Kompliment, Maltazard, aber … was bringt dich dazu anzunehmen, ich würde ein guter Diplomat?«

Da fing Maltazard an zu grinsen. Es war ein sadistisches Grinsen, das man nur zur Schau trägt, wenn man sicher ist, dass das Opfer in die Falle getappt ist.

»Weil du die perfekte Größe hast, um Stiefel zu lecken!«

Kaum hatte Maltazard seinen Witz von sich gegeben, prustete er laut los vor Lachen. Wahrscheinlich hatte es ihn eine Woche Nachdenken und drei Viertel seiner Neuronen gekostet, um darauf zu kommen. Es war also verständlich, dass er seiner Schadenfreude freien Lauf ließ.

Maltazard lachte und lachte, wälzte sich auf dem Boden und konnte gar nicht mehr aufhören.

Der junge Prinz hatte sich nie zuvor so gedemütigt gefühlt und verließ umgehend das Dorf, ohne seiner Familie Bescheid zu sagen oder auch nur das kleinste Wort der Erklärung zurückzulassen. Die Tränen des zukünftigen Königs flossen in Strömen, und er nahm sich vor, so lange zu laufen, bis keine Tränen mehr aus seinen Augen kämen. Das dauerte drei Tage. In dieser Zeit hatte er die großen Ebenen durchquert und befand sich nun am Rand eines dichten Waldes. Erschöpft, am Ende seiner Kraft und tränenleer war er auf dem weichen grünen Moos einer Wurzel eingeschlafen.

Der junge König hatte sich noch nie so weit von seinem Dorf entfernt, und er sah zum ersten Mal Bäume, die so hoch waren, dass sie den Himmel zu berühren schienen. Die gesamte Vegetation um ihn herum war riesengroß und gab ihm erst recht das Gefühl, klein zu sein. Gerne hätte er noch ein paar Tränen vergossen, aber er hatte ja keine mehr.

Die Höhe der Bäume war beeindruckend, aber noch beeindruckender waren die Geräusche, die der Wald von sich gab. Es knirschte, gluckste und zwitscherte. Solche eigenartigen Geräusche hatte er noch nie zuvor gehört. Was sich dahinter wohl für Tiere verbargen? Er begann zu bereuen, dass er sich so weit von Zuhause entfernt hatte, ohne jeden Schutz, und vor allem ohne sich die Straßen gemerkt zu haben, die er entlanggelaufen war. Er war nämlich nicht nur ganz weit weg von seinem Dorf, er hatte sich auch total verirrt. Angst breitete sich in ihm aus.

Einige Gesänge aus dem Wald klangen sehr melodisch, und auch wenn er sie nicht richtig zuordnen konnte, so stellte er sich dabei eine fröhliche Nachtigall oder ein lustiges Rotkehlchen vor. Andere Geräusche hingegen klangen ziemlich beunruhigend. Zweifellos hatte das Tier, das dort derart knurrte, eine wunderbare Sammlung von scharfen Reißzähnen in seinem Maul. Aber der kleine Prinz war selbst für ein wildes Tier, das auf Diät war, zu klein.

»Wenigstens hier ist es von Vorteil, klein zu sein«, flüsterte er traurig.

Doch dann war da dieser anhaltende Ton, der ihn mehr als alles andere beunruhigte. Bedrohlich und sanft zugleich. Es war unmöglich festzumachen, ob es sich dabei um ein Meckern oder ein Jammern handelte. Dem blökenden Tier ging es entweder sehr gut oder sehr schlecht. Auf jeden Fall hörte es sich irgendwie merkwürdig an.

Die Neugierde siegte, und der kleine Prinz stand auf und ging in die Richtung, aus der das Ächzen kam, das mittlerweile im gesamten Wald widerhallte. Je näher sich der Prinz vorwagte, desto sicherer war er, dass das jammernde Wesen furchtbar leiden musste.

Im Schatten eines großen Felsens entdeckte er ein auf dem Boden liegendes Tier. Es hatte ein dichtes und seidiges weißes Fell, große Pfoten mit drei Zehen, eine platte Stirn und einen übergroßen Kiefer, der ihm ein beeindruckendes Aussehen verlieh. Über diesem schönen Gebiss saßen zwei kleine Augen, mit denen es dem kleinen Prinzen nicht besonders intelligent, aber sehr freundlich entgegenschaute.

Trotz des gewaltigen Kiefers näherte sich der Prinz dem Tier.

Er hatte schon von dieser besonderen, einzigartigen Tierart gehört, die man Malba-Mogoth nannte. Die Mogoths lebten im Norden, die Malbaks im Süden. Es musste sich bei diesem Exemplar also um einen Mogoth handeln.

Auf Seite siebenhundertachtzehn des Großen Buches waren sie in einer etwas ungenauen Zeichnung abgebildet, aber nachdem er nun eines von Nahem sah, wurde ihm klar, dass die Skizze nicht sonderlich geglückt war. Sie hatte den Mogoth mit lächerlichen Hörnern ausstaffiert, mit überlangen Zähnen und einem zotteligen Fell, weshalb man ihn auch der Familie der Stachelschweine zuordnete. Nichts daran stimmte. Das Fell des Mogoths war sogar ganz besonders seidig und angenehm.

Als der kleine Prinz näher kam, verstand er, warum das Tier so klagte: Seine Pfote war in eine fürchterliche Mül-mül-Falle geraten. Offensichtlich gehörten Mül-müls zu seinen Leibspeisen, und er hatte sich, ohne lange nachzudenken, auf den Köder gestürzt. Aber selbst wenn er nachgedacht hätte, hätte es ihn erwischt, da er nicht auf ein so fleischiges Mül-mül hätte verzichten können.

Der Mogoth sah den kleinen Prinzen auf sich zukommen, aber er war so erschöpft, dass er kaum auf dieses kleine, ihm ganz und gar unbekannte Lebewesen reagierte. Er stöhnte lediglich etwas lauter. Seine noch verbliebene Energie brauchte er zum Atmen.

»Mein armer Freund, in welch schreckliche Falle bist du bloß geraten?«, fragte der kleine Prinz. Natürlich sprach der Mogoth nicht die Sprache der Minimoys …

Der Prinz hatte schnell durchschaut, wie die Falle funktionierte. Es war eine Art Mausefalle mit einem Schloss an der Seite.

Der Jäger würde seine Beute sicher mit einem Schlüssel befreien.

Der kleine Prinz, dessen Erziehung vom Geist der Gerechtigkeit und der Freiheit geprägt war, konnte diesen schrecklichen Anblick nicht länger ertragen.

»Ich werde versuchen, dich zu befreien, aber wenn es mir gelingt, musst du mir wenigstens versprechen, dass du mich nicht auffrisst!?«, bat er den Mogoth.

Dieser hatte nur gestöhnt, was nicht das Geringste über seine Absichten aussagte, aber der kleine Prinz ging das Risiko ein. Er warf einen Blick durch das Schlüsselloch. Mit etwas Anstrengung schaffte er es, sich hineinzuzwängen, und war dem Himmel zum ersten Mal dankbar, dass er so klein geraten war. Sobald er sich im Innern befand, untersuchte er den Mechanismus des Schnappschlosses. Er war nicht besonders kompliziert. Die Spiegelmaschinerie von Miro, die er mit geschlossenen Augen zusammensetzen und wieder auseinandernehmen musste (dass er das konnte, erwartete man vom zukünftigen König), war sehr viel aufwendiger.

Der kleine Prinz schob drei Stifte zur Seite, zog an zwei Schließen und mit einem Schlag öffnete sich die Falle. Der Mogoth ließ sich sofort auf die Seite fallen und stieß einen tiefen Seufzer aus, der, selbst wenn man seine Sprache nicht verstand, leicht zu übersetzen war.

Der kleine Prinz wand sich mühsam wieder aus dem Schlüsselloch heraus. Dann stellte er sich vor den Mogoth.

»Geht es dir jetzt besser?«, fragte er nicht ohne Stolz.

Das Tier zögerte, dann lief ein breites Lächeln über sein Gesicht. Sein Kiefer war so groß, dass er wirklich bis über beide

Ohren lächelte. Obwohl der Mogoth sehr erschöpft war, gelang es ihm, sich zu erheben. Als das Tier auf seinen Beinen stand, war es dreimal so hoch wie der kleine Prinz, der einen kurzen Augenblick bereute, diesen Koloss befreit zu haben, ohne sich zuvor über seine Ernährungsgewohnheiten zu informieren. Aber der Mogoth betrachtete seinen Retter sehr freundlich und voller Hochachtung. Dann legte er seine verletzte Pfote auf sein Herz und sagte: »Moh-moh!«

»Moh-moh!«, wiederholte er mehrmals, als wolle er etwas erklären.

»Äh ... ja ... Ich bin Maximilian de Saïmono, Prinz des Ersten Erdteils!«, erwiderte der kleine Junge, ohne sicher zu sein, ob er richtig geantwortet hatte.

»Ma ... ma«, sagte das Tier jetzt und zeigte mit dem Finger auf den Prinzen. »Moh-moh!«, fuhr er dann fort und schlug sich auf die Brust.

»Äh ... sich Mama rufen zu lassen, entspricht nicht der Würde eines zukünftigen Souveräns ... nenn mich lieber Papa!«

»Pah-pah!«, wiederholte der Mogoth schnell.

»Genau, Papa – Momo!«, lachte der kleine Junge.

»Papa-Momo-Papa-Momo-Papa-Momo!«, trällerte das Tier immer schneller vor sich hin und tippte sich und dem Jungen dabei immer fester auf die Brust, bis die große Pfote des Mogoths den kleinen Prinzen durch die Luft schleuderte. Der Mogoth schlug entsetzt die Pfoten vors Gesicht und stieß einen Schrei aus.

»Alles in Ordnung, alles in Ordnung!«, beruhigte ihn der Prinz und klopfte sich den Staub ab. »Das hätte mir auch passieren können. Ich kann meine Kräfte auch oft nicht im Zaum halten.«

Das Tier freute sich, dass der kleine Kerl keinen Schaden genommen hatte.

»Gut! Ich habe dich befreit, du hast mich nicht aufgefressen, wir sind quitt! Ich denke, es wäre besser, wenn du jetzt zu deiner Familie zurückkehrst, bevor sie sich Sorgen macht«, schlug der zukünftige König vor, dem dieser neue Freund allmählich etwas lästig wurde.

Momo stieß erneut einen Schrei aus. Er klang etwas trauriger als vorher. Dann drehte er sich um und zeigte mit der Pfote auf eine andere Falle, die dem Prinzen bisher noch nicht aufgefallen war. Darin lagen zwei weitere reglose Körper mit weißem Fell, ebenfalls von eisernen Zähnen eingeklemmt: die Familie des Mogoths!

Maximilian wusste nicht, was er zu dieser unheilvollen Entdeckung sagen sollte. Er hätte dieses Waisenkind gerne getröstet, aber wie sollte man so eine dicke Pelzkugel in den Arm nehmen? Doch da hatte Momo auch schon seinen großen Kopf unter den Arm des kleinen Prinzen gequetscht. Eine Zeit lang blieben Papa und Momo so am Rand des Waldes stehen und wiegten sich gegenseitig.

»Wie soll ich bloß wieder nach Hause finden?«, fragte sich Maximilian besorgt.

Tatsächlich hatte sein Verschwinden im Dorf eine große Panik ausgelöst und man suchte bereits seit drei Tagen das ganze Königreich nach ihm ab.

Mogoth begann, an dem Jungen zu schnüffeln.

»Hör auf, das kitzelt!«, sagte der Prinz und wand sich.

Nachdem der Mogoth ihn von oben bis unten beschnuppert hatte, packte er den zukünftigen König und setzte ihn auf seinen

Kopf, der, so platt wie er war, geradezu dafür gemacht zu sein schien.

Und dann marschierte der Mogoth los. Er ging genau dorthin, wo der kleine Prinz hergekommen war. Der Mogoth musste ein gewaltiges Riechorgan haben! Und drei Tage später – Maximilian war gerade auf dem Kopf des Mogoths eingedöst – standen sie vor dem Nordtor des Minimoy-Dorfes. Es war sehr früh am Morgen und das ganze Dorf schlief noch.

Der Mogoth machte ein paar ängstliche Schritte, zu denen ihn sein Reiter aufforderte, und stieß genau auf den kleinen Maltazard, der zwischen zwei Johannisbeeren schlief.

»Maltazard!«, brüllte der zukünftige König von seinem Mogoth herab.

M. wachte auf, schoss in die Höhe und musste sich fast den Kopf abschrauben, um Maximilian auf seinem Thron zu erkennen.

»Mein lieber Maltazard, wenn ich König bin, werde ich dich zum Großkanzler ernennen.«

»Was? Aber … wie komme ich zu dieser Ehre?«, stotterte der junge, noch etwas verschlafene Krieger.

»Der Großkanzler muss jeden Morgen die Krone auf den Kopf des Königs setzen. Und weil ich in Zukunft auf diesem Mogoth hier sitzen werde, hast du wohl die perfekte Größe, um diese Arbeit zu verrichten«, erklärte der kleine Prinz mit einem teuflischen Grinsen. »Die richtige Person am richtigen Ort und schon sind die Gamule gerettet. Seite einhundertzehn des Großen Buches!«, fügte er noch hinzu, bevor er sich umdrehte und sich zum Palast tragen ließ.

Maximilian fühlte sich an diesem Tag unglaublich stolz. Aber abgesehen von seiner persönlichen Rache, war ihm etwas Wichtiges klar geworden: Die Größe eines Minimoys misst sich an der Größe seines Herzens, und deshalb konnte Maximilian von sich behaupten, dass er groß war. Und er legte an diesem Tag das feierliche Versprechen ab, dass er diesen wunderbaren Satz, sobald er König wäre, ins Große Buch eintragen lassen würde. Und so ist es auch geschehen, nachzulesen auf Seite vierhundert.

Inzwischen ist Maximilian über fünftausend Jahre alt und sein treuer Momo kann ihn nicht mehr tragen. Dessen Sohn hat ihn abgelöst. Er heißt Palmito und gleicht seinem Papa wie ein Wassertropfen dem anderen.

Doch zurück zur Zeremonie. Der König durchquert gerade das große Tor, wirft einen Blick auf Miro, grüßt höflich die Würdenträger und hohen Funktionäre der Minimoy-Regierung. Dann räuspert er sich und beginnt seine sich endlos hinziehende Eröffnungsrede.

»Meine lieben Mitbürger! Wenn wir uns heute auf dem großen Platz unseres Dorfes versammelt haben, dann deshalb weil die Lage ernst ist und …«

Selenia beendet an seiner Stelle den Satz.

»… und die Zeit drängt! Also vielen Dank für eure Aufmerksamkeit und auf geht's!«

Die kleine Prinzessin packt den Griff des Schwerts und schickt sich an, es mit einem Ruck herauszuziehen.

»Selenia! Das Schwert darf nicht einfach so herausgeholt werden. Das weißt du genau!«, ermahnt sie der König (nachzulesen in *Arthur und die Minimoys*).

»Die Zauberkräfte des Schwerts wirken nur in gerechten Händen«, erinnert Miro weise.

Aber Selenia ist eine Prinzessin und außerdem ist sie störrisch. Sie hat also zwei gute Gründe, um auf niemanden zu hören.

Sie holt tief Luft und zieht aus Leibeskräften. Das Schwert fährt so leicht aus dem Stein, als stecke es in einem Butterklumpen. Da Selenia nicht damit gerechnet hat, landet sie etwas unsanft auf ihrem Hosenboden.

Die Zuschauer sind sprachlos. Sogar der König ist verblüfft. Dabei hätte er es ahnen können. Seit ihrem letzten Abenteuer ist seine Tochter erwachsener geworden. Sie ist nicht mehr dieses ungestüme, jähzornige, vor Temperament übersprudelnde, überschwängliche kleine Mädchen, das bereit war, den Mond vom Himmel zu holen, wenn seine Ehre es verlangte. Selenia ist reifer geworden.

Die Prinzessin betrachtet das Schwert in ihren Händen und ist ganz erstaunt, dass sie nicht darum kämpfen musste.

»Offensichtlich drängt die Zeit wirklich, wenn die Göttin des Waldes mich das Schwert so einfach herausziehen lässt«, murmelt sie beunruhigt.

»Wie ist das möglich, mein guter Miro?«, fragt der König.

Der alte Maulwurf zuckt leicht die Schultern.

»Ich möchte dich nicht verletzen, mein guter Maximilian, aber es stimmt, dass dieses ganze Protokoll manchmal etwas lang und deine Rede oft etwas langweilig gerät«, erwidert der weise Maulwurf ohne Umschweife.

Der König ringt nach Luft. Er ist es nicht gewohnt, mitten im Protokoll derart aus der Fassung gebracht zu werden. Aber einen guten König erkennt man auch an seinem schnellen Reaktionsvermögen. Maximilian schaut zu seiner Tochter und hüstelt ein wenig.

»Hmm! Nun ja … angesichts der Umstände sage ich nur eines: Auf geht's!«

Kapitel 5

Maltazard hat sich bereits aufgemacht. Zum ersten Mal in seinem Leben befindet er sich auf einer Straße, auf einer richtigen Straße. Er ist begeistert von dieser glatten harten Chaussee mit der schönen weißen Linie in der Mitte. Zärtlich, als streichle er über einen Seidenstoff, fährt er mit seinem Fuß über den Asphalt. Die Erfindung gefällt ihm sehr, kannte er doch nur in Stein gehauene Wege, regelrechte Hindernisbahnen, auf denen man kaum vorwärts kam. Diese Straße hingegen ist schnurgerade und zieht sich auf beiden Seiten ins scheinbar Unendliche.

Maltazard schaut nach links und rechts und fragt sich, in welche Richtung er gehen soll. Er ist tatsächlich ein bisschen verloren in dieser neuen Dimension, in der ihm alles übergroß vorkommt.

»Ich möchte wissen, welche Art von Gamule diese Wege benutzt«, brummelt Maltazard.

Die Antwort trägt ihm der Wind zu. Aus der Ferne dringt plötzlich ein Geräusch an sein Ohr, das immer lauter wird. Ein dunkles, unangenehmes Brummen. Offensichtlich handelt es sich nicht um ein Gamul. Maltazard hätte den Schritt sofort erkannt, er hat sie schließlich oft genug gejagt. Nein, dieser Ton ist lauter, kräftiger, heimtückischer, aber sosehr Maltazard auch die Ohren spitzt, er kann ihn nicht zuordnen.

Vielleicht ist es eine Hummel?, überlegt er.

Dann wäre es ein Riesenexemplar und müsste im Tiefflug über den Asphalt fliegen. Denn das, was solch einen Krach macht, kommt gerade in Höchstgeschwindigkeit angerast. Maltazard schaut mit zugekniffenen Augen in Richtung vermeintliche Hummel, die im Näherkommen doch eher an einen Käfer erinnert.

Auch Inspektor Martin Baltimore kneift in seinem Polizeiauto die Augen zusammen. Er fragt sich, was dieser grünliche Klotz mitten auf der Straße zu suchen hat. Sein fragender Blick trifft seinen Kollegen, aber Simon hat auch keine Ahnung. Um auf Nummer sicher zu gehen, bremst der Inspektor etwas ab.

Maltazard beugt sich leicht nach vorne, um das auf ihn zukommende Tier näher in Augenschein zu nehmen. Jetzt kann er deutlich den verchromten Kühlergrill erkennen, der wie ein großes Gebiss hervorsteht. Kein Zweifel: Was so mit seinen Eckzähnen prahlt und derart knurrt, muss ein Raubtier sein, denkt Maltazard. Wilde Tiere zu jagen hat ihm aber noch nie Angst gemacht. Überhaupt gibt es wenig, was ihm Angst macht.

Inspektor Baltimore ist auch nicht ängstlich, aber er ist beunruhigt.

»Vielleicht kommt das von der Hitze und ist eine optische Täuschung?«, meint Simon, nur um etwas zu sagen.

»Die Hitze kann den Asphalt wellig werden lassen oder Luftspiegelungen hervorrufen, aber sie lässt keine Klötze wachsen!«, erwidert der Inspektor achselzuckend.

»Ja, aber manchmal lässt eine optische Täuschung einen

Gegenstand, der einen Kilometer entfernt ist, ganz nah erscheinen«, hält sein Kollege schüchtern dagegen.

Der Inspektor denkt einen Augenblick nach. Vor der Einfahrt zum nächsten Ort, etwa zwei Kilometer Luftlinie, steht tatsächlich ein ausladender beleuchteter Wegweiser. Von Weitem könnte es in der Tat so aussehen, als stünde er auf der Mittellinie der Straße. Martin fängt an zu grinsen.

»Ich nehme alles zurück, Kleiner! Du hast recht. Das ist der Wegweiser an der Ecke zum Supermarkt. Die Hitze muss wie ein Vergrößerungsglas wirken.«

»Danke, Chef!«, entgegnet der junge Mann stolz.

»Keine Ursache. Man muss auch zugeben können, dass man sich geirrt hat, wenn … man sich geirrt hat!«, sagt der Inspektor, bevor er wieder beschleunigt und auf die Luftspiegelung zufährt, die sich zum Albtraum entwickeln wird.

Der Fahrer rückt näher an die Windschutzscheibe. Mitten auf dem Klotz sind ganz deutlich zwei Augen zu erkennen. Zwei grausame Augen in einem sich zersetzenden Körper, der aussieht wie eine aus ihrem Grab gestiegene Leiche. Die beiden Polizisten begreifen plötzlich ihren Irrtum und brüllen los.

Dabei sollte Martin besser auf die Bremse steigen, als herumzuschreien wie ein Esel, aber dazu ist es sowieso schon zu spät. Das Auto wird mit voller Geschwindigkeit auf Maltazard prallen. M. der Verfluchte ist sich der Gefahr nicht bewusst. Er bewegt sich keinen Zentimeter von der Stelle und schaut dem auf sich zuschießenden Ungeheuer mit dem stählernen Kiefer voller Verachtung entgegen.

Doch Inspektor Baltimore ist ein guter Autofahrer. Im letzten Moment reißt er reflexartig das Lenkrad herum und entgeht somit haarscharf einem Zusammenstoß. Der Wagen ist so dicht an Maltazard vorbeigerast, dass der Druck ihn aus dem Gleichgewicht gebracht hat.

Die beiden Polizisten im Auto sind aschfahl. Simon wirft einen Blick durch das Heckfenster und sieht, wie die Kreatur immer kleiner wird.

»Was war das?!«, stammelt der junge Auszubildende mit leichenblasser Miene.

»Das war der Teufel!«, antwortet der Inspektor und seine Stimme zittert dabei. Dann tritt er aufs Gas, um so schnell wie möglich aus der Hölle herauszukommen.

Maltazard hat sich wieder gefasst und schaut dieser merkwürdigen sich entfernenden Maschine hinterher. Er weiß nicht, wohin sie fährt, aber er beschließt, ihr zu folgen.

Die Vögel des Waldes sehen erleichtert, wie sich Maltazard mit großen Schritten auf der endlosen, zwischen goldenen Weizenfeldern dahinschlängelnden Straße davonmacht.

Selenia, Arthur und Bétamèche sind auch auf einer Straße unterwegs. Nun ja, so zumindest nennen die Mimimoys dieses verrottete und ausgetrocknete Wasserrohr, das sich unterirdisch durch den ganzen Garten zieht. Ursprünglich gehörte das Rohr zu einem alten Bewässerungssystem, das Archibald vor zwanzig Jahren verlegt hatte. Aber die Rohre hatten damals eine schlechte Qualität und wurden bald durch einen prächtigen grünen Plastikschlauch ersetzt.

Dieses alte Rohrnetz ist für die Minimoys ein Glücksfall, denn es hätte sie Tausende von Arbeitsstunden gekostet, ein derartiges Straßennetz zu graben. Übrigens hatten sie schon mit dem

Bau eines solchen Projektes begonnen, bevor ihnen Archibald sein Kanalsystem zeigte.

Der König hatte damals endlich dem Großprojekt zugestimmt, das er schon seit Jahren vor sich her schob, und hatte gerade zusammen mit den Ameisen ein Abkommen unterzeichnet. Diese wiederum hatten ihre Beteiligung am Bau des Straßennetzes unter der Bedingung zugesagt, dass sie die Straßen mitbenutzen durften. Damit waren nicht alle einverstanden gewesen. Man fürchtete, dass die Ameisen, die tausendmal zahlreicher waren als die Minimoys, das Straßennetz im wahrsten Sinn des Wortes besetzen und den Spazierweg zu einer Autobahn umfunktionieren würden. Aber der König hatte seinen Entschluss gefasst, denn das Interesse der Allgemeinheit war ausschlaggebend.

Als Archibald vor Ort war, konnte er sich ein Bild über die Größenordnung der Arbeiten machen. Ameisen und Minimoys lösten sich Tag und Nacht in diesem staubigen Tunnel ab, in dem die Bohrungen kaum voranzukommen schienen.

Archibald hatte daraufhin um eine Audienz beim König gebeten, die ihm schließlich nach unzähligen vorausgegangenen Diskussionen und Versammlungen bewilligt wurde. Damals informierte er die Minimoys über das vorhandene Verkehrsnetz, das durch den gesamten Garten verlief und ihnen viel Mühe ersparen würde.

König Maximilian und die Ameisenkönigin waren natürlich sehr an dieser Lösung interessiert und Archibald zeichnete ihnen aus dem Gedächtnis das gesamte Rohrnetz auf. Daraufhin fuhr man mit den Arbeiten in entgegengesetzter Richtung fort und fing, Archibalds Anweisungen folgend, links zu graben an. Nach wenigen Stunden stießen die Arbeiter auf die alte Rohrleitung.

Auf diese Weise verfügten die Minimoys von einem Tag auf den anderen über ein komplettes und ziemlich gut ausgebautes Straßennetz, das es ihnen ermöglichte, sicher durch alle Sieben Erdteile zu reisen.

»Werden wir wieder in einer Nussschale unterwegs sein?«, fragt Arthur, den diese Vorstellung nicht gerade begeistert.

»Nein. Der Zugführer würde uns nie zu deinem Haus bringen. Das ist verbotenes Terrain«, erwidert Selenia.

Arthur ist erleichtert. Er kann sich nur zu gut an ihre letzte Reise in der Nuss erinnern. Und die war ziemlich turbulent …

»Wir gehen bis ans Ende dieser Straße und nehmen dann eine Blase als Transportmittel.«

»Oh nein!«, ruft Bétamèche entsetzt aus.

»Ist das … ist das schlimmer, als in der Nuss zu reisen?«, fragt Arthur beunruhigt.

»Im Vergleich dazu ist die Reise in der Nussschale ein Sonntagsspaziergang!«, erwidert der junge Prinz und zieht eine vielsagende Grimasse.

Vor einigen Jahren hat auch Maltazard sein eigenes Verkehrsnetz gebaut. Seine Räuberhöhle befand sich unter der Garage, zwischen den Rohren, die in die einzelnen Stockwerke führen, den elektrischen Leitungen, die an den Wänden entlanglaufen, und den Abwasserrohren. Dort hat er sein Netz gesponnen. Seinerzeit hat Maltazard an jeder Kreuzung seines riesigen

Verkehrsnetzes einen Seïden postiert, heute allerdings ist dieses Gebiet wie ausgestorben.

Unsere kleine Gruppe folgt eine Zeit lang diesem ekelhaften, mit Abfällen übersäten Kanal. Der ganze Müll der Arbeiter, die das Haus vor zwanzig Jahren gebaut haben, liegt hier herum: vom alten Nagel über Kaugummipapier bis hin zum Hobelspan.

»Das ist dein Haus? Es ist ja nicht besonders aufgeräumt!«, kommentiert die Prinzessin etwas angewidert.

»Nein, nein! Wir befinden uns zwischen den Wänden, nur deshalb ist es hier so schmutzig. Meine Großmutter ist zu dick, um in diesen Zwischenräumen zu putzen. Du wirst schon sehen, auf der anderen Seite der Wand ist alles ganz sauber!«, erwidert Arthur freundlich.

Jetzt erreichen sie eine Weggabelung. Unter einem großen Zähler ist eine Art Hebel am Rohr angebracht.

»Kannst du diese Sprache lesen?«, fragt Selenia und zeigt auf die Wand.

Arthur schaut nach oben und liest die alten auf die Mauer geklebten Schilder.

»Hm, Küche, Wohnzimmer, Margaretes Zimmer … Arthurs Zimmer!«, ruft der Junge. »Damit wird das Wasser in mein Badezimmer geleitet! Wir müssen nur an diesem Rohr hochklettern und schon sind wir direkt in meinem Zimmer. Von dort aus kommen wir ganz einfach ins Arbeitszimmer meines Großvaters!«

Selenia seufzt und stemmt die Arme in die Hüften.

»Arthur, schau mal da hoch!«

Der Junge folgt der Aufforderung und sieht, dass das besagte Rohr scheinbar unendlich weit nach oben verläuft. Es kommt ihm vor, als stünde er am Fuß des Mont Blanc.

»Ja … tatsächlich, das wird doch nicht so einfach sein!«, gibt er verlegen zu.

»Aber ja doch, im Gegenteil! Bétamèche, reich mir mal dein Messer«, befiehlt die Prinzessin plötzlich aufgeregt. Und jetzt sehen auch Arthur und Bétamèche, was Selenia längst entdeckt hat. Über ihnen hängt ein Kokon, der genauso aussieht wie der, in dem der alte Fährmann wohnt …

Der kleine Prinz wühlt in seiner Tasche und holt sein berühmtes Multifunktionsmesser heraus.

»Pass auf, der Alleskleber ist mit dem Klümpchenwerfer vertauscht und an der Stelle des Wampilo-Zotten-Limellators befindet sich jetzt die Kreuzschlitzmachete.«

»Keine Sorge!«, erwidert Selenia und reißt ihm das Messer fast aus der Hand. »Ich brauche nur eine scharfe Klinge!«

»Was ist ein Wampen-Dingsbums!«, erkundigt sich Arthur.

»Das braucht man, um die Zotten zu wampilieren, die sich an den Limellen festgesetzt haben!«, entgegnet Bétamèche.

»Ach so …«, stottert der kleine Junge, als wäre ihm nun alles klar. Er wird jetzt nicht nachfragen. Sie haben noch einen weiten Weg vor sich, und es wird sich noch die Gelegenheit bieten herauszufinden, wozu man an Limellen festsitzende Zotten wampilieren muss.

Selenia drückt auf einen Knopf an Bétamèches Messer. Doch es springt keine Klinge heraus, sondern ein Flammenwerfer, der umgehend den gesamten Kokon in Brand setzt.

»Ups!«, kann sie gerade noch sagen, bevor der rauchende Kokon anfängt, zu zappeln und auseinanderzureißen.

Ein über und über mit rauchender Seide verklebter Fährmann fällt auf die Erde.

»Sonst geht es euch noch gut, Leute auf diese Art zu wecken?«, schimpft der kleine Kerl mit dem langen Bart.

»Tut mir leid! Keine Zeit fürs Protokoll, wir haben einen superdringenden Auftrag!«, erklärt die Prinzessin, der es überhaupt nicht peinlich ist, dass sie so viel Durcheinander ausgelöst hat.

Der alte Fährmann klopft sich auf die Schultern, um zu vermeiden, dass seine Kleider verbrennen. Der Rauch lässt ihn husten.

»Dabei hatte ich meine Versetzung in dieses Loch beantragt, um endlich meine Ruhe zu haben. Ich wollte nicht wie mein Bruder im Palast arbeiten, wo man alle fünf Minuten geweckt wird.«

Währenddessen ist Selenia auf den großen Hebel gestiegen und drückt ihn mit Arthurs Hilfe herunter. In den Wasserrohren fängt es an zu gurgeln.

Der Fährmann öffnet eine kleine Tür am Rohr, die zu einem Druckbehälter führt. Hier gibt es einen Wasserstandsanzeiger und eine Luftblase, die an einer bunten Skala auf- und abspringt. Der Fährmann zieht an einem Hebel und schon leert sich die Abmessvorrichtung mit einem hässlichen Geräusch.

»Wenn ich hier auch alle fünf Minuten geweckt werde, beantrage ich wieder eine Versetzung!«, schimpft der Fährmann weiter, während er seiner Aufgabe nachkommt.

Diese Bemerkung macht Selenia stutzig.

»Ist denn vor uns schon jemand dagewesen?«

»Ein armer Kerl, der wie ein Schlosshund heulte! Er hat mich angefleht, ihn überzusetzen. Und er sah so unglücklich aus, dass ich es nicht übers Herz brachte, ihm die Bitte abzuschlagen«, erzählt der Fährmann.

»Wohin wollte er denn?«, fragt die Prinzessin.

»Irgendwohin! Es war ihm ganz egal. Er wollte einfach nur weg!«

Selenia beginnt zu ahnen, um wen es sich bei dem geheimnisvollen Reisenden handelt.

»Und wie sah er aus?«

Der Fährmann schiebt seine Kunden in die Abmessvorrichtung und denkt kurz nach.

»... ziemlich groß, schmuddelige Rüstung, freundliche Augen in einem etwas dümmlichen Gesicht und einen Kamm aus Rasierklingen auf dem Kopf.«

Unsere drei Freunde sind wie versteinert.

»Darkos!!«, rufen sie im Chor.

»Ja, so hieß er!«, erwidert der Fährmann und schlägt ihnen die Tür vor der Nase zu.

Bétamèche stürzt sich auf das Bullauge und schlägt mit aller Kraft dagegen, doch von draußen sind seine Schläge nicht zu hören. Außerdem ist der Fährmann zu sehr damit beschäftigt, seine Hebel in Gang zu setzen.

»Lass uns raus!«, brüllen unsere drei Helden.

Aber da können sie lange brüllen. Sie sind ganz und gar in diesem Rohr eingeschlossen, das sich gleich von beiden Seiten mit Wasser füllen wird. In wenigen Sekunden werden sie in einer Blase, mitten in der durchsichtigen Abmessvorrichtung, gefangen sein.

»Seid ihr so weit?«, ruft der Fährmann laut, damit man ihn gut versteht.

Unsere drei Helden schütteln heftig mit dem Kopf.

»Also, alles in Ordnung!«, schließt der Fährmann lächelnd daraus.

Wenn er jedes Mal abwarten würde, bis seine Passagiere bereit wären, könnte er es vergessen, sich jemals auszuruhen. Minimoys, das weiß jeder, fürchten das Wasser. So ist es verständlich, dass sie zu zittern anfangen und am liebsten alles rückgängig machen würden, sobald sie in der Blase eingeschlossen sind und die große Unterwasserreise beginnt.

»Alles wird gut!«, sagt der Fährmann und betätigt den letzten Hebel.

Die Druckventilklappen öffnen sich und geben die Blase frei. Unsere drei Helden halten sich, so gut es geht, an der durchsichtigen, glitschigen Wand fest.

Die kleine Blase treibt ein paar Sekunden im Rohr, bis sie von dem aufsteigenden Wasser mitgerissen wird. Bétamèche kann an der Wand kratzen, soviel er will, es ändert nichts an seiner Lage. Arthur dagegen wird allmählich ruhiger und findet die Reise eigentlich ziemlich angenehm. Die Blase schwimmt sanft im aufsteigenden Wasser hin und her, passiert einige Kröpfungen und lässt ihn eine Welt entdecken, die ihm völlig fremd war.

»Das ist aber doch ein wesentlich gemütlicheres Transportmittel als die Nuss!«, sagt er. »Außerdem besteht hier keine Gefahr, jemandem zu begegnen!«

»Nein, aber die Blase könnte platzen! Stell dir vor, wir ertrinken in all diesem Wasser!«, keucht Bétamèche und zittert am ganzen Körper.

»Es gibt Schlimmeres«, sagt Selenia.

Die beiden Jungen schauen sie ängstlich an. Und sie fährt fort: »Die Blase könnte sich festkeilen!«

»Oh nein! Mal den Teufel nicht an die Wand!«, erwidert Bétamèche.

Arthur versteht nicht. »Ist es denn so schlimm, festgekeilt zu sein?«, fragt er einfältig nach.

»Mal den Teufel nicht an die Wand!«, wiederholt Bétamèche.

Aber wie das so ist, wenn man vom Teufel spricht …

Die Blase erreicht eine neue Kröpfung, an der sich eine Ausbuchtung befindet. Dort drückt die Strömung sie hinein und schon sitzen unsere Helden fest.

»Schon passiert! Wir sind eingeklemmt!«, schreit Bétamèche und rudert mit den Armen.

»Kann das lange dauern?«, erkundigt sich Arthur.

»Das kann Monde dauern!«, antwortet Selenia. »Wir müssen abwarten, bis jemand auf die Idee kommt, irgendwo in diesem verflixten Haus den Wasserhahn zu öffnen, damit das abfließende Wasser uns hier herausschwemmt.«

Arthur hat verstanden und geht in Gedanken alle Familienmitglieder durch, die zu dieser frühen Stunde den Wasserhahn aufdrehen könnten: seine Großmutter, um zu kochen, sein Großvater, um den Garten zu gießen, sein Vater, um sich zu rasieren, und seine Mutter, wahrscheinlich um einen Zimmerbrand zu vermeiden. Es gibt viele Möglichkeiten und Arthur ist ganz zuversichtlich.

»Keine Sorge, um diese Zeit brauchen alle Wasser. Es wird schon nicht lange dauern!«

Kapitel 6

Ein kleiner Wasserstrahl beginnt zu sprudeln. Er kommt aus einem Wasserautomaten. Ein dicker Polizist beugt sich herunter und öffnet wie ein Frosch, der gerade eine Mücke verschlucken will, den Mund. Es ist nämlich gar nicht so leicht, diesen kleinen Geysir, der unter seiner Nase herumwirbelt, einzufangen. Doch der dicke Mann lässt nicht locker, denn um diese Tageszeit ist es bereits ziemlich heiß und seine Kehle ist völlig ausgetrocknet.

Genau in dem Moment, als der Polizist den Wasserstrahl erwischt hat, stürmen Leutnant Baltimore und sein Kollege ins Zimmer.

Sie kommen derart hereingestürzt, dass der Dicke zusammenschreckt und der Strahl ihm mitten ins Gesicht spritzt.

»Großalarm!«, schreit Simon, während Martin sich auf das erstbeste Telefon wirft und, ohne Guten Tag zu sagen, in den Hörer brüllt: »Ich brauche umgehend Verstärkung!«

»Was ist passiert?«, fragt der Dicke und wischt sich notdürftig ab.

Simon kommt bis auf wenige Zentimeter an sein Gesicht heran. Seine Augen sind schreckgeweitet und seine Unterlippe zittert.

»Wir haben den Teufel gesehen!«, flüstert er. »Er stand mitten auf der Straße und wir hätten ihn fast überfahren.«

Der dicke Polizist seufzt.

»Was zum Teufel wollte der bloß bei uns?«, fragt er augenzwinkernd.

»Ich habe nicht die leiseste Ahnung, aber wenn du ihn gesehen hättest, würdest du verstehen, warum wir nicht angehalten haben, um ihn zu fragen!«, erwidert Simon, der schon wieder wie ein Espenblatt zittert, nur weil er davon gesprochen hat.

Drei Polizeiautos durchqueren wenig später das Städtchen in Richtung große Ausfallstraße, der man bereits den Beinamen Teufelsweg gegeben hat. Es muss etwas Schwerwiegendes vorgefallen sein, sagen sich die Bewohner des netten Marktfleckens, denn es kommt selten vor, dass eine ganze Polizeistaffel vorbeibraust. Aber die wackeren Polizisten werden sich schwertun, den Teufel zwischen den Feldern ausfindig zu machen, da er bereits in der Stadt ist.

Besorgt sieht Maltazard der Abordnung entgegen. Er mag diese großen schwarzen Tiere mit den vorstehenden Zähnen nicht besonders. M. versteckt sich im Schatten einer kleinen Mauer und wartet ab, bis die Schwadron vorbeigezogen ist. Jetzt kehrt wieder Ruhe in den kleinen Ort ein und Maltazard lässt seinen Blick umherschweifen. Die Hitze ist unerträglich und einige Geschäfte haben ihre Markisen heruntergelassen, um die Kunden in den Schatten zu den Schaufenstern zu locken. Die Hauptstraße ist allerdings fast menschenleer. Nur ein paar Hausfrauen sind unterwegs zum Supermarkt.

Maltazard geht die Straße hinauf, wobei er darauf achtet, im

Schatten zu bleiben. Die Hitze stört ihn nicht im Geringsten, aber es erscheint ihm klüger, nicht aufzufallen. Eines ist sicher: Mit seinem Aussehen würde man ihn wohl kaum für einen Einheimischen halten. Am besten wäre es, sich zu verkleiden. Und am allerbesten wäre es, in eine andere Haut zu schlüpfen, sagt sich Maltazard, dem bereits klar geworden ist, dass ihm seine Hässlichkeit in dieser Welt, in der alles so schön aussieht, immer von Nachteil wäre.

Es muss M.s Glückstag sein, denn zufällig fällt ihm genau in diesem Moment ein kleines Werbeplakat ins Auge, das die Verdienste eines Doktor Franck Émilien Souture anpreist. Der Aushang ist ziemlich eindeutig: Auf der einen Seite ist eine Frau mit einer riesigen gebrochenen Nase abgebildet, auf der anderen sieht man dieselbe Frau mit einem neuen wohlgeformten Näschen, um das sie sogar Kleopatra beneidet hätte.

Da Maltazard keine Nase hat, versteht er die Abbildung natürlich falsch und stellt sich vor, wie entzückt die Frau mit der lächerlich kleinen Nase doch darüber sein muss, jetzt endlich einen großen Zinken im Gesicht zu haben, der es ihr erlaubt, wie ein Elefant zu schnarchen!

Doktor Franck Émilien Souture schlägt besorgt seinen Terminkalender auf und seufzt, weil es keine Eintragungen gibt. Nicht eine kleine OP, ja nicht einmal eine Schminkberatung. Nichts, niemand. Die kleine Stadt fühlt sich offensichtlich sehr wohl in ihrer Haut und ist nicht auf seine Hilfe angewiesen. Vor etwa sechs Monaten hat er sich hier niedergelassen, hat auf dem Land eine fantastische Ansammlung von Leberflecken, Hasenscharten und bösen Narben aller Art vermutet. Übrigens lag er damit richtig, denn das Leben auf dem Lande ist gelegentlich ziemlich hart. Aber jeder nimmt sich so, wie er ist, und niemand hat sich bislang für die Dienstleistungen des Doktor Souture interessiert.

Unter diesen trostlosen Umständen kann man sich gut vorstellen, welche Hoffnungen sich in dem armen Mann regen, als es an seiner Tür klingelt. Ein Patient! Vor Aufregung ringt Franck Émilien die Hände. Dann holt er tief Luft und öffnet feierlich die Tür. Maltazard verdeckt den gesamten Türrahmen und zugleich das Licht. Franck Émilien entfährt ein Schrei des Entsetzens. Das ist wirklich das Letzte, womit man einen Kunden empfangen sollte!

»Entschuldigen Sie, ich … ich erwartete jemand anderen, deshalb war ich so … überrascht.«

Maltazard betrachtet kurz diesen komischen Kauz, dem die Knie schlottern und der Schweiß bereits übers Gesicht rinnt.

»Was ist Ihr Anliegen?«, stottert der Arzt.

M. ignoriert die Frage einfach und begnügt sich damit, das Behandlungszimmer zu betreten, was gar nicht so einfach ist, wenn man zwei Meter vierzig misst.

Der Arzt sieht die Kreatur gleichermaßen fasziniert und angewidert hereinkommen. Als junger Student hat er schreckliche Dinge gesehen: Schafe mit fünf Beinen, Kälber mit zwei Köpfen … aber eine wandelnde Scheußlichkeit wie diese ist ihm noch nie untergekommen. Selbst Fliegen würden es nicht wagen, sich auf Maltazard zu setzen, aus Angst krank zu werden.

Der Fürst der Finsternis stellt sich vor die Wand, auf der die Fotos über die Leistungen des Doktors zur Schau gestellt sind. Maltazard studiert systematisch eines nach dem anderen. Er ist sehr angetan von dieser minutiösen Arbeit. Hätte er von solchen Techniken gewusst, dann wäre ihm so manches Leid erspart geblieben.

»Saubere Arbeit!«, kommentiert M. mit Kennerblick.

»Danke!«, stammelt der Arzt, dem es nicht wirklich gelingt, locker zu sein.

»Ich möchte mich auch verändern und mein früheres Aussehen wiederbekommen.«

Der Arzt wartet ab. Gerade suchte er noch Arbeit, jetzt hat er plötzlich mehr als genug.

»Äh … wem oder was sahen Sie denn früher ähnlich?«, fragt er einfältig nach.

»Früher war ich ein schöner junger Mann, ein stolzer Krieger, voller Feuer und bereit, alle Welt und alle Herzen zu erobern.«

Maltazard bleibt vor einem Spiegel stehen und betrachtet sich kurz.

»Und das ist aus mir geworden! Ein Schatten, ein Schatten meiner selbst. Ein abscheuliches Wesen, das jeden Tag mehr verlottert.«

»Es … es stimmt, Sie haben kein einfaches Gesicht«, sagt der Arzt, als spräche er zu einer Patientin. »Aber … wie ist es dazu gekommen?«

Maltazard bleibt stumm. Er redet nicht gerne von diesem Lebensabschnitt.

»… eine Vergiftung.«

»Aha! Natürlich. Ich habe zwar schon einige Unfallopfer gesehen, aber niemanden in diesem Zustand. Ich meine … diese Zersetzung und … und wer hat Sie derart verunstaltet? Eine Ihrer Eroberungen?«

Maltazard senkt den Kopf. Der Doktor hat ins Schwarze getroffen.

»Frauen sind furchtbar und manchmal kennen sie kein Erbarmen«, bestätigt Franck Émilien.

»Ja … und die Coleoptera sind die Schlimmsten von allen«, ergänzt M. in vertrauensvollem Ton.

Der Doktor ist kurz davor umzukippen. Zugegeben, sich Maltazard in enger Umarmung mit einem riesigen giftigen Insekt vorzustellen, ist nicht gerade sehr appetitlich. Dem Arzt wird gleich schlecht.

»Hören Sie, das Beste ist, wenn Sie nach Hause gehen und in Ruhe einige Gesichter und Körper, die Ihnen gefallen, ausschneiden und eine kleine Montage für mich zusammenstellen. Somit bekäme ich eine Idee von Ihren Wünschen. Das wäre eine vernünftige Ausgangsbasis«, schlägt der Arzt vor.

Währenddessen hätte er selbst genug Zeit, um dieser Stadt der Irren endlich den Rücken zu kehren. Zufrieden mit seinem Plan öffnet er die Tür und geleitet Maltazard höflich nach draußen.

»Das wär's für heute. Sobald Sie Ihr kleines Modell haben, kommen Sie vorbei, und wir tun unser Bestes!«

M. zögert einen Augenblick. Jeglicher anderen Kreatur, die seinen Plänen derart widersprochen hätte, hätte er bereits den Garaus gemacht, aber er braucht diesen Doktor, denn darauf kann er wetten: Es gibt sicher keinen zweiten in der Gegend.

»Ich komme wieder!«, donnert er mit der mächtigen Stimme eines Burgschauspielers.

»Genau! Kommen Sie, wenn Sie fertig sind! Und überlegen

Sie gründlich, denn was einmal operiert wurde, kann man nicht mehr rückgängig machen«, erklärt der Arzt.

Aber es besteht wenig Hoffnung, dass Maltazard seinem Zustand fortschreitender Zersetzung nachtrauert. Der Doktor schlägt Maltazard die Eingangstür vor der Nase zu. Natürlich ist das nur eine Redensart, denn wir wissen ja, dass Maltazard immer noch keine Nase hat.

Zögernd bleibt er vor der Tür zur Praxis stehen und überdenkt die Aufgabe, die ihm der Doktor gestellt hat. Dann tritt er an das Flurfenster und schaut hinaus. Dahinter liegt ein kleiner Garten und noch etwas weiter gibt es ein Geschäft: ein Beerdigungsinstitut. Maltazard betrachtet abwechselnd die Tür zur Praxis und den Eingang zum Geschäft und fragt sich, ob es eine Verbindung zwischen den beiden Einrichtungen gibt. Eine Idee entspringt seinem kranken Hirn und er beginnt zu grinsen.

Aber es ist nie ein gutes Zeichen, wenn sich in Maltazards Gesicht ein Grinsen breitmacht.

Franck Émilien Souture tupft sich die Stirn ab und setzt sich auf seinen Koffer, damit dieser zugeht. Er schaut sich um, ob er auch nichts vergessen hat. Lange wird er ja nicht wegbleiben. Nur ein paar Tage, bis die Polizei, die Armee oder der Zoo dieses ekelhafte Wesen eingefangen hat, das sogar Frankenstein Angst einjagen würde. Er nimmt seinen Koffer und geht entschlossenen Schrittes zur Tür, die ihm im wahrsten Sinn des Wortes auf die Nase schlägt. Und da *er* eine Nase *hat*, fängt diese auch gleich an zu bluten.

»Es ist so weit!«, verkündet Maltazard und betritt selbstbewusst die Praxis.

Der Arzt fasst sich an die Nase und schließt die Tür.

»Was ist so weit?«, fragt er, während er dabei zuschaut, wie die Kreatur einen unförmigen Leinensack auf den Tisch wuchtet.

»Ich habe getan, was Sie mir aufgetragen haben! Ich habe die Teile ausgeschnitten, die mir gefielen«, sagt er und schnürt den Sack auf.

Der Doktor wagt es kaum, einen Blick hineinzuwerfen.

»Die Ohren von dem da, der Mund von dem anderen und die Nase von diesem!«, schreit Maltazard und zeigt auf den Inhalt des Sackes.

Dem Doktor fehlen die Worte. Als er »ausschneiden« sagte, hat er natürlich an Fotos aus Illustrierten gedacht, und nicht an … Menschen! Aber Maltazard hat eine Entschuldigung: Er kennt keine Illustrierten. Im Zerschneiden dagegen kennt er sich bestens aus.

Jetzt wird dem Artzt wirklich schlecht. Er verdreht die Augen, dann fällt er in Ohnmacht.

»Dabei bräuchten wir nur ein kleines bisschen Wasser, um hier herauszukommen«, murmelt Selenia.

Aber ihr Jammern hilft nicht weiter. Unsere Freunde sitzen immer noch in ihrer Blase im Gelenk des Rohrs fest. Bétamèche seufzt. Er beginnt sich zu langweilen.

»Waschen sich deine Eltern nicht die Hände?«

»Natürlich waschen sie sich! Aber … ich verstehe auch nicht, was los ist. Normalerweise rasiert sich mein Vater um diese Zeit.«

François steht tatsächlich im Bad. Sein Gesicht ist voller Schaum und er hält das Rasiermesser in der Hand. Aber er bewegt sich nicht von der Stelle, denkt gerade wieder an die albtraumhafte Begegnung im Wald. Offensichtlich fehlt ihm die Kraft, den Wasserhahn aufzudrehen.

»Meine Mutter müsste eigentlich auch im Badezimmer sein«, fährt Arthur fort. »Sie nimmt jeden Morgen ein Bad.«

Und es stimmt: Rose befindet sich gerade in einem rosafarbenen Badezimmer und rüttelt an dem Wasserhahn herum, der sich nicht öffnen lässt.

»Warum geht das immer so schwer?«, klagt sie wie an jedem Morgen. Aber wie an jedem Morgen dreht sie den Wasserhahn in die falsche Richtung. Aus dem rosa Badezimmer wird so schnell also kein Wasser kommen.

Arthur denkt nach.

»Meine Großmutter ist um diese Zeit in der Küche. Sie putzt das Gemüse. Danach muss sie es auf jeden Fall abspülen!«

In der Tat thront ein großer Gemüseberg auf dem Küchentisch, aber Margarete hat ihr Messer weggelegt und zum Telefonhörer gegriffen.

»Guten Tag, Frau Mingus … Gut! Danke! Entschuldigen Sie bitte, dass ich Sie belästige, aber haben Sie vielleicht meinen Enkel Arthur über ihren Acker laufen sehen? … Nein?«

Margarete ist enttäuscht. Ein tiefer Seufzer ist zu hören, dann blättert sie in ihrem Adressbuch und wählt eine andere Nummer. Und das Gemüse wird nicht geschnitten und erst recht nicht gewaschen.

»Und wenn es nicht meine Großmutter ist, die den Wasserhahn zuerst aufdreht, dann wird es mein Großvater sein!«, versichert der kleine Junge, um seine Reisegefährten zuversichtlich zu stimmen.

Arthur hat wahrscheinlich recht. Es wird sicher Archibald sein, der zuerst das Wasser laufen lässt, denn er sitzt auf der Toilette. Es bleibt nur noch abzuwarten, bis er seine Zeitung fertig gelesen hat … aber da er sich gerade ganz begeistert in einen Artikel über Äquatorialafrika vertieft hat, dürfte das wohl noch ein Weilchen dauern.

»In fünf Minuten wird dieser ärgerliche Zwischenfall vergessen sein!«, verspricht Arthur.

Doch dieses Versprechen scheint Bétamèche nicht zu freuen, im Gegenteil. Er macht ein entsetztes Gesicht, als wäre ihm gerade ein Geist erschienen. Und mit dieser Beschreibung liegen wir auch gar nicht so falsch: Ein Schatten kommt auf die drei Freunde zu, eine durch die Bewegung des Wassers verschobene Silhouette. Eine Gestalt, die sich in einem kleinen benachbarten Rohr versteckt hat und sich jetzt der Blase nähert.

»Darkos!«, rufen unsere Helden wie aus einem Munde.

Maltazards Sohn ist nicht tot, wie ein Blick auf sein fröhlich grinsendes Gebiss beweist. Arthur fühlt sich plötzlich wie eine knusprige Kartoffelkrokette zwischen den Pfoten eines ausgehungerten Katers.

Darkos meint, seinen Augen nicht trauen zu können. Vor ihm stehen die drei Verantwortlichen für das größte Desaster, das er je erlebt hat. Eine Katastrophe, die ihm zunächst seinen Rang und seine Ehre genommen hat und unmittelbar danach seinen Vater und sein Königreich. Er kann nicht glauben, dass ihm die Göttin des Waldes in ihrer großen Güte seine schlimmsten Feinde quasi auf dem Tablett serviert. Aber Darkos ist misstrauisch. Vielleicht ist das alles nur ein böser Traum oder eine optische Täuschung. Es wäre nicht das erste Mal, dass er Opfer einer Täuschung ist, denn die Einsamkeit, unter der er seit Monden leidet, spielt ihm manchmal böse mit.

Darkos runzelt die Stirn und schleicht langsam näher. Die drei kleinen in der Blase eingeschlossenen Personen sehen ziemlich echt aus, auch wenn das Wasser, das sie von Darkos trennt, das Bild leicht verzerrt. Ein Lächeln erscheint auf dem Gesicht des Kriegers. Seine Wahrnehmung funktioniert noch, und ihm ist gerade klar geworden, dass ihm unsere drei Helden jetzt auf Gedeih und Verderb ausgeliefert sind.

Aber Rache ist süß und Darkos läuft bereits das Wasser im Mund zusammen. Er bricht eine Rasierklinge aus seinem Kamm und geht auf die Blase zu, deren Tage gezählt zu sein scheinen.

»Es wäre gut, wenn da oben endlich jemand einen Wasserhahn öffnen würde!«, stammelt Bétamèche.

»Ich bin sicher, dass das gleich passieren wird!«, behauptet Arthur, um sowohl seine Freunde als auch sich selbst zu beruhigen.

Aber sein Vater steht immer noch willenlos vor dem Waschbecken, seine Mutter plagt sich immer noch mit dem Wasserhahn ab, seine Großmutter sitzt immer noch am Telefon und sein Großvater befindet sich mittels der Zeitung immer noch in Afrika.

Doch in dem Augenblick, als Darkos sein fürchterliches Kriegsgeheul ausstößt, ein Zeichen dafür, dass sein bevorstehender Angriff nur noch eine Frage von Sekunden ist, läutet im Haus die Türglocke. Darkos spitzt die Ohren, François schaut auf, Rose lässt den Wasserhahn los, Margarete legt den Telefonhörer zurück und Archibald klappt die Zeitung zu.

Wer könnte wohl um diese Zeit an der Tür klingeln? Einige

Sekunden vergehen, bis Darkos sich wieder daran erinnert, was er gerade tun wollte. Und so nimmt er genau in dem Moment wieder Anlauf, als Archibald beschließt nachzuschauen, wer sie besuchen kommt.

Darkos wirft sich nach vorne wie ein Wilder, während Archibald eilig die Wasserspülung betätigt. Gerade noch rechtzeitig wird die Blase freigeschwemmt und von einem kräftigen Wasserstrom mitgerissen.

Darkos taucht mit gezückter Rasierklinge ins Wasser, aber er verpasst die Blase um Haaresbreite. Und diese Haaresbreite reicht aus, um ihn selbst in der Ausbuchtung landen zu lassen, in der sich zuvor die Blase befand. Heute ist wirklich nicht sein Tag. Ihm bleibt nichts anderes übrig, als nach Rache zu schreien und seinen Feinden hinterherzuschauen, bis sie schließlich im Rohr verschwunden sind.

Kapitel 7

Archibald hat seine Zeitung zusammengefaltet und sich eilig angezogen. Er öffnet die Tür, ohne sich die Mühe zu machen, vorher durch den Spion zu schauen. Das ist auch gut so, denn das Monstrum vor seiner Tür muss nicht auch noch durch die Linse entstellt werden.

Archibald ist ein wohltätiger Mensch und ein guter Christ, trotzdem kann er es beim Anblick des hässlichen Mannes, der gerade geklingelt hat, nicht vermeiden, sein Gesicht vor Ekel zu verziehen. Eigentlich müsste man »der verschiedenen Männer« sagen, denn Ohren, Mund und Nase scheinen nicht zur selben Person zu gehören und sehen aus, als wären sie das Ergebnis einer geschickten Schneiderarbeit.

Maltazard ist nicht wiederzuerkennen, und wenngleich er immer noch abgrundhässlich ist, so sieht er zumindest einem Menschen ähnlich. Ein langer, bis zum Hals zugeknöpfter Mantel, ein ins Gesicht gezogener Hut und ein beachtlicher Schminkeinsatz haben ihn nahezu perfekt getarnt.

Franck Émilien Souture hat gute Arbeit geleistet, auch wenn das Adjektiv »gut« bei Maltazard nicht wirklich angebracht ist.

Tatsächlich erkennt ihn Archibald nicht wieder. Und daher

kann er sich auch überhaupt nicht vorstellen, wer hinter dieser so abstoßenden Erscheinung wirklich steckt.

»Kann ich … kann ich Ihnen helfen?«, fragt Archibald zuvorkommend.

Maltazard freut sich, dass man ihn nicht erkennt, und trägt ein breites Lächeln zur Schau, das seine neue Haut allerdings ein wenig zu sehr anspannt und mit einem fürchterlichen Knirschen einhergeht. Archibald verzieht an seiner Stelle schmerzhaft das Gesicht.

»Es tut mir wirklich leid, Sie zu belästigen«, erwidert Maltazard außergewöhnlich höflich.

Archibald ist gleichermaßen überrascht von der unerwarteten Wohlerzogenheit wie vom rauen Klang der Stimme, die ihm irgendwie bekannt vorkommt.

»Keine Ursache!«, erwidert Arthurs Großvater, wie es sich gehört.

»Sind Sie von hier?«, fragt Archibald nach, da er den Mann zum Reden bringen möchte, um diese eigenartige Stimme noch einmal zu hören.

»Ja, ich habe lange auf diesem Gelände gelebt, ich meine, in dieser Gegend, noch bevor dieses Haus gebaut wurde.«

»Ach so … Sie waren als Kind hier und sind noch einmal hierhergepilgert. Richtig?«, erkundigte sich Archibald mit einem Lächeln in den Mundwinkeln.

»Genauso ist es! Ich bin meine ganze Kindheit auf diesen grünen Wissen herumgerannt und kann wirklich behaupten, dass ich Ihren Garten in- und auswendig kenne.«

Archibald ahnt nicht, wie sehr diese Worte der Wahrheit entsprechen. Maltazard kennt das Kellergeschoss wahrscheinlich besser als der Bauunternehmer, der das Haus errichtet hat.

Alfred langweilt sich unterdessen hinten im Schuppen und kann einfach nicht einschlafen. Plötzlich wird ihm klar, was der Grund dafür ist: diese drückende und ungewöhnliche Stille! Kein Vogel nervt ihn, keine Mücke neckt ihn an der Schnauze. Angesichts dieses unverständlichen Phänomens beschließt er, durch die kleine Hintertür ins Wohnzimmer zu gehen, um ein paar Informationen aufzuschnappen. Aber je näher er der Eingangstür kommt, desto mehr spürt er eine unangenehme Aura, die ihm Angst macht und seine Rückenhaare zu Berge stehen lässt. Langsam trottet er auf die Tür zu, in der dieser seltsame Unbekannte mit Archibald spricht. Alfreds Fell sträubt sich noch mehr, seine Beine knicken ein, seine Ohren liegen flach nach hinten und sein Instinkt zwingt ihn zu knurren.

»Was ist denn mit dir los, Alfred? Begrüßt man etwa so unsere Gäste?«, beschimpft der Großvater den Hund.

Mit dem Fuß schiebt er ihn beiseite und scheucht ihn aus dem Haus. Alfred schlüpft an dem Unbekannten vorbei und achtet darauf, ihn nicht zu berühren.

»Entschuldigen Sie bitte, er bekommt nicht oft fremde Leute zu sehen!«, erklärt der alte Mann.

»Ich hätte wahrscheinlich genauso reagiert, wenn ein Fremder zu mir gekommen wäre«, witzelt Maltazard.

»Also ist es die Gastfreundschaft, die uns von den Hunden unterscheidet! Kommen Sie! Treten Sie bitte ein! Es ist sehr heiß draußen, Sie sollten lieber in den Schatten gehen!«, sagt Archibald und tritt zur Seite, um seinen Besuch durchzulassen.

»Ich habe den Schatten stets vorgezogen«, murmelt Maltazard, der sich Zeit lässt mit dem Hereinkommen, um den Moment voll auszukosten.

»Nehmen Sie Platz. Ich hole Limonade.«

»Machen Sie sich bitte keine Umstände meinetwegen«, erwidert der Gast.

»Keine Sorge. Im Sommer hat meine Frau immer welche auf Vorrat zubereitet. Wir haben einen Enkel, der ganz wild darauf ist.«

»Aha? Ein Kind? Ich liebe Kinder«, sagt M., als handle es sich dabei um eine Leckerei. »Und … wo ist das zauberhafte Kindchen?«, fragt er dann, wohl wissend, dass er damit das Messer mitten in die Wunde stößt.

Aber Archibald lässt sich seinen Kummer jetzt nicht anmerken, schon gar nicht vor einem Fremden.

»Wahrscheinlich ist er in seinem Zimmer und spielt«, erwidert der Großvater mit einem etwas verkrampften Lächeln.

Wenn Archibald wüsste … Arthur ist tatsächlich in seinem Zimmer. In seinem Badezimmer, um genau zu sein. Noch genauer gesagt: Er befindet sich gerade unter dem kleinen Gitter am Boden der Duschwanne. Die Blase hat endlich ihr Reiseziel erreicht und ist jetzt eingeklemmt zwischen der Wasseroberfläche und dem Abflussgitter.

Selenia zieht ihr Schwert aus der Scheide und will die Kugel aufschlitzen.

»Auf mein Kommando hängen wir uns alle an die Seile dort oben!«, ruft sie und stellt sich in Position.

Arthur hebt den Kopf. Die Seile, von denen die Prinzessin

spricht, sind in Wirklichkeit Haare, die sich in dem kleinen Gitter verfangen haben. Glücklicherweise hat Arthur keine Zeit gehabt, die Duschwanne auszuspülen.

Selenia holt aus und schlägt mit einer sehr eleganten Bewegung die Blase entzwei. Unsere drei Helden springen hoch und klammern sich an die Haare, die, gemessen an der Größe der Minimoys, so dick sind wie Knotenseile. Arthur klettert durch die Löcher des Abflusssiebes und hilft danach Selenia und Bétamèche heraus. Jetzt stehen alle drei mitten in einer riesengroßen weißen Keramikwanne.

»Ist das dein Zimmer?«, fragt Selenia etwas erstaunt.

»Nein! Das ist die Dusche. Mein Zimmer ist direkt nebenan.«

Allerdings würden sie bei ihrer Größe eine gute Stunde brauchen, bis sie »nebenan« wären.

»Mach schon, klettere hinauf«, ruft Arthur und presst sich gegen die Wand.

Selenia stellt einen Fuß zwischen Arthurs Räuberleiter-Hände und den anderen auf seine Schulter. Dann stützt sie sich selbst an die Wand, damit Bétamèche hochklettern kann. Bétamèche gelangt schnell auf den Keramikrand und Selenia steht bald darauf neben ihm.

»Wow!«, sagt Bétamèche beim Anblick des gewaltigen Badezimmers, das sich vor ihm ausdehnt.

Selenia ist vor allem von der Raumhöhe und der riesengroßen Deckenlampe beeindruckt. Dieses Ding ist allein schon so groß wie ihr ganzes Dorf!

»Sieht aus wie eine fliegende Untertasse«, murmelt Bétamèche, nachdem auch er die Hängelampe betrachtet hat.

»Hmm … würde es euch was ausmachen, mir hier herauszuhelfen?«, fragt Arthur schließlich. Vor lauter Staunen haben die beiden ihn in der Duschwanne völlig vergessen.

Selenia entschuldigt sich und reicht ihm ihr Schwert. Arthur klammert sich daran fest und zieht sich hoch auf die Duschumrandung.

»Dort entlang!«, sagt Arthur und zeigt auf den weit entfernten Lichtbalken, der sich unter seiner Zimmertür abzeichnet.

»Das bedeutet mindestens eine Stunde Fußmarsch!«, jammert Bétamèche, der schon von der bisherigen Reise völlig erschöpft ist.

»Das wird uns höchstens ein paar Sekunden kosten!«, behauptet Arthur, bevor er mit Schwung auf den neben der Dusche stehenden Stuhl hechtet, der auf einmal riesig erscheint.

Selenia springt hinterher, voller Anmut und leichtfüßig wie immer. Es folgt Bétamèche, voller Unmut und schwerfällig wie immer.

Seine Beleibtheit wäre ihn übrigens fast teuer zu stehen gekommen. Er wäre nämlich beinahe abgestürzt, wenn ihn seine Schwester nicht im letzten Moment festgehalten hätte.

Arthur läuft zu einem zusammengeknüllten T-Shirt, das auf dem Stuhl liegt. Er greift nach dem festen Stoff und erklärt feierlich: »Meine sehr geehrten Damen und Herren, erlauben Sie mir, Ihnen das ökologischste Fahrzeug der Welt vorzustellen. Es hat weder Motor noch Antrieb: Hier ist der berühmte Opel Astral!«

Mit Mühe gelingt es Arthur, einen Zipfel des T-Shirts zur Seite zu schieben. Ein Miniaturauto kommt zum Vorschein, eine Art Gelände-Rennwagen mit seitlich aufgemalten Flammen. Arthur steigt schnell ein, er freut sich, endlich wieder die richtige Größe für sein Auto zu haben. Bétamèche nimmt mürrisch hinten Platz und fragt sich, ob er nicht lieber zu Fuß gehen sollte. Seine letzte Autofahrt ist ihm nicht in guter Erinnerung geblieben (nachzulesen in *Arthur und die Verbotene Stadt*).

»Ist ja schön, dass es ökologisch ist, aber wenn es weder Motor noch Antrieb hat, wie kommt es dann vorwärts?«, fragt Selenia beim Einsteigen.

»Indem es die älteste Energieform der Welt ausnutzt«, antwortet Arthur.

Selenia und Bétamèche schauen sich verständnislos an.

»Die Schwerkraft!«, verkündet Arthur stolz und fordert seine Freunde auf, einen Blick durch die Windschutzscheibe zu werfen.

Der berühmte Opel Astral steht auf einer Rampe, die fast senkrecht nach unten verläuft. Allein beim Hinschauen wird es einem schwindlig. Die große Achterbahn erscheint im Vergleich dazu wie ein Kinderkarussell.

Selenia bleibt der Mund offen stehen, Bétamèche klappert mit den Zähnen.

»Du … du … du willst doch nicht etwa *da* runterfahren?«, stottert Bétamèche.

»Uns bleibt nichts anderes übrig!«, erwidert Arthur, der seine Aufregung kaum verbergen kann.

Der Pilot fasst mit seinem Arm nach draußen und löst einen Hebel, der das Auto festgehalten hat. Der Astral kippt in die Vertikale und erreicht innerhalb von Sekunden eine phänomenale Geschwindigkeit. Eigentlich würde man erwarten, dass ein Wagen ohne Motor leise ist, aber Selenia und Bétamèche schreien so laut, dass sie ein ganzes Geschwader von Traktoren übertönen würden. Arthur schreit auch, aber vor Begeisterung. Wie oft hat er davon geträumt, in seinem Auto zu sitzen und dieses Gefühl selbst zu erleben, anstatt es sich beim Anschieben nur vorzustellen!

Der Astral kommt unten an, dort wo die Rampe eine Kurve macht, und fährt auf dem Boden weiter. Der Druck ist so stark, dass die Passagiere fast in ihren Sitzen verschwinden, so fest werden sie dagegen gepresst. Der Rennwagen durchquert das Badezimmer mit Überschallgeschwindigkeit und fährt auf die Tür zu.

»Da passen wir nicht durch!«, heult Selenia, als sie auf den Lichtbalken zurasen.

»Aber ja doch, wir passen durch!«, versichert der Pilot, der das Experiment schon Hunderte von Malen ausprobiert hat.

Allerdings ist es beeindruckender, das Ganze sozusagen live zu erleben, und so klopft auch Arthurs Herz wie wild, als sie auf die Tür zuschießen. In dem Augenblick, als das Auto durch die Tür saust, ist ein dumpfer Knall zu hören.

Der Astral passt nämlich nur gerade so durch die Ritze und jetzt wird Arthur auch klar, woher die Kratzer auf dem Rennwagen stammen … Er macht sich Vorwürfe, weil er so oft Alfred verdächtigte, mit seinem Auto gespielt und es mit seinen Eckzähnen verschrammt zu haben.

Selenia legt die Hände auf das Armaturenbrett und richtet sich ängstlich auf. Der Rennwagen flitzt immer noch mit gleicher Geschwindigkeit weiter, aber jetzt hat Arthur alles im Griff.

»Hier ist mein Zimmer!«, verkündet er und streckt den Arm aus, als gelte es, die Pyramiden von Gizeh zu besichtigen.

Selenia wirft einen Blick auf das wunderbare Möbelstück, das man Bett nennt, und auf die riesigen Gegenstände, die aus dem Boden ragen wie die Sphinx in der Wüste.

Geschickt fährt Arthur Slalom durch all seine Spielsachen.

»Das alles ist Spielzeug?«, fragt Bétamèche verwirrt.

»Ja, ich wurde ganz schön verwöhnt, als ich zurückkam. Mein Großvater wollte alle Weihnachtsfeste nachholen, die er nicht mit uns verbringen konnte. Wir haben mitten im August Weihnachten gefeiert!«, erzählt Arthur lächelnd.

Bétamèche fragt sich, wie man mit so unförmigen Dingen spielen kann, wo man doch nur eine Haselnussschale braucht, um daraus eine Höhle zu bauen, und ein weiches Blatt, um es zu einem lustigen Trampolin umzufunktionieren. Allmählich wird der Astral von selbst langsamer und Arthur parkt ihn vor einer herrlichen Lokomotive.

»Jetzt nehmen wir ein anderes Transportmittel«, kündigt der Junge stolz an.

»Schon wieder?!«, jammert Bétamèche. »Und was ist das für eine Maschine?«

»Man nennt sie Zug und es ist das coolste Transportmittel überhaupt! Du wirst schon sehen!«

»Fährt es schnell?«, fragt Selenia und betrachtet prüfend die Lokomotive.

»Schnell genug, um sich nicht zu langweilen, und langsam genug, um die Landschaft zu genießen«, entgegnet Arthur, als würde er ein Sprichwort zitieren.

Wahrscheinlich hat er diese Antwort irgendwann von seinem Großvater gehört, denn Archibald, der ja immer viel verreiste, hat Hunderte Male den Zug genommen. Auch Arthur ist schon ein paarmal mit dem Zug gefahren, bevor sich sein Vater ein

Auto kaufte. Aber jetzt wird er zum ersten Mal mit einem Miniaturzug unterwegs sein.

»Wenn ich die Prinzessin bitten darf!«, sagt Arthur mit einer Verbeugung.

Natürlich war diese Geste nur Spaß, aber Selenia bemerkt das gar nicht. Sie ist es gewohnt, dass sich ihre Untergebenen vor ihr verbeugen. Voller Interesse besichtigt sie den Waggon. Es handelt sich um den Speisewagen, der am Zugende angehängt ist.

»Ich würde gerne etwas essen!«, seufzt Selenia und setzt sich an einen Tisch.

»Äh … was den Service anbetrifft, so dürfte das etwas schwierig werden! Die Eisenbahner streiken! Ich könnte die Armee bitten, die Küche zu übernehmen, aber alle meine Bleisoldaten sind im Krieg«, witzelt Arthur.

Aber mit dieser Art von Humor kann Selenia nichts anfangen.

»Ich habe Hunger!!«, brüllt sie und reißt ihren Mund auf wie eine Auster, die nach Plankton schreit.

»Äh … rührt Euch nicht vom Fleck … ich … ich werde sehen, was sich machen lässt!«, sagt der Junge voller Panik, seine Prinzessin vor seinen Augen verhungern zu sehen.

Kapitel 8

Die Kühlschranktür geht auf. Man könnte meinen, die Lebensmittel seien für einen Werbespot arrangiert worden, so ordentlich ist alles eingeräumt. Leider ist nichts davon für Selenia. Margarete nimmt den fein ziselierten Glaskrug heraus, der wieder mit ihrer berühmten Limonade gefüllt ist.

»Warum hast du diesen Fremden hereingebeten?«, flüstert die Großmutter ihrem Mann missbilligend zu.

»Ich weiß nicht. Wahrscheinlich wegen seiner Stimme. Sie kommt mir irgendwie bekannt vor. Dieser etwas raue und hochmütige Ton. Ich bin mir sicher, dass ich den Mann schon mal gesehen habe«, erwidert Archibald mit unterdrückter Stimme und kratzt sich am Kopf.

»Er hat nicht gerade ein Gesicht, das man leicht vergisst, und wenn doch, dann dürfte ein schöner Albtraum es dir wieder in Erinnerung rufen!«

»Das ist es, was mir fehlt – die Erinnerung. Ich kann mich einfach nicht an das Gesicht erinnern, zu dem diese Stimme passt.«

»Hm, hm!«, hört man da eine viel zartere Stimme als die von Maltazard. Rose betritt gerade die Küche. Ihr tun die Hände so weh, dass sie die Finger abspreizt, als wolle sie ihren Nagellack trocknen lassen.

»Ich schaffe es nicht, den Wasserhahn der Badewanne aufzudrehen!«, klagt sie und pustet auf ihre Hände, um den Schmerz zu lindern.

»Ich helfe dir!«, sagt Archibald und reicht ihr den eiskalten Krug. »Hier, leg deine Hände um die Karaffe, das wird dir guttun! Und dann bring unserem Gast eine Erfrischung ins Wohnzimmer. Ich muss noch etwas mit deiner Mutter besprechen.«

Rose nickt und will gerade aus der Küche gehen, als ihr Vater sie zurückruft.

»Da wäre noch eine Kleinigkeit: Unser Gast ist ausgesprochen … hässlich. Um nicht zu sagen … entstellt. Das ist schockierend, aber versuche, dich zu beherrschen, und mach dir klar, dass es für ihn sicher viel schlimmer ist als für dich«, erklärt Arthurs Großvater freundlich.

»Keine Angst«, erwidert Rose und lächelt. »Du weißt, dass ich jeden Samstag ehrenamtlich in einem Krankenhaus arbeite. Und glaub mir, da sind mir schon Leute untergekommen, die wirklich furchtbar aussahen. So schnell kann mich nichts mehr umwerfen!«, erwidert sie ruhig, bevor sie ins Wohnzimmer trippelt.

Maltazard steht am Fenster. Er betrachtet den Garten, den er wie seine Westentasche kennt und doch nicht *wieder*erkennt. (Nun ja, vom Flugzeug aus ist es auch schwierig, sein Haus wiederzufinden …)

Da hört er schnelle kleine Schritte heranstöckeln. Es ist Rose in ihrem modisch engen Rock, der sie daran hindert, eine Schrittlänge von zehn Zentimetern zu überschreiten.

Der König der Finsternis in seiner grässlichen handgenähten Verkleidung dreht sich um und empfängt Rose mit einem breiten Lächeln. Arthurs Mutter fühlt sich plötzlich wie eine Gazelle, die von einem Krokodil begrüßt wird. Sie bereut es bereits bitter, dass sie ihre Brille aufgesetzt hat.

Wie angewurzelt bleibt sie stehen, holt Luft und schreit aus Leibeskräften, während sie sich an den Kopf fasst. Der Krug, den sie eben noch in den Händen hielt, zersplittert und mit ihm einige Fensterscheiben, die Roses schrilles Geschrei zum Bersten gebracht hat.

Der Lärm reißt François aus seinem innerlich weggetretenen Zustand. Er springt auf und nimmt mit dem Rasiermesser in der Hand eine Verteidigungshaltung ein.

»Rose? Halte durch! Ich komme!«

Auf der Suche nach dem Feind wendet er den Kopf nach allen Seiten, bis er schließlich im Spiegel fündig wird: Er trägt einen furchterregenden weißen Bart! Jetzt ist François am Schreien. Doch dann wird ihm klar, dass sein Feind kein anderer ist als er selbst, das Gesicht voller Rasierschaum. Er stöhnt über seine eigene Dummheit, beugt sich über das Waschbecken, um diesen lächerlichen weißen Bart abzuwaschen, und öffnet den Wasserhahn.

Genau darauf hat Darkos gewartet: dass endlich jemand diesen verfluchten Wasserhahn aufdreht, damit ihn der Wasserdruck aus seinem Engpass herausspült. Manch einer mag sich fragen, wie es Darkos möglich war, so unglaublich lange unter Wasser zu bleiben, ohne zu atmen. Doch wenn man weiß, dass entfernte Verwandte aus der Familie seiner Mutter von den Amphibien abstammen, versteht man besser, warum dieser gefährliche Krieger die Tauchrekorde einer Meeresschildkröte überbieten kann.

An seine Mutter kann sich Darkos nicht erinnern. Maltazard ließ sie hinrichten, als er noch ganz klein war. Allerdings hat sie ihrem Ehemann ein paar Erinnerungen hinterlassen. In der Tat hat der Herrscher es ihr zu verdanken, dass er sich jeden Tag etwas mehr zersetzt. Darkos hätte diese Gabe, jemanden allein durch Berührung zu vergiften, gerne von seiner Mutter geerbt. Aber er hat noch nie jemanden vergiftet, abgesehen von seinem Vater, den es ganz krank macht, dass Darkos immer wie eine Klette an ihm klebt.

Eigentlich war Darkos ein bedauernswertes Kind, das in einem Umfeld von Hass und Gewalt aufwuchs. Was wäre wohl aus ihm geworden, wenn seine Eltern nett gewesen wären und sich um ihn gekümmert hätten? Wenn er Freunde gehabt hätte? Nichts davon hat er während seiner Jugendjahre erlebt. Maltazards einzige väterliche Geste bestand darin, seinen Sohn zum Oberbefehlshaber der Streitkräfte zu ernennen, und zwar an dem Tag, als er ihn verließ (nachzulesen in *Arthur und die Verbotene Stadt*).

Inzwischen ist Darkos nur auf sich angewiesen. Er kann sich frei entfalten, wie es ihm gefällt, kann weiterhin böse sein und Böses tun oder aber den entgegengesetzten Weg einschlagen. Doch so wie es aussieht, scheint ihm nichts daran zu liegen, sich zu verändern, denn er hat momentan nichts Eiligeres zu tun, als seine Erzfeinde aus dem Weg zu räumen. Mit zusammengebissenen Zähnen, die denen eines Raubtieres gleichen, steigt er am Rohr hinauf, um die Verfolgung von Arthur und dessen Freunden aufzunehmen.

Auf der Suche nach etwas Essbarem für seine ausgehungerte Prinzessin springt Arthur von Spielzeug zu Spielzeug. Ein paar kleine Krümel würden schon genügen, und es wäre doch erstaunlich, wenn nicht irgendwo etwas herumliegen würde, so unordentlich wie er ist. Halt! Jetzt fällt es ihm wieder ein. Er hat sich doch unter seinem Bett eine Höhle eingerichtet, in der er zusammen mit Alfred und geschützt vor indiskreten Blicken regelmäßig etwas knabbert. Es ist nämlich sehr viel lustiger, unter dem Bett zu essen als in der Küche! Arthurs Großmutter schätzt diese Angewohnheit ihres Enkels gar nicht, da sie sich ganz schön verrenken muss, um die Reste wieder wegzufegen.

Arthur macht sich mit großen Schritten auf den Weg unter sein Bett und findet sofort einen Butterkeks, der wunderbarerweise völlig unbeschädigt ist. Arthur steigt auf den Keks und freut sich an all den schönen Buchstaben, die daraufgestanzt sind. »Was für eine Arbeit«, murmelt er, bevor er mit beiden Füßen auf den Rand des Biskuits hüpft, um eine Ecke abzubrechen.

Dann eilt er zurück zum Zug und präsentiert Selenia stolz das Riesenkuchenstück.

»Was ist das?«, fragt sie etwas angewidert.

»Das ist eine lokale Spezialität! Dieser Keks ist mit Butter aus der Bretagne gebacken.«

Selenia starrt ihn erstaunt an, als hätte er von einem weit entfernten Planeten gesprochen.

»Auf jeden Fall schmeckt er viel besser als die Libelleneier, die ihr den ganzen Tag verspeist«, fährt Arthur fort, bevor er wieder aus dem Zug steigt.

Er geht zu dem riesengroßen Transformator und drückt mit

aller Kraft auf den Hebel, der den Strom einschaltet. Die große rote Kontrolllampe leuchtet auf. Arthur freut sich.

»Alles einsteigen!«, brüllt er, wie es sich für einen guten Stationsvorsteher gehört.

Die Lokomotive lässt einen Pfeifton hören und setzt sich langsam in Bewegung. Arthur rennt los und springt auf das Trittbrett des Waggons. Diesen Zug darf er auf keinen Fall verpassen! Etwas außer Atem kommt er an den Tisch, an dem Bétamèche sich gerade den Bauch mit Kuchen vollschlägt. Selenia dagegen hat nichts angerührt.

»Dieses Zeug ist sehr lecker!«, versucht Bétamèche mit vollem Mund zu sagen. »Es schmeckt so ähnlich wie Schönhörnchen, nur ohne Honig.« *(Nachzulesen in Arthur und die Verbotene Stadt.)*

Trotz dieses verlockenden Vergleichs will die Prinzessin immer noch nichts davon probieren und begnügt sich damit, das Zimmer zu betrachten, das durch die Fensterscheiben zu sehen ist.

»Komm schon, versuch es wenigstens mal! Man muss immer erst probieren, bevor man sagen kann, dass man etwas nicht mag!«, predigt Arthur. »Steht das nicht irgendwo im Großen Buch?«

»Nein!«, erwidert Selenia, frostig wie ein Kühlschrank.

»Nun, dann werde ich dem Rat vorschlagen, es hineinzuschreiben!«, witzelt Arthur.

»Man muss ein Minimoy sein, um dem Rat Vorschläge unterbreiten zu können! Der Rat ist nicht für jedermann zugänglich!«, schleudert ihm die Prinzessin entgegen, die ausgehungert eine noch schlimmere Giftspitze ist als sonst.

Arthur bricht ein Stück von dem Keks ab und kostet davon.

»Aber ich bin mit einer Minimoy verheiratet, wenn mich mein Gedächtnis nicht täuscht. Mit einer Prinzessin obendrein. Deshalb bin ich nicht nur ein angeheirateter Minimoy, sondern auch ein potenzieller künftiger König, und als solcher hätte ich sicher das Recht auf einen Sitz im Rat.«

Selenias Ohren zittern, ein untrügliches Zeichen dafür, dass sie gleich explodieren wird.

»Es sei denn natürlich, meine Königin spricht sich dagegen aus. In diesem Falle werde ich mich demütig ihrem Beschluss fügen«, erklärt Arthur diplomatisch, damit sein Schnellkochtopf nicht gleich in die Luft fliegt.

Wie alle Prinzessinnen ist auch Selenia empfänglich für Schmeicheleien. Sie schenkt ihm ein Lächeln, zupft ein Stückchen Keks ab und kostet es mit spitzem Mund.

»Schmeckt gut, oder?«, fragt Bétamèche Spucke versprühend.

Selenia gibt keine Antwort und knabbert weiterhin an dem Keks. Aber ihr hungriger Magen knurrt unüberhörbar.

Schließlich gibt sich Selenia geschlagen, stürzt sich gierig auf den Riesenkuchen und beißt von allen Seiten hinein.

»Na wunderbar!«, ruft Arthur schmunzelnd.

Der Zug pfeift erneut, als wolle er dem Sieg des hungrigen Magens zustimmen. Der Ton dringt bis zum Badezimmer, wo dieses eigenartige Geräusch nicht auf taube Ohren stößt …

Zwei krumme Hände klammern sich an den Rand der Duschwanne und das schmutzige Gesicht von Darkos kommt zum Vorschein. Seine Augen sind voller Hass.

Maltazards Sohn springt auf den Fußboden und lässt seinen Blick durch das Bad schweifen, um dieses eigenartige Geräusch zuzuordnen. In der Ferne sieht er unter der Tür Arthurs Zug auf eine andere Tür zurasen, die in den Flur führt. Aber im selben Moment ist das Gefährt auch schon aus Darkos' Sichtfeld verschwunden. Er tobt. Seine Feinde so nah und gleichzeitig so unerreichbar vor Augen zu haben macht ihn fuchsteufelswild, und da er jetzt auf die Schnelle keine Entfernungsverkürzungsmaschine erfinden kann, wird ihm wohl oder übel eine andere Lösung einfallen müssen. Darkos schaut sich um und entdeckt einen Fahrradfahrer im gelben Trikot, der sich an den Duschwannenrand lehnt.

»He, du da!«, ruft Darkos.

Wenn er auf eine Antwort wartet, kann er lange warten. Nicht dass der Fahrradfahrer besonders unhöflich wäre, nein, er ist einfach nicht in der Lage zu antworten, da es sich um eine Plastikfigur handelt. Aber Plastik hin oder her, Darkos hat kein Mitleid mit jemandem, dem es an Respekt für seine fürstliche Person fehlt. Er zieht also sein Schwert heraus und zeigt es dem Sportler, der daraufhin, wenn er schon nicht die Tour de France gewinnen, doch zumindest eine Runde Karussell fahren darf. Darkos' Schlag ist so heftig, dass der Radfahrer an allen Wänden abprallt, bis er vor einer Stafette der Tour de France liegen bleibt. Hoffen wir, dass er nicht so tragisch endet wie der Radfahrer aus *Das große Rennen von Belleville.**

Darkos schaut sich das Fahrrad an, das nicht schwieriger zu lenken sein dürfte als ein Gamul. Er schwingt sich auf den Sattel und tut sein Bestes, um das Gleichgewicht zu halten. Dabei

* *Das große Rennen von Belleville* ist ein Zeichentrickfilm von Sylvain Chomet. (Anmerkung der Übersetzerin)

fühlt er sich wie ein einjähriges Kind beim Laufenlernen. Doch seine kriegerische Gesinnung passt sich schnell allen Situationen an. An der Tür angekommen, hat er sein Reittier bereits unter Kontrolle und legt an Geschwindigkeit zu. Aber auch wenn Darkos sich immer sehr schnell auf eine neue Situation einstellen kann, so ist er andererseits sehr langsam im Kombinieren. Bevor ihm also klar wird, dass die Geschwindigkeit seines Fahrrads inkompatibel ist mit der Höhe der Tür, hat es auch schon gekracht. Und so erreicht das Fahrrad Arthurs Zimmer ohne seinen Fahrer. Es überholt ein paar Zurückgebliebene, bahnt sich einen Weg durch die Menge, arbeitet sich zur Spitzentruppe vor und fährt schließlich als Sieger über die Ziellinie. Es ist wohl das erste Mal in der Geschichte der Tour de France, dass ein Fahrrad ohne seinen treuen Kompagnon das Rennen macht.

François erscheint in der Wohnzimmertür.

»Was ist passiert?«, fragt er aufgeregt. Dann sieht er seine Frau mit einer Kompresse auf der Stirn auf dem Sofa liegen.

»Nichts, nur … sie ist mal wieder ausgerutscht!«, erwidert Archibald, der die Patzer seiner Tochter schon lange nicht mehr zählt.

»Alles in Ordnung, Liebling? Antworte mir!«, stammelt François und tätschelt seiner Frau die Hand. Er ist ganz durcheinander, dreht sich um und sein Blick fällt auf Maltazards zusammengeflicktes Gesicht.

»Ist es … ist es schlimm, Doktor?«

Seine Tränen müssen ihm ganz schön die Sicht verschleiern, wenn er Frankenstein mit dem Arzt verwechselt. Aber Maltazard nimmt es ihm nicht übel. Er findet den Irrtum überaus schmeichelhaft.

»Wenn Sie mich meinen, das kommt nicht mehr in Ordnung, aber wenn Sie von Ihrer Frau sprechen, sie wird überleben!«, meint er trocken.

»Oh danke, Doktor!«, ruft François erleichtert aus, nimmt die Hand des vermeintlichen Arztes und schüttelt sie voller Freude. Das hätte er lieber nicht tun sollen.

»Ist schon gut, Sie können mich jetzt loslassen«, fordert ihn Maltazard beunruhigt auf, wohl wissend, dass seine Verkleidung ziemlich empfindlich ist.

Aber François ist zu glücklich und schüttelt den Arm des Doktors weiterhin wie den Ast eines alten Zwetschgenbaums. Der Vergleich passt übrigens gar nicht so schlecht, denn Maltazards Kostümierung beginnt plötzlich zu reißen und lässt seine alte vertrocknete Haut sichtbar werden, die so runzlig aussieht wie eine Baumrinde.

»Hör auf, du Vollidiot!«, brüllt er unvermittelt, was man von einem Arzt eigentlich nicht erwartet.

Er hätte seine Wut wohl lieber unterdrücken sollen, doch es ist bereits zu spät. Seine Maskerade ist enttarnt, seine wahre Identität enthüllt: Dieser Mann ist kein Mensch und erst recht kein Doktor. Er ist M. der Verfluchte, der Prinz der Finsternis.

François trocknet sich die Augen, um seine Glückstränen abzuwischen. Auch das hätte er nicht tun sollen. Er fällt in Ohnmacht und landet neben seiner Frau auf dem Sofa.

Margarete wird ebenfalls ganz übel, doch bei Archibald klickt es.

»Ich wusste doch, dass ich diese schreckliche Stimme schon

mal gehört habe«, freut sich der alte Mann, ohne zu ahnen, in welcher Gefahr er sich befindet.

Triumphierend zerreißt Maltazard, was noch von seiner Verkleidung übrig geblieben ist. Er nimmt seinen Zylinder ab und präsentiert seinen überlangen Kopf. Dann zieht er seine Handschuhe aus, die seine Finger einquetschten.

»Ah! Jetzt fühle ich mich wohler!«, freut er sich und schleudert seinen Mantel durch die Luft.

»Ich hatte dich gewarnt, Unbekannte hereinzulassen!«, flüstert Margarete vorwurfsvoll.

»Das ist leider kein Unbekannter«, erwidert ihr Ehemann freundlich. »Darf ich vorstellen: der Fürst von Nekropolis, Herrscher des Siebten Erdteils, M. der Verfluchte, dessen Name allein schon Unglück bringt.«

Maltazard grinst über diese ausgesucht höfliche Vorstellung und revanchiert sich mit einer vollendeten Verbeugung.

»Welche Ehre, Ihre Bekanntschaft zu machen, Frau Margarete!«

»Woher kennt er meinen Namen?«, flüstert die alte Dame, irritiert über diese Vertraulichkeit.

»In einem anderen Leben hatte ich das Privileg, Sie in Ihrer Küche beobachten zu können, und ich muss gestehen, dass Sie mich damals sehr beeindruckt haben. Natürlich sehe ich mich außerstande, die Qualität ihrer Speisen zu beurteilen, da meine Zunge auch unter Folterandrohung nichts schmeckt. Doch mit welcher Liebe, Hingabe, ja gelegentlich sogar Verbissenheit Sie die Mahlzeiten zubereitet haben, hat mich immer in Erstaunen versetzt. Ich denke da besonders an diese berühmte Schokoladentorte, die Sie hundertmal neu ausprobiert haben, bevor sie

Ihnen perfekt gelungen schien. Ich schätze eine solche Hartnäckigkeit sehr. Diese Charaktereigenschaft gibt es auch in meiner Familie.«

»Nur dass deine Hartnäckigkeit dazu dient, zu plündern und zu zerstören und nicht dazu, Torten zu backen!«, unterbricht Archibald etwas verärgert seine Rede.

»Das Ergebnis unterscheidet sich vielleicht, aber es handelt sich um dieselbe Fähigkeit, und ich erlaube mir, Ihnen diesbezüglich meinen Respekt auszusprechen, Margarete!«

Maltazard verbeugt sich erneut auf das Eleganteste.

»Ich hätte Sie gerne schon früher beglückwünscht, aber damals war ich nur ein paar Millimeter groß, und meine Stimme, so mächtig sie auch sein mag, war nicht lauter als das Geräusch, das entsteht, wenn man eine Haselnuss zertritt. Heute ist das ganz anders«, fährt er mit einem Grinsen fort, das nichts Gutes verheißt. »Meine Stimme hat an Kraft und Tiefe gewonnen. Sie hat sich zu einer gefürchteten Waffe entwickelt. Erlauben Sie mir, Ihnen eine kleine Kostprobe zu geben?«, fragt er gentlemanlike.

»Dein Geschwätz hat mich noch nie beeindruckt, Maltazard!«, erwidert Archibald ungerührt und vergisst einen Moment lang, dass das Aussprechen dieses Namens Unheil nach sich zieht.

»Ach wirklich?«, frohlockt der Fiesling. »Dabei könnte ich dich schon zum Schwanken bringen, wenn ich nur den einen Buchstaben ausspreche, mit dem du mich hättest anreden sollen, aber du wolltest ja lieber das Unglück provozieren.«

»Welchen Buchstaben meint er?«, fragt Margarete beunruhigt.

»Den, mit dem unsere beiden Vornamen beginnen, liebe

Margarete!«, entgegnet der Herrscher und holt tief Luft. »Der Buchstabe M«, dröhnt er mit all seiner ihm zur Verfügung stehenden Kraft.

Und er hat viel Kraft! Alles fliegt durch die Luft: die Tischsets, die Teppiche, die Vorhänge. Die Fenster bersten, die Läden springen aus den Angeln, die Stühle rutschen am Boden entlang und sogar die schwere Kommode schiebt sich unerbittlich bis ans andere Ende des Zimmers.

Der Zyklon erfüllt das ganze Treppenhaus und erfasst auch den Zug, in dem Arthur, Selenia und Bétamèche unterwegs sind. Im Speisewagen bricht Panik aus, und unsere Helden halten sich, so gut sie können, an den Zierstäben fest. Der Wind ist so stark, dass der Zug fast entgleist. Die Teelöffel wirbeln durch die Luft und einer trifft den Elektrostecker. Trotz der Windkraft stoppt der Zug daraufhin umgehend.

Im Wohnzimmer ist Margarete von dem gewaltigen Atem wenige Zentimeter über dem Boden an die Wand gedrückt worden. Nur Archibald hat in geradezu übermenschlicher Anstrengung die Stellung gehalten. Seine Jacke ist zerrissen, seine Haare stehen in alle Richtungen von seinem Kopf ab, aber nichts und niemand wird ihn zum Wanken bringen.

Maltazard hat keine Luft mehr und der Hurrikan entweicht durch die zerbrochenen Fenster. Von Margaretes schönem Wohnzimmer ist nichts übrig geblieben. Der Einzige, der noch aufrecht dasteht, ist Archibald. M. schnappt nach Luft und ist verblüfft, dass sich der alte Mann nicht von der Stelle gerührt hat. Mag er auch das ganze Haus verwüstet haben, es ist ihm nicht gelungen, diesen Mann zu besiegen. Die Niederlage macht ihn wütend.

»Der Rosenstock biegt sich, aber er bricht nicht, Maltazard. Wenn du etwas besser auf die Natur um dich herum geachtet hättest, hättest du deine Lektion gelernt. Und du wüsstest auch, dass bei einem Gewitter große Eichen wie du als Erste getroffen werden!«

Maltazard brummt vor sich hin und zerschlägt den letzten noch intakten Beistelltisch. Eine ziemlich kopflose Reaktion, die nur dazu dient, seine Nerven zu beruhigen und Rose aufzuwecken.

Die junge Frau richtet sich auf dem Sofa auf und rückt ihre Brille zurecht. Doch da die Brillengläser bei Maltazards Schrei gesprungen sind, sieht sie auch *mit* Brille nicht viel. Vielleicht ist es besser so, denn das erspart ihr, gleich wieder in Ohnmacht zu fallen, wenn sie bemerkt, dass der neue Gast noch hässlicher ist als der vorherige.

»Habe ich lange geschlafen?«, fragt sie Maltazard, dem der Sinn nicht mehr nach Höflichkeitsbezeugungen steht.

»Für meinen Geschmack nicht lange genug!«, erwidert er und verpasst ihr einen Schlag auf den Kopf, der sie weiterschlafen lässt.

Arthur steigt aus dem Zug und begutachtet die Schäden. Gabeln, Löffel und verschiedene andere Gegenstände liegen auf dem Boden verstreut. Dieser urplötzliche Sturm hat seine Spuren hinterlassen.

»Ich kann mir nur eine Person vorstellen, die eine derartige Naturkatastrophe anrichten kann!«, murmelt die Prinzessin und legt ihre Hand aufs Schwert.

»Lass deine Waffe stecken, Selenia! Dieses Mal ist es wirklich nicht angemessen, dass du dich mit ihm schlägst! Hilf mir lieber, den Strom wieder anzuschalten«, sagt Arthur und zieht sie am Ärmel.

Alfred, der Hund, nutzt die Gelegenheit der wieder eingekehrten Ruhe, um sich durch ein kaputtes Fenster ins Wohnzimmer zu schleichen. Er leckt Margaretes Hand, die sich endlich von der Wand lösen kann, in die sie sozusagen eingelassen war. Sie klopft sich den Staub von den Kleidern und schwankt auf ihren Mann zu.

»Warum sagst du uns nicht, was du eigentlich willst, anstatt hier alles kurz und klein zu schlagen?«, fragt Arthurs Großvater.

»Kaputtmachen ist doch meine kleine Schwäche!«, erwidert Maltazard säuselnd und legt dabei entschuldigend eine Hand auf die Brust. »Was gibt es Aufregenderes, als einem Kartenhaus einen Fußtritt zu verpassen, damit man es zusammenbrechen sieht? Baut man es nicht schon mit der geheimen Hoffnung, es einstürzen zu sehen?«, rechtfertigt sich Maltazard, während er mit großen Schritten in dem zerstörten Wohnzimmer auf- und abgeht. »Welches Reich ist nicht auf den Ruinen des vorherigen errichtet? Und profitiert man nicht davon, indem man es noch schöner, noch größer, noch mächtiger wiederaufbaut? Die Zerstörung erzeugt bei Menschen doch nur das Verlangen, über sich selbst hinauszuwachsen! Wenn ich für ihn etwas zerstöre, spart er Zeit!«

»Zeit, die du nutzt, um noch mehr zu zerstören!«, kontert Archibald empört über Maltazards Äußerungen.

»Das stimmt. Es ist ein Teufelskreis. Ihr baut auf, ich zerstöre, ihr baut wieder auf, ich zerstöre wieder! Wann wird dieser Teufelskreis endlich durchbrochen?«, klagt er feixend.

Archibald weiß keine Antwort. Auch Margarete schweigt.

»Vielleicht hält uns dieser Gegensatz im Gleichgewicht? Ist der Kreis nicht die perfekteste geometrische Form?«, sinniert Maltazard stolz über seine Beweisführung.

»Der Kreis ist tatsächlich die perfekteste Form …«, stimmt Archibald zu.

»Das Gute und das Schlechte kann nicht voneinander getrennt werden, mein lieber Archibald. Sie sind zu sehr aufeinander angewiesen. Es ist der Zement, der unsere beiden Welten zusammenhält.«

Kapitel 9

In der Zwischenzeit haben Arthur und Selenia es mit vereinten Kräften geschafft, den kleinen Stromstecker, der herausgesprungen war, wieder einzustecken. Der Zug setzt sich sofort in Bewegung, und unsere drei Helden müssen rennen, um ihn einzuholen. Arthur springt auf die Plattform, streckt die Hand nach Selenia aus und hilft ihr einzusteigen.

»Beeil dich, Bétamèche!«, schreit sie ihrem Bruder zu, der hinter ihr her trippelt.

»Ich kann nicht, meine Tasche ist zu schwer!«, keucht der kleine Prinz atemlos.

Der Zug hat jetzt an Geschwindigkeit zugelegt und der Abstand zu Bétamèche vergrößert sich zusehends.

»Arthur! Tu was!«, schreit die Prinzessin. Sie scheint ihren Freund für allmächtig zu halten.

Arthur ist ganz verzweifelt, aber was gibt es Motivierenderes als eine Prinzessin, die dich flehend anschaut und ihr ganzes Vertrauen in dich setzt? Arthur weiß, dass ihm nur eine Sekunde zum Nachdenken bleibt. Ansonsten wird er das Herz seiner Prinzessin verlieren und den ganzen Bétamèche dazu.

»Bétamèche, pass auf! Hinter dir … der Yeti!«, brüllt Arthur.

Der Trick funktioniert tatsächlich und die Angst verleiht Bétamèche Flügel. Er schlägt alle Geschwindigkeitsrekorde, um den letzten Waggon noch zu erwischen. Der kleine Prinz macht einen so großen Satz, dass er mitten im Waggon landet und dann weiterrollt. Selenia schlägt sich vor Lachen auf die Schenkel.

»Du bist wirklich ein Gamulfuß! Arthur hat dich ganz schön reingelegt mit seinem ›Hinter dir der Yeti!‹«, amüsiert sich die Prinzessin.

Bétamèche findet das gar nicht lustig. Sein Gesicht ist immer noch schreckensbleich.

»Ehrlich gesagt, war es … also es war gar nicht wirklich gelogen …«, beginnt Arthur vorsichtig, um die Prinzessin nicht zu sehr zu schocken.

Selenia hört sofort auf zu lachen und zieht die Augenbrauen hoch. Bétamèche nickt vielsagend, um ihr klarzumachen, dass *sie* sich getäuscht hat. Es gibt in der Tat einen Yeti, der dem Zug folgt, wenngleich man nur seine Schnauze sehen kann. Selenia hat das Tier allerdings noch nicht entdeckt, da sie ihm den Rücken zuwendet.

»Jetzt wäre ich fast auf euch reingefallen!«, kichert sie. »Aber ich bin nicht von gestern, wisst ihr? Solche Witzchen kannte ich schon, als du noch gar nicht auf der Welt warst, mein armer Bétamèche! Ich weiß sehr wohl, dass kein furchterregender Yeti hinter dem Zug her rennt!«, scherzt sie, dreht sich um und … bemerkt ihren Irrtum.

Alfred trottet dem Zug hinterher und seine riesige Nase klebt direkt an der Plattform. Die Prinzessin stößt einen durchdringenden spitzen Schrei aus, der jedes Mikrofon zum Klirren gebracht hätte. Instinktiv wirft sie sich in Arthurs Arme. Der Junge ist ganz verdattert.

»Das ist kein echter Yeti, sondern ein Hund und er heißt Alfred«, erklärt Arthur freundlich. »Ein Yeti ist viel größer und vor allem viel hässlicher!«

»Ist er … gezähmt?«, stammelt die Prinzessin, die ihre Angst nur schlecht verbergen kann.

»Gezähmt ist ein großes Wort. Sagen wir, er hört auf mich, wenn er mag.«

Arthur beugt sich aus dem Eisenbahnwaggon und brüllt: »Alfred! Geh weg, du machst Selenia Angst!«

Der Hund spitzt sofort die Ohren. Er hat sein winziges Herrchen hinten im Waggon erspäht, aber er versteht absolut nicht, was Arthur sagt. Seine Stimme ist zu leise.

»Seht ihr? Er hört überhaupt nicht!«, bekennt Arthur frustriert und kommt nicht auf die Idee, dass Alfred ihn gar nicht hören *kann*.

Der Zug fährt an einem liegen gebliebenen Tennisball vorbei. Jetzt hat Arthur eine Idee: Er verpasst dem gewaltigen Ball einen festen Tritt, will damit gleichzeitig sein großes fußballerisches Talent vorführen, aber er hätte vorher besser nachdenken sollen. Der Ball ist hundertmal größer als er selbst und so verstaucht Arthur sich heftig den Fuß und hüpft vor Schmerz wimmernd auf einem Bein durch den Waggon.

»Was spielst du da gerade?«, fragt Bétamèche.

Arthur hat zu große Schmerzen, um zu antworten. Doch sein Fußtritt war nicht vergeblich. Der Tennisball wird nun von dem fahrenden Zug angestoßen und rollt langsam weiter bis zur Treppe.

Alfred hat zwar nichts gehört, aber er hat den Wink verstanden und rennt hinter dem über die Stufen kullernden Ball her.

Er freut sich so, dass er wieder mit seinem Herrchen spielen darf.

Bétamèche sieht dem davonspringenden Yeti durchs Fenster nach, während sich die Prinzessin mit einer anmutigen Bewegung durch die Haare fährt.

»Da sind wir ja gerade noch mit dem Schrecken davongekommen!«, seufzt Bétamèche und will sich neben den seinen Fuß massierenden Arthur setzen.

Doch ein lauter Knall belehrt ihn eines Besseren: Ein heftiger Stoß lässt den ganzen Zug so gewaltig erzittern, als sei ein Gebirge draufgestürzt. Unsere drei Helden liegen auf dem Boden und klammern sich an den Stuhlbeinen fest.

Die starke Erschütterung dauert nur einen Augenblick, dann fährt der Zug in normalem Tempo weiter.

»Was zum Teufel ist passiert?«, fragt Bétamèche verwirrt.

Und wie immer, wenn man vom Teufel spricht …

Zunächst ist nur sein Schopf zu sehen, doch dann erscheint Darkos' Gesicht kopfüber im Fensterrahmen.

»Kuckuck!«, schreit er mit einem kindlichen Lächeln, als wolle er Verstecken spielen.

Unsere drei Helden brüllen los und versuchen, in alle Richtungen gleichzeitig davonzurennen. Der Krieger springt in den Zug und zückt sein großes Schwert. Der erste Schlag gilt Selenia. Die arme Prinzessin kugelt bis ans andere Ende des Waggons und kommt gar nicht erst dazu, ihr Zauberschwert zu ziehen. Arthur wirft sich gentlemanlike zwischen die beiden und bietet dem schrecklichen und vor Wut wie ein Stier dampfenden Darkos die Stirn.

»Darkos! Beruhige dich!«, befiehlt Arthur.

Der Krieger erstarrt mitten in seiner Bewegung, ist durch ein derart selbstsicheres Auftreten ganz aus der Fassung gebracht. Aber Arthurs Selbstbewusstsein ist nur Fassade. Dahinter ringt er nach Worten.

»Äh … meinst du nicht, dass dies ein geeigneter Moment wäre, um ein bisschen miteinander zu reden?«, schlägt der Junge mit einem schüchternen Lächeln vor.

Dieser Vorschlag verunsichert unseren Krieger. Ihm sind nur Begriffe wie verwüsten, zerstören, jemandem die Kehle durchschneiden oder jemanden um die Ecke bringen geläufig. Reden ist nicht sein Ding.

»Reden? Worüber denn?«, fragt er hochnäsig.

»Über diesen völlig sinnlosen Krieg, über all das Leid, das du anderen und dir selbst antust«, erwidert Arthur aufrichtig. »Wir haben alle unsere Probleme, Dinge, die uns quälen, und es tut doch gut, ab und zu darüber zu sprechen, oder?«

Darkos steckt die Spitze seines Fingers in den Mund, das hilft ihm beim Nachdenken.

»Äh … nein«, sagt er nach kurzer Überlegung und geht wieder zum Angriff über.

Arthur entgeht der monströsen Klinge nur, weil er schnell genug den Kopf einzieht.

»Ich nehme an, diese Antwort bedeutet das Ende unserer Verhandlungen?«, scherzt Arthur, der besser davonlaufen sollte, als Witze zu machen.

Darkos legt los und es regnet Schwerthiebe. Unser kleiner Held schafft es kaum noch, ihnen auszuweichen. Er springt von der Anschlagtafel über dic Lampen zum Gepäcknetz, aber es nützt ihm nichts. Es ist fast unmöglich, diesen übermächtigen Hieben zu entkommen, die alles kurz und klein schlagen.

Darkos zerstückelt die gesamte Wageneinrichtung. Mit jedem Stich schlitzt er diesen herrlichen Zug auf, welcher im Übrigen eine exakte Kopie des Transkontinentalzugs um 1900 darstellt. Der Krieger, den offenbar nichts und niemand aufhalten kann, kommt immer näher und fegt im Vorbeigehen alle Tische beiseite. Schließlich gerät der erschöpfte Arthur ins Stolpern und fällt zu Boden. Darkos pirscht sich an ihn heran, hebt seine Waffe und trägt ein siegessicheres Grinsen zur Schau. Doch Darkos hat sich getäuscht: Noch hat er nicht gewonnen, denn in dem Augenblick, als er Arthur gerade wie ein Brötchen in zwei Hälften schneiden will, stürzt sich Bétamèche auf ihn. Sein Einsatz ist heldenhaft und bewundernswert, allerdings leider ganz und gar wirkungslos, denn Darkos schnipst ihn einfach weg wie ein lästiges Haar auf der Schulter. Der arme kleine Kerl fliegt seinerseits durch den Waggon und Darkos kommt wieder zur Sache. Er beabsichtigt, Arthur in kleine Appetithäppchen zu zerteilen. Doch Arthur hat das kleine Ablenkungsmanöver seines Freundes genutzt, um zu verschwinden. Darkos ist außer sich vor Wut und macht auf der Suche nach seinem Wildbret aus allen restlichen Tischen Kleinholz.

»Wo bist du? Zeig dich, anstatt abzutauchen wie ein feiger Maulwurf. Hast du etwa Angst davor, dich zu schlagen?«, lästert er und hofft, Arthur damit zu provozieren und aus seinem Versteck zu locken.

»Wenn du dich schlagen willst, dann bin ich der richtige Gegner!«, hört er auf einmal eine Stimme hinter seinem Rücken.

Er dreht sich um und steht Selenia gegenüber, die ihr Zauberschwert in der Hand hält.

Darkos zögert einen Moment, als hätte er einen plötzlichen Anfall von Höflichkeit.

»Entschuldige, Selenia, aber ... du bist doch kein Gegner, sondern eine Frau!«

»Noch nicht. Aber das passt gut, denn du bist auch noch kein Mann«, gibt die Prinzessin zurück.

Darkos erträgt es nicht, dass man an seiner Männlichkeit zweifelt. Doch Selenia fährt fort: »Du bist nicht wirklich fertig, denn das Wesentliche fehlt dir noch: das Herz und das Hirn.«

Die erniedrigenden Worte der Prinzessin durchbohren Darkos' Brust wie Pfeile. Maltazards Sohn tobt. Glühend vor Zorn versetzt er Selenias Zauberschwert einen derben Schlag, den die Prinzessin jedoch abwehrt, als handle es sich bei der feindlichen Waffe um einen dürren Zweig. Jetzt begreift Darkos, mit wem und mit was er es zu tun hat. Das magische Schwert verleiht demjenigen, der es in Händen hält, übernatürliche Kräfte. Doch sein Besitzer muss sich durch Gerechtigkeit und Rechtschaffenheit auszeichnen. Es kann nur für gute Zwecke eingesetzt werden und würde einem Schurken wie ihm niemals gehorchen. Ein böser Gedanke, und das Schwert wird so schwer wie der Stein, in den man es klugerweise eingeschlossen hatte. Darkos hat allen Grund, grün vor Neid zu werden, meinte er doch bisher, das schlagkräftigste Schwert des ganzen Königreiches zu besitzen.

Er stürzt sich auf Selenia, um ihr einen kräftigen Hieb zu versetzen, aber die Prinzessin weiß sich zu wehren. Der verzweifelte Krieger schlägt noch wilder drauflos und versucht jeden noch so gemeinen Trick anzuwenden, doch es nützt alles nichts. Das Zauberschwert widersteht den Attacken mühelos. Darkos wagt einen letzten Angriff, führt eine Folge von Todesstößen aus, die nur einem kranken Geist entspringen können. Schließlich drückt er auf einen Knopf an seiner Waffe, der ein zweites, teleskopartiges Schwert herausfahren lässt. Er schwingt sein Doppelschwert in der Luft und startet einen neuen Angriff. Die Klingen kreisen so schnell wie Hubschrauberpropeller. Selenia lächelt nur und setzt dem Angreifer ihr Zauberschwert entgegen. Alles geht so schnell, dass man die ausgetauschten Hiebe nicht einmal mitzählen kann. Es scheint Selenia Spaß zu machen, und je mehr sie sich freut, umso mehr ärgert sich Darkos, der allmählich müde wird. Diesen Moment der Schwäche nutzt Selenia aus und erhöht das Tempo, um den lächerlichen Kampf endlich zu Ende zu bringen. Und innerhalb einer Sekunde hat sie die beiden Schwerter von Darkos in zwölf Einzelteile zerschlagen.

Der verblüffte Krieger fällt auf die Knie. Arthur kommt aus seinem Versteck hervor und geht zu Selenia.

»Jetzt gibst du Ruhe, sonst werde ich wirklich böse«, droht er Darkos und plustert sich auf.

Darkos fühlt sich derart gedemütigt, dass er nicht einmal die Kraft findet, sich zu wehren. Er wirft sich der Prinzessin zu Füßen und weint: »Verzeihung, Prinzessin Selenia! Nicht böse sein! Man hat mich so erzogen und mir nur beigebracht, wie man tötet und raubt, aber in meinem tiefsten Innern bin ich kein schlechter Kerl.«

Mehr braucht es nicht, um die Prinzessin zu rühren. Gerne

würde sie ihm über den Kopf streichen, wäre sein Helm nicht mit Rasierklingen bestückt.

»Ich weiß, Darkos!«, sagt sie und lächelt freundlich. »Ich bin sogar davon überzeugt, dass du als Kind ein netter Junge warst.«

»Ja, sehr nett!«, weint er und streichelt die Füße der Prinzessin. »Sehr nett, bis mein Vater mir beigebracht hat, ganz böse zu werden!«

Bei diesen Worten packt Darkos die Prinzessin plötzlich an den Füßen. Völlig überrumpelt verliert Selenia das Gleichgewicht und stürzt zu Boden, während der gemeine Darkos sich das Zauberschwert schnappt.

»Oh mein Gott«, ruft die Prinzessin, der jetzt klar wird, dass man sie hereingelegt hat.

Darkos setzt ein hämisches Hyänengrinsen auf. »Du bist mutig, Selenia, aber du bist zu unverdorben, um zu kämpfen. Die Kunst des Krieges ist nun mal Männern vorbehalten«, verkündet er stolz.

»Und die Dummheit Kriegern!«, erwidert Arthur, der Darkos ablenken will.

Sein kleiner Plan funktioniert bestens, denn Darkos wettert sogleich los: »Diese Beleidigung wirst du mir büßen. Und ich würde dir raten, dich mit mir zu schlagen, wenn dir die Ehre zuteil werden soll, als Trophäe in meinem Wohnzimmer zu enden.«

»Na, diese Ehre motiviert mich aber!«, feixt Arthur und schleudert Darkos unvermittelt den von der Decke hängenden Kronleuchter an den Kopf.

Darkos bekommt ihn mitten ins Gesicht, reagiert aber nicht anders, als hätte ihn etwas Herbstlaub gestreift.

»Bereite dich auf den Heldentod vor!«, tönt Darkos von oben herab.

»Das lässt sich leicht sagen, wenn man ein Zauberschwert in der Hand hält«, erwidert Arthur.

Der Krieger betrachtet kurz sein Schwert und nickt.

»Ja, das stimmt!«, bestätigt er, bevor er brüllend auf Arthur losrast.

Dieses Mal ist der Kampf noch ungleicher, denn das Zauberschwert richtet verheerende Verwüstungen an. Darkos schneidet damit ganze Stücke aus dem Waggon heraus, die auf dem Boden zersplittern. Arthur ist hochkonzentriert und entgeht den Schlägen, so gut er kann. Schließlich gelingt es ihm, sich durch eine kleine Falltür auf das Dach zu schwingen. Darkos stürzt sich ebenfalls zu der Öffnung, aber für ihn ist sie viel zu eng. Doch das hält ihn nicht auf! Ein paar Schwerthiebe genügen und schon hat Darkos die Luke vergrößert. Der Krieger springt auf das Dach des Zuges und nimmt sein Duell wieder auf.

Allmählich geht Arthur die Puste aus. Es grenzt an ein Wunder, dass er den Schlägen immer noch ausweichen kann. Aber er wird immer fahriger und spürt, dass er bald am Ende seiner Kräfte angelangt ist. Darkos bemerkt, dass sein Gegner schwächelt, und als guter Krieger schlägt er noch heftiger zu. Arthur kann nicht mehr und stolpert. Er liegt jetzt auf dem Zugdach und ist auf Gedeih und Verderb dem blutrünstigen Monster ausgeliefert. Darkos kommt näher und kostet bereits seinen Sieg aus.

»Du hast dich gut geschlagen, Kleiner. Ich werde deinen ausgestopften Kopf über dem Kamin aufhängen!«, sagt er mit ernster Miene und tatsächlich überzeugt davon, seinem Gegner damit eine Ehre zu erweisen.

Arthur gibt keine Antwort. Er weiß keine Antwort. Er kann nur seine Ohnmacht, seine Niederlage eingestehen. Es war ein Fehler, sich als Held aufzuspielen. Schließlich ist er nur ein kleiner zehnjähriger Junge, der für sein Alter zu viel riskiert hat. Schicksalsergeben sieht er zu, wie Darkos mit dem Zauberschwert ausholt. Arthur weiß, dass sein Feind kein Erbarmen kennt.

Aber plötzlich blitzt ein Hoffnungsschimmer in den Augen des Jungen auf. Das Zauberschwert! Es ist nur wirksam in den Händen eines Gerechten. Und Darkos ist alles andere als gerecht: Er ist erbarmungslos, egoistisch, böse und rachsüchtig. Und die Strafe dafür dürfte er jetzt bald zu spüren bekommen.

»Erbarmen, mein Herr!«, fängt Arthur nun an zu jammern, um den Krieger noch mehr in die Enge zu treiben.

»Niemals!«, brüllt Darkos entschieden und tappt genau in die ihm gestellte Falle.

Er hebt sein Schwert noch etwas höher. Doch plötzlich wechselt es die Farbe und wird so schwer wie ein riesiger Bleiklumpen. Darkos verliert das Gleichgewicht, kippt nach hinten über, während sich das Schwert in die Decke des Waggons bohrt. Der Krieger ist verblüfft über diesen neuen Zaubertrick, steht auf und dreht sich um. Er will nachsehen, was eigentlich passiert ist. Doch dazu bleibt ihm keine Zeit, denn der Waggon fährt gerade unter Archibalds Arbeitszimmertür hindurch. Darkos kann nicht mehr rechtzeitig ausweichen. Der Aufprall ist so stark, dass er an der Tür kleben bleibt wie eine Mücke an der Tapete. Der Zug fährt in den Dachboden ein, während Darkos langsam an der Tür nach unten rutscht.

Kapitel 10

François erwacht indessen allmählich aus seinem Koma. Er richtet sich auf und versteht nicht, warum seine Frau um diese Uhrzeit auf dem Sofa liegt und schnarcht. Er versteht auch nicht, warum das ganze Wohnzimmer verwüstet ist.

»Was ist passiert?«, fragt er Archibald und reibt sich den Nacken.

»Wir hatten Besuch!«, erwidert der alte Mann und deutet auf Maltazard.

François entdeckt den grässlichen M. und ist kurz davor, wieder wegzukippen. Seine Beine tragen ihn nicht mehr, seine Augen verdrehen sich. Da verpasst ihm Archibald eine Ohrfeige.

»Es reicht, François! Reiß dich zusammen! Du kannst später in Ohnmacht fallen!«, befiehlt der alte Mann in erstaunlich autoritärem Ton.

Jetzt ist François hellwach, als hätte man ihm einen Eimer eiskaltes Wasser über den Kopf gekippt.

Und Maltazard erinnert sich, dass Arthurs Vater ihm ja noch etwas versprochen hatte: »Wo bleiben eigentlich meine Marshmallows?«

»Äh … ja, sofort«, erwidert François und bewegt sich, so gut er in seinem Zustand kann, in Richtung Küche.

Arthurs Großmutter fühlt sich nicht gut. Sie geht zu ihrem Mann und fasst ihn am Arm. Archibald streichelt ihre Hand. Wenn dieser Albtraum doch nur bald zu Ende wäre …

»Ich glaube, ich weiß, was du willst, Maltazard«, sagt der alte Mann leise. »Verschone meine Familie und ich werde es dir geben!«

Maltazard grinst. Es beeindruckt ihn immer wieder, wenn außer ihm auch andere über etwas Intelligenz verfügen.

»Mein Ehrenwort darauf«, sagt er und legt die Hand aufs Herz, wobei jeder weiß, dass er gar kein Herz besitzt.

»Dein Ehrenwort? Du weißt doch überhaupt nicht, was Ehre bedeutet«, erwidert der alte Mann.

»Falsch! Erinnere dich doch: Nachdem du von mir in den Kerker von Nekropolis geworfen wurdest, hatte ich dir versprochen, dich nicht zu töten, wenn du mir jeden Tag etwas beibringen würdest, und ich habe Wort gehalten, oder?«

Archibald kann nicht widersprechen, denn die Geschichte stimmt.

»Heute leiste ich ein anderes Versprechen: Gib mir, wofür ich hierhergekommen bin, und ich werde sofort dieses Haus, nun ja … das, was davon übrig geblieben ist, verlassen.«

»Und du verschonst meine Familie?«, verhandelt der Großvater weiter.

Maltazard zögert, denn Leben zu verschonen ist nicht gerade seine Stärke.

»Das werde ich! Nachsichtig und milde, wie es einem Herrn wie mir entspricht, lasse ich dich und deine Familie am Leben!«, willigt der Herrscher der Finsternis schließlich seufzend ein. »Unter einer Bedingung«, schiebt er im selben Atemzug nach.

»Ich höre«, sagt der Großvater, dem eigentlich keine Wahl bleibt.

»Ich werde bald einen Palast besitzen, den mir meine Sklaven errichten, sobald ich den geeigneten Platz gefunden habe. Wenn der Palast vollendet ist, verlange ich, dass mir Margarete jeden Sonntag ihre berühmte Schokoladentorte mit diesen kleinen weißen Kugeln und den darüber gestreuten Cashewkernen vorbeibringt!«

Es ist weithin bekannt, dass Maltazard ein Schleckermaul ist, aber dass er es so weit treiben würde, hätte keiner gedacht. Archibald runzelt die Stirn und holt tief Luft, bevor er Maltazard anschreit, dass er mit dieser Bedingung auf keinen Fall einverstanden sei.

»Ich bin einverstanden!«, mischt sich Margarete ein und nimmt ihrem Mann damit den Wind aus den Segeln. »Ich werde jeden Sonntag Punkt neun Uhr mit dem Verlangten vor deinem Palast stehen!«

Margarete hat ein Machtwort gesprochen, keiner wagt, daran zu rütteln, und Maltazard kann nicht anders, als ihrer Entschiedenheit seinen Respekt zu zollen.

»Das ist aber nett!«, erwidert er darum mit einem breiten Grinsen, auch wenn alle Welt weiß, dass diese Kreatur nicht den geringsten Schimmer davon hat, was Nettsein überhaupt bedeutet.

Selenia steht auf dem Zugdach und holt sich ihr von Darkos aufgespießtes Schwert zurück. Sie greift nach dem Knauf und zieht es mit einer Leichtigkeit heraus, als stecke es im Sand fest. Der verunstaltete Zug wird langsamer und fährt in den Bahnhof zu Füßen von Archibalds Schreibtisch ein.

»Endstation, alle aussteigen!«, ruft Arthur, froh darüber, unversehrt angekommen zu sein.

Selenia und Bétamèche sind etwas eingeschüchtert von den vielen afrikanischen Masken an den Wänden, die sie wie in Gebirge geschnitzte Gesichter überragen. Hunderte von Büchern stehen direkt auf dem Boden und lassen an Häuserblocks denken mit dazwischenliegenden endlosen Straßen, in denen man sich leicht verirren kann. Arthur geht zu einem herumstehenden Spielzeug-Baukran mit einem Hebelarm und einer kleinen Korbgondel, in die er seine Freunde hineinschiebt.

»Wo willst du uns denn jetzt schon wieder hinbringen?«, fragt Selenia beunruhigt.

»Was wir suchen, befindet sich oben auf dem Schreibtisch meines Großvaters. Bétamèche, schaffst du es, mit deinem Messer von hier aus auf den Hebel, den du dort siehst, zu drücken?«

Bétamèche wirft einen Blick auf den besagten Hebel, ein großes schwarzes Ding mitten in einer Fernsteuerung.

»Kein Problem!«, erwidert er selbstsicher. Für sein Zweihundert-Funktionen-Messer ist das ein Klacks!

Der kleine Prinz nimmt sein Messer, zielt auf die Fernsteuerung und tippt auf Funktion siebenundzwanzig. Ein Dutzend wunderschöner Schmetterlinge gleitet aus dem Messer und schwebt durch die Gegend.

»Ups! Tut mir leid. Das war wohl der Schmetterlingsregen.«

Bétamèche zielt erneut und drückt auf Funktion zweiundsiebzig. Ein scheußlicher grüner Auswurf, der ziemlich ekelhaft aussieht, schießt heraus und trifft auf den Hebel der Steuerung. Sofort spannt sich das Kabel des Krans und der Korb mit den drei Freunden steigt nach oben.

»Ah. Das ist angenehmer als der Zug!«, freut sich Bétamèche und packt sein Messer wieder weg.

Selenia beugt sich über den Korb, um sich die Umgebung anzuschauen. Schließlich ist für sie alles neu, und auf dem Boden liegen lauter Sachen, die sie noch nie gesehen hat. Sie hat keine Ahnung, wozu dieses ganze Durcheinander gut sein soll. Versetzt euch einfach in ein kleines Kind, das auf dem Land lebt und sich plötzlich zwischen New Yorker Wolkenkratzern wiederfindet – dann habt ihr eine Vorstellung davon, was Selenia wohl gerade empfindet.

Arthur kennt diesen Ort dagegen bestens. Für ihn gibt es hier nichts zu entdecken. Was allerdings seine Neugierde weckt, ist der widerliche Schleim, den Bétamèche gerade abgefeuert hat.

»Was war das für ein grauenhafter Brei, der aus deinem Messer herausgespritzt kam?«

»Kaulquappenschleim«, erwidert Bétamèche gelassen.

»Und wozu braucht man Kaulquappenschleim in einem Messer?«, fragt Arthur mit vor Abscheu verzogenem Gesicht.

»Na … um die Schneckeneiertorten damit zu verzieren!«, sagt Bétamèche schulterzuckend, als gäbe es nichts Selbstverständlicheres.

Wie gut, dass Arthur nicht zu viele Butterkekse gegessen hat, sonst hätte er die jetzt garantiert alle über Bord gehen lassen.

Inzwischen ist der Korb am oberen Ende des Krans, nicht weit von der Schreibtischplatte, angekommen. Arthur balanciert auf dem Rand des Korbes und springt auf den Tisch. Selenia tut es ihm nach, natürlich viel anmutiger.

»Ich bleibe hier!«, erklärt Bétamèche. »Ich überwache das Hinterland.«

»Das ist nett von dir«, erwidert Selenia lachend. »Könntest du dich dann auch um Darkos kümmern, wenn er wieder auftaucht, während wir unsere Mission erfüllen?«

Natürlich weiß die Prinzessin, dass der Vorschlag ihres Bruders nicht das Zeichen seines plötzlichen Heldenmuts ist, sondern dass er schlicht und einfach Todesangst hat bei dem Gedanken, ins Leere zu springen.

»Ah ... ja natürlich!«, stottert der kleine Prinz, als er bemerkt, was er sich eingebrockt hat.

Arthur und Selenia klettern über die Bücherberge und die vielen anderen Dinge, die sich auf dem Schreibtisch stapeln.

Währendessen gleitet ein Schatten unter der Tür hindurch. Ein furchterregender Schatten, auch wenn er nur wenige Millimeter misst. Darkos ist schon wieder auf den Beinen. Er hat ein paar Rasierklingen aus seinem Kamm verloren, aber der kleine Kerl ist zäh und mehr denn je auf der Hut.

Bétamèche auf seinem Beobachtungsposten kann ihn gar nicht übersehen. Auf den weißen Fliesen sieht Darkos aus wie eine Küchenschabe. Der kleine Prinz versucht zu pfeifen, um Arthur und Selenia zu warnen, aber sein Kiefer ist vor Angst wie gelähmt, und kein Ton kommt aus seinem zu einem O geformten Mund.

Darkos steigt mit ausgestrecktem Schwert (er hat offensichtlich schnell Ersatz gefunden) in den Zug und durchwühlt gründlich den ersten Waggon. Bétamèche versucht, auf den Fingern zu pfeifen, aber der lächerliche Ton, den er zustande bringt, hört sich nur an wie ausströmendes Gas.

Währenddessen ist Arthur Selenia dabei behilflich, auf den Gipfel des Büchergebirges zu klettern.

»Wohin gehen wir eigentlich?«, fragt die Prinzessin, die zum Umfallen müde ist.

»Zum obersten Regalbrett«, erwidert Arthur und zeigt zur Decke.

Wunderschöne Bücher sind dort sorgfältig nebeneinander aufgereiht. Und zwischen zwei Büchern steht … die kleine Phiole.

»Der Inhalt dieses Fläschchens wird es uns ermöglichen, zu wachsen und dann dem teuflischen Maltazard das Handwerk zu legen.«

Selenia zuckt wie immer, wenn sie diesen Namen hört, erschrocken zusammen und verliert fast das Gleichgewicht. Arthur kann sie gerade noch festhalten.

»Tut mir leid«, entschuldigt sich der Junge mit schuldbewusster Miene.

Dabei weiß Arthur genau, dass es Unglück bringt, den verbotenen Namen auszusprechen. Nicht selten kommt der Gebieter der Finsternis danach durch die Tür und klopft nicht einmal an. Als gelte es, diesen traurigen Aberglauben zu bestätigen, erscheint in diesem Augenblick Maltazard auf der Bildfläche. Sein Schatten ist furchterregend, weit fruchterregender als der seines Sohnes, schließlich ist er über drei Meter groß.

Arthur und Selenia sind starr vor Schreck. Bétamèches Ohren zittern, und Darkos hebt seine Nase, da ihm dieser Fäulnisgeruch so bekannt vorkommt. Jetzt betritt auch Archibald sein Arbeitszimmer, gefolgt von Alfred, der den Ball im Maul trägt. Aber Alfred bleibt auf der Türschwelle stehen. Er wagt es nicht, noch näher an Maltazard heranzukommen. Zu groß wäre die Versuchung, ihm ins Bein zu beißen. Archibald entdeckt den aufgeschlitzten Eisenbahnwaggon auf dem Rangierbahnhof.

»Oh! Schau sich das einer an! Das war mal wieder Alfreds Werk! Arthur wird sich freuen, wenn er das sieht!«, schimpft der Großvater und greift nach dem Wagen.

Alfred wedelt mit dem Schwanz, weil er seinen Namen gehört hat. Arthur würde gerne schreien, dass der Hund nichts damit zu tun hat, dass Darkos den Zug verwüstet hat, aber er weiß, dass es nichts nützen würde zu brüllen. Seine Stimme ist zu leise, Archibald würde sie niemals hören.

Der Großvater untersucht den Waggon, in dem sich Darkos befindet. Maltazards Sohn rollt im Wageninneren hin und her wie ein Kieselsteinchen in einem Schuh und klammert sich fest, so gut er kann, damit er nicht herausgeschleudert wird.

»Ich will versuchen, den Waggon zu reparieren, bevor Arthur zurück ist. Dann entgehst du deiner Strafe«, sagt er freundlich zu dem Hund, als wären sie alte Komplizen.

Archibald stellt den Waggon auf den Schreibtisch, und Darkos verkriecht sich unter dem einzigen Tisch, der heil geblieben ist. Dann schaut der alte Professor zum Regal, zählt die Bücher, die darauf stehen, und greift nach dem siebten Band. Arthur und Selenia stehen jeweils rechts und links neben dem Buch und gestikulieren wie wild.

»Wenn er uns schon nicht hört, vielleicht sieht er uns ja«, sagt sich Arthur, der mit den Armen wedelt, als steuere er einen Flugzeugträger.

Archibald zieht das Buch heraus und holt es vorsichtig herunter. Arthur sieht es wie einen riesigen Ozeandampfer an sich vorbeigleiten.

»Großvater, wir sind hier! Ich bin's, Arthur!«

Doch der Junge kann sich heiser schreien und herumzappeln, es nützt nichts. Archibald versenkt seine Hand zwischen die beiden Bücher und holt die kleine Phiole heraus. Arthur und Selenia müssen hilflos mit ansehen, wie die riesige Flasche an ihrer Nase vorbeischwebt.

Bétamèche drückt sich so sehr an den Korb, dass seine Zähne gegen das Blech schlagen. Das kleine Zirpen, das dabei entsteht, hört sich so an, als käme es von einem Insekt. Maltazard spitzt die Ohren. Solche verräterischen Geräusche regen immer seinen Appetit an. Er liebt diese kleinen Leckerbissen, besonders wenn sie ganz frisch in heißem Öl gebraten sind. Maltazard versucht, dem Geräusch auf die Spur zu kommen, und nähert sich langsam Bétamèche, der dadurch noch mehr in Panik gerät, immer lauter mit den Zähnen klappert und damit riskiert, entdeckt zu werden.

Doch in diesem Moment stellt sich Archibald M. in den Weg und zeigt ihm die Phiole.

»Schau, hier ist das, was du gesucht hast. Ich habe mein Wort gehalten, jetzt bist du dran.«

Maltazard nimmt behutsam die Phiole entgegen und dreht sie zwischen seinen krummen Fingern hin und her. Die Flüssigkeit hat eine schöne bernsteinfarbene Einfärbung und sieht ein bisschen aus wie Honig.

»Und woher weiß ich, dass es die richtige Flasche ist?«, fragt Maltazard und fixiert Archibald, um herauszufinden, ob der alte Mann vielleicht lügt.

»Wahrscheinlich kannst du nicht lesen, aber du kannst dir die Bilder anschauen, oder?«, sagt der Großvater und zeigt auf das Etikett.

Maltazard mag es nicht, wenn man ihn auf seine Schwachstellen hinweist. Um zwei (gekrümmte) Fingerbreit hätte Archibald dran glauben müssen. Der schreckliche M. betrachtet das Etikett mit den drei Zeichnungen. Das erste Bild zeigt einen kleinen Mann, auf dem zweiten Bild ist der Mann am Trinken, und auf dem dritten Bild ist er so groß geworden, dass er fast das Bild sprengt. Man müsste schon einen negativen Intelligenzquotienten haben, um die Darstellung nicht zu begreifen.

In der Zwischenzeit steht Darkos unten auf dem Schreibtisch auf der hinteren Plattform des Waggons. Auch er fuchtelt mit den Armen und schreit wie wild herum.

»Vater! Vater! Ich bin hier! Ich bin's, Darkos!«

Dieses Mal hat sein Vater ihn gehört, und er sucht alles ab, um herauszufinden, woher dieses näselnde Stimmchen kommt. Darkos weiß, dass er fast am Ziel ist, aber er weiß nicht, was er tun soll, um Maltazards Aufmerksamkeit auf sich zu ziehen. Schließlich packt er sein Schwert und wirft es mit aller Kraft in Richtung seines Vaters. Das Schwert bohrt sich in Maltazards Wange, der verblüfft über eine so freche Mücke zusammenzuckt. Er fährt mit der Hand über sein Gesicht, um die Stelle zu suchen, an der er gestochen wurde. Dann zieht er den Stachel heraus und betrachtet ihn aufmerksam, denn das ist kein normaler Stachel. Es ist ein Schwert, das er unter Tausenden wiedererkennen würde. Er hat es seinem Sohn zum ersten Geburtstag geschenkt. Jetzt ist Maltazard auf der Hut und sucht unauffällig nach seinem Sprössling.

»Ah, endlich«, atmet Darkos auf, der schon ganz verzweifelt war.

Aber sucht Maltazard wirklich seinen Sohn, oder ist ihm schon klar geworden, dass Darkos wahrscheinlich hinter Arthur und Selenia her ist, die ihrerseits die Phiole suchen? Vorsichtig nähert sich Maltazard dem Regal und prüft die klaffende Lücke, die das fehlende Buch hinterlassen hat. Arthur und Selenia sehen die Bedrohung immer näher kommen und weichen zurück, um sich im Dunkeln zu verstecken. Aber der Meister der Finsternis hat einen bohrenden Blick und kann auch im Dunkeln etwas erkennen. Maltazard kneift die Augen zusammen und entdeckt schließlich unsere beiden Helden.

»Oh nein!«, schreit Bétamèche, vor dessen Augen sich die ganze Tragödie abspielt.

»Oh yes!«, frohlockt Darkos und führt einen Freudentanz auf.

Selenia hat sich in Kampfposition gestellt, ihr Zauberschwert angriffslustig nach vorne gerichtet. Aber leider müsste man schon der Zauberer Merlin höchstpersönlich sein, um dieser misslichen Lage entkommen zu können. M. setzt ein diabolisches Grinsen auf und will gerade die Hand ausstrecken, als Archibald unvermittelt das Buch Nummer sieben an seinen Platz zurückstellt, dabei unsere zwei Helden nach hinten schiebt und sie gegen die Wand quetscht.

»Du hast bekommen, was du wolltest, Maltazard. Ich bitte dich jetzt, dieses Haus zu verlassen, wie du es mir versprochen hast.«

M. der Verfluchte würde dem Großvater gerne erzählen, dass sich sein Enkel hinter seinem Rücken befindet, eingeklemmt zwischen zwei Büchern. Aber Archibald wäre womöglich zu allem fähig, um seinen Arthur zu retten. Also zieht es Maltazard vor, den Mund zu halten und sich davonzumachen. Er kann ja später mit seiner neuen Armee zurückkommen und diese entzückende Familie vernichten. Außerdem wäre das heute ein ungleicher Kampf, was ihm bei Weitem nicht so viel Spaß bereiten würde. Maltazard macht eine Kehrtwende und geht Richtung Ausgang.

»Papa?!«, murmelt Darkos und streckt die Arme nach seinem Vater aus, der ihn wieder einmal im Stich lässt.

Am liebsten würde er laut brüllen, aber kein Ton kommt aus seinem Mund, als hätte er gerade begriffen, dass sowieso jegliche Anstrengung vergebens wäre.

Archibald verlässt ebenfalls das Zimmer und schließt sorgfältig die Tür hinter sich ab.

Kapitel 11

Darkos ist wie betäubt. Seine Augen füllen sich mit Tränen. Vor lauter Kummer ist er wie versteinert. Bétamèche schaut vom Korb herab und sieht den hilflosen Darkos auf dem Balkon stehen, wie Julia nach Romeos Abgang.

Arthur und Selenia haben hinter dem Regal einen Durchgang gefunden und springen jetzt auf den Bücherstapel, der auf dem Schreibtisch liegt.

»Vorsicht! Da im Waggon!«, brüllt Bétamèche, der eigentlich flüstern wollte.

Darkos hat die Warnung auch gehört, aber er ist zu sehr am Boden zerstört, um darauf zu reagieren. Arthur steckt vorsichtig den Kopf in den letzten Wagen und entdeckt den bedauernswerten Darkos.

»Nimm dich in Acht, er ist noch hinterhältiger als sein Vater«, flüstert die Prinzessin.

Arthur jedoch tut der arme verzweifelte Krieger leid. Er nimmt das Risiko in Kauf und wagt sich näher heran.

»Hör mal, Darkos, ich weiß, was du fühlst und … ich verstehe, wie sehr du leidest.«

Der Krieger schaut zu ihm hoch. Selbst die Lust, sich zu prügeln, scheint ihm vergangen zu sein.

»Mein Vater ist auch oft nicht da. Er ist in der Stadt, um Arbeit zu suchen, und er hat mich den ganzen Sommer über bei meinen Großeltern zurückgelassen. Das tut mir weh, aber ich weiß, dass er mich im Grunde trotzdem liebt«, versucht Arthur Darkos aufzumuntern.

»Aber manchmal … ist er für dich da?«, fragt Darkos mit kaum hörbarer Stimme.

Arthur zögert, aber er fühlt sich verpflichtet, die Wahrheit zu sagen.

»Ja, manchmal.«

Darkos seufzt tief und setzt sich schließlich auf den Rand der Plattform.

»Das ist mein Problem. Mein Vater ist niemals da! Auch nicht manchmal. Nie ein nettes Wort, nie eine Umarmung, nie auch nur ein Blick.«

»Aber ihr redet doch hin und wieder miteinander?«, erkundigt sich Arthur betroffen.

»Er spricht nur mit mir, um mich zu beschimpfen oder mir Befehle zu geben, oder um beides gleichzeitig zu tun. Ich frage mich, ob er mich jemals geliebt hat«, bricht es schließlich aus Darkos heraus.

Diese Offenheit überrascht Arthur.

»Ich möchte ja euer kleines Schwätzchen unter Jungs nicht stören, aber wir haben eine Mission zu erfüllen!«, unterbricht Selenia und tritt selbstbewusst zwischen die beiden.

Darkos wirkt etwas ratlos. Wahrscheinlich hätte er dieses Gespräch gerne weitergeführt.

»Darkos, ich glaube, das Beste, was du tun könntest, ist, ihn selbst zu fragen«, sagt Arthur aufrichtig.

»Wie denn?«, fragt Darkos.

»Du gehst zu deinem Vater, stellst dich vor ihn und fragst ihn ganz offen: ›Papa, liebst du mich?‹«

»Und dann?«, will Darkos wissen.

»Dann … dann, ich weiß auch nicht, aber wie auch immer die Antwort sein wird, wirst du von der Last dieser Frage befreit sein.«

»Hä? Ich bin nicht sicher, ob ich diesen Satz verstanden habe«, erwidert Darkos mit entwaffnender Ehrlichkeit.

Tatsächlich sind, wie wir wissen, seine geistigen Fähigkeiten etwas beschränkt. Um zu verstehen, was Arthur gerade gesagt hat, müsste er sich wahrscheinlich ein paar Hirnzellen ausleihen.

»Wir lassen dich jetzt in Ruhe, dann hast du genug Zeit, um darüber nachzudenken«, unterbricht ihn Selenia und zieht Arthur ungeduldig am Arm.

Darkos sieht teilnahmslos zu, wie sich die beiden aufmachen.

»Kann ich … kann ich mit euch kommen?«, rutscht es ihm auf einmal heraus.

Arthur ist von dieser gleichermaßen zu Herzen gehenden wie unerwarteten Frage sehr bewegt. Wer hätte noch vor wenigen Stunden geglaubt, dass Darkos so offen sein würde? Selenia jedenfalls nicht.

»Darkos, das ist ja alles sehr nett, aber so einfach wechselt man nicht das Lager. Seit Monden verfolgst du die Minimoys, und selbst wenn mein Volk für seine Barmherzigkeit bekannt ist, braucht es etwas Zeit, um jemandem wie dir zu verzeihen.«

Darkos senkt langsam den Kopf.

»Ich verstehe und … es tut mir leid«, erwidert er.

Selenia wird immer verlegener und kann ihre Ergriffenheit kaum noch verbergen.

»Ich denke, es müsste eine Übergangszeit geben. Bring deine Probleme mit deinem Vater in Ordnung, und ich verspreche dir, dass ich deinen Fall dem Rat zur Begutachtung vorlegen werde.«

»Wirklich?!«, freut sich Darkos wie ein Kind, dem man etwas Unmögliches verspricht.

»Prinzessinnenehrenwort!«

Der Krieger fühlt sich plötzlich eigenartig. Es kribbelt und kitzelt in ihm, ein Lächeln huscht über sein Gesicht und er kann seine Tränen kaum noch zurückhalten. Er ist überwältigt, gerät etwas in Panik und würde gerne einen Doktor rufen, wenn es denn in seiner Größe einen gäbe.

Wenig später setzt die vollbesetzte Krangondel auf dem Boden auf und unsere drei Helden steigen aus.

»Wir müssen M. unbedingt einholen!«, ruft Arthur, der irgendwas zu suchen scheint.

»Mir ist klar, dass wir ihn einholen müssen, aber wie soll das mit unseren kleinen Beinen gehen?«, gibt Selenia zu bedenken.

»Die Lösung muss hier irgendwo geparkt sein!«, sagt Arthur und sucht mit den Augen die Umgebung ab.

Hinter einem halb zerfallenen Kartenhaus findet er endlich, wonach er sucht: einen amerikanischen, sorgfältig von Arthur frisierten Militärjeep. Er hat seine Räder durch Traktorenräder ersetzt, sodass das Fahrzeug jetzt aussieht wie ein Big Foot.

»Oh nein! Müssen wir schon wieder eine deiner Todesmaschinen ausprobieren?«, jammert Bétamèche.

»Na, du kannst uns ja zu Fuß begleiten, wenn es dir Spaß macht«, scherzt seine Schwester und setzt sich auf den Beifahrersitz.

Bétamèche brummelt einen Augenblick vor sich hin, dann steigt er ein.

»Seid ihr bereit?«, fragt Arthur mit einem schelmischen Lächeln um die Mundwinkel.

»Äh ... ja, ich denke schon!«, erwidert Selenia und hält sich am Sicherheitsbügel fest.

Arthur drückt den Hebel, der sich an der Seite des Wagens befindet, und schon springt der Motor an. Der Super-Jeep macht einen Satz nach vorne und prescht mit Volldampf los. Arthur beherrscht das Gefährt nicht auf Anhieb und kurvt zuerst ziellos zwischen den Bücherstapeln umher, bevor er es wirklich unter Kontrolle hat. Jetzt wird der Jeep schneller und rast auf die Tür zu.

»Bist du sicher, dass wir da durchpassen?«, fragt Selenia und wirft einen prüfenden Blick auf die Höhe des Jeeps.

»Überhaupt nicht«, erwidert Arthur und versetzt mit dieser Bemerkung seine Mitfahrer in Angst und Schrecken.

Das Auto ist kurz davor, gegen die Tür zu knallen, doch Arthur erspäht im letzten Moment einen kleinen Spalt im Holz und lenkt das Auto mit geschlossenen Augen hindurch. Zwei Holzspäne fliegen durch die Luft und die Sicherheitsbügel werden beim Aufprall regelrecht weggerissen. Unsere drei Helden können gerade noch rechtzeitig die Köpfe einziehen, um nicht zu enden wie Marie Antoinette.

»Wenn du ein Gamul so lenken würdest, wie du diese Maschine lenkst, hätte man dir schon lange den Führerschein entzogen!«, schreit Selenia gegen den Fahrtwind an, der ihr ins Gesicht bläst.

»Ach, man braucht einen Führerschein, um ein Gamul zu lenken?«

»Ja, man braucht sogar zwei, wenn es sich um ein Gamul mit zwei Höckern handelt!«

»Bei uns braucht man auch einen Führerschein, um ein Auto zu steuern, aber ich bin noch nicht alt genug dazu.«

»Und wirst du nicht bestraft, wenn du ohne Führerschein fährst?«, empört sich Bétamèche.

»Doch! Aber ich wüsste nicht, wie die Polizei mich erwischen sollte, wenn ich nur zwei Millimeter groß bin«, lacht Arthur und kurvt zwischen einigen schimpfenden Ameisen hindurch.

»Verkehrsrowdy!«, brüllt ihm eine Ameise nach, als er an ihr vorbeiflitzt.

Der Jeep überquert den Flur und fährt in vollem Tempo an einem schwarzen, im Dunklen verborgenen Coleopterus vorbei. Das Tier öffnet seine phosphoreszierenden Augen und nimmt die Verfolgung auf.

»Was ist das?«, fragt Arthur, als er in den Rückspiegel schaut.

»Das ist eine Patrouille!«, erwidert Bétamèche.

Der Coleopterus folgt ihnen im Tiefflug. Seine großen Augen strahlen wie Scheinwerfer.

»Eine Patrouille, aber wie ist das möglich?«, fragt Arthur erstaunt.

Das Tier stellt die Sirene an.

»Nun ja, siehst du nicht, dass alle Ameisen in *eine* Richtung laufen und du der Einzige bist, der sich in die Gegenrichtung bewegt? Ganz klar: Du bist ein Geisterfahrer!«, erklärt Selenia.

Arthur schüttelt den Kopf, als müsse er aus einem Albtraum erwachen.

»Das ist unmöglich!«

Der Coleopterus kommt bedrohlich nahe.

»Ihr fahrt gegen die Einbahnstraße! Bleibt sofort stehen!«, krächzt die Patrouille mit näselnder Stimme.

»Immerhin kann er dir deinen Führerschein nicht abnehmen, du hast ja gar keinen«, lästert Bétamèche.

Aber für Arthur kommt es nicht in Frage, anzuhalten, wertvolle Minuten zu vergeuden und Maltazards Spur zu verlieren. Arthur fährt in eine Rinne, die sich an der Wand entlangzieht, um dem Patrouillenflieger zu entkommen, aber das Insekt hat keine Schwierigkeiten, ihnen zu folgen.

Nun ordnet sich der Jeep auf einer der Brücken ein, die von den Ameisen gebaut wurden. Der Geländewagen ist allerdings etwas zu breit für die kleine Straße und so brettert er durch die Ameisen wie eine überdimensionale Bowlingkugel. Viele der Ameisen werfen sich schreiend zur Seite, als sie den Rennwagen angeflitzt kommen sehen. Nachdem der Jeep die Brücke überquert hat, lenkt Arthur den Wagen nach rechts und landet wieder auf dem Flur. Die Ortspolizei ist ihnen immer noch dicht auf den Fersen. Arthur behält sie durch den Rückspiegel im Auge. Er wartet noch einen Moment, bis der Patrouillenflieger ganz nahe herankommt, dann reißt er das Steuer blitzschnell nach rechts. Der Coleopterus wird von diesem unerwarteten Manöver überrascht und kann nicht mehr rechtzeitig stoppen. Er fliegt direkt auf einen Tyrannosaurus zu, der hier im Hinterhalt lauerte. Das Riesenmonster ist zwar nur aus Plastik, aber der Coleopterus zerschellt in seinem weit aufgerissenen

Rachen. Der Aufprall ist so heftig, dass die Schraube zwischen Ober- und Unterkiefer zerbricht und das Riesengebiss mit klappernden Zähnen zufällt. Von der Flugpatrouille sind nur noch zwei kleine Flügelspitzen zu erkennen, die auf jeder Seite dieses gewaltigen auf zwei Beinen stehenden Kiefers herausragen.

Arthur wirft im Weiterfahren einen Blick auf die Szene und macht ein zufriedenes Gesicht. Endlich hat er die Polizei abgehängt.

»Man soll dem vorausfahrenden Fahrzeug nie zu dicht auffahren!«, sagt er grinsend und nicht ohne Stolz.

Diesen Satz hat er oft von seinem Großvater gehört. Aber Archibald, der ein guter Autofahrer ist, pflegt oft auch noch einen anderen Satz zu sagen: »Immer geradeaus schauen!« Leider beherzigt Arthur diesen Rat eine Sekunde zu spät. Das ist schade, denn er ist schon am Treppenabsatz angelangt. Jetzt kann er noch so viel schreien und auf die Bremse drücken, das ändert nichts mehr.

Mit vollem Tempo purzelt der Jeep die Treppe hinunter. Arthur tut alles, damit sich das Auto nicht überschlägt, da die Überrollbügel ja bei der Türdurchfahrt abgerissen wurden. Der Wagen hüpft von Stufe zu Stufe, und Arthur, Selenia und Bétamèche haben das Gefühl, in einem fürchterlichen Karussell eingeklemmt zu sein. Wie harmlos erscheint dagegen doch auf einmal die Reise in der Nussschale (nachzulesen in *Arthur und die Minimoys*)!

Die letzte Stufe dient dem Auto als Trampolin, das unsere Helden ein paar Meter weit durch die Luft katapultiert. Die Landung gestaltet sich allerdings etwas unsanft, sodass die drei Insassen von ihren Sitzen auf den Jeepboden geschleudert werden. Das Auto vollführt ein paar Zickzacklinien, aber dann ergreift Arthur wieder das Steuer und bringt den Wagen unter seine Kontrolle.

Er sieht, dass Maltazard gerade über die Schwelle des Hauses tritt. Arthur klammert sich an sein Lenkrad und rast auf ihn zu. Aber da stellt sich ihm der Yeti in den Weg. Alfred wedelt mit dem Schwanz und freut sich, sein Lieblingsauto vorbeifahren zu sehen. Und weil sein Herrchen ihm beigebracht hat, Dinge zu apportieren, erscheint es ihm ganz natürlich, das Spielzeug ins Maul zu nehmen. Arthur reißt das Steuer herum, um nicht von diesem riesigen Kiefer geschnappt zu werden, der noch beeindruckender ist als der des Tyrannosaurus Rex. Er versucht, Alfred, so gut er kann, quer durch die im Wohnzimmer herumliegenden Trümmer zu entkommen, aber der Hund folgt seiner Spur so penetrant wie ein Suchhubschrauber.

»Arthur, tu was! Ich will nicht im Rachen des Yeti enden!«, weint Bétamèche.

»Haltet euch gut fest!«, schreit Arthur nur.

Und plötzlich verschwindet das Auto unter der Kommode. Alfred bleibt vor dem Möbelstück stehen und stellt die Ohren auf. Solange das verflixte Auto nicht herauskommt, rühr ich mich hier nicht von der Stelle!, sagt er sich dickköpfig.

Der Jeep kommt bald wieder heraus, aber auf der anderen Seite der Kommode, und fährt weiter bis zur Eingangstür.

Arthur tritt auf das Gaspedal und vergisst einen Augenblick, dass sein Gaspedal, genau wie die Bremse, nur nachgemacht ist. Das ist schade, denn Archibald hat gerade die Tür hinter Maltazard geschlossen, und Arthur hätte die Bremsen benötigt, um nicht dagegenzudonnern. Im letzten Moment reißt der

Junge das Steuer herum und kann den Zusammenstoß gerade noch vermeiden.

»Wir werden ihn aus den Augen verlieren«, sagt Selenia beunruhigt, die durch das Fenster Maltazard davongehen sieht.

»Wart's ab, ich bin noch nicht fertig!«, erwidert Arthur, der zu einer anderen Tür rast und fest entschlossen ist, sich dieses Mal nicht aufhalten zu lassen.

»Vorsicht!!«, brüllt Bétamèche.

Arthur schafft es gerade noch, François' am Boden liegende Zahnplombe zu umfahren. Stellt euch bloß die Katastrophe vor, wenn Arthur die Plombe seines Vaters ins Gesicht bekommen hätte! Danach hätte er nie mehr zum Zahnarzt gehen müssen.

»Was war das?«, fragt Selenia und deutet auf das heimtückische Plombenstück.

»Ich habe keine Ahnung«, erwidert Arthur und konzentriert sich wieder auf die Fahrbahn.

Der Jeep nähert sich jetzt mit voller Geschwindigkeit der Hintertür. Selenia wird unruhig, denn ihr Chauffeur hat wohl die Absicht, sie gewaltsam zu durchbrechen.

»Arthur, die Tür ist aus Eichenholz! Deine Maschine wird dagegenklatschen wie eine Stubenfliege«, warnt die Prinzessin mit zugeschnürter Kehle.

»Vertraue mir!«, antwortet der Junge mit einem Indiana-Jones-Lächeln.

Das Auto schießt auf die Tür zu und wird jeden Moment an ihr zerschellen. Doch beim Aufprall schwingt plötzlich eine kleine Tür *in* der Tür hin und her. Arthur ist durch die Katzenklappe gesaust! Selenia lässt einen erleichterten Seufzer hören.

»War's das? Sind wir tot?«, fragt Bétamèche, der immer noch die Augen geschlossen hält.

»Ja. Schlaf ruhig weiter! Wir geben dir Bescheid, wenn wir im Paradies angekommen sind!«, erwidert seine Schwester genervt.

Der Jeep fährt an der überdachten Veranda entlang, die um das ganze Haus herumführt. Arthur steuert nach rechts, um zur Vorderseite des Hauses zu gelangen. Da erblickt er Maltazard, der auf der Außentreppe steht und die Stufen, die zum Garten führen, hinuntergeht (die berühmten Stufen, die der Polizist Simon weder heil hinauf- noch hinunterschaffte).

Arthur ist nur noch ein paar Meter entfernt, aber jetzt, wo er so nah an seinem Ziel ist, fragt er sich, wie er dieses wandelnde Gebirge nur aufhalten soll. Auf ihn draufspringen und an ihm hochklettern bis zu seiner Hand, die die Phiole hält? Das erscheint ihm ziemlich unmöglich. Oder vielleicht gegen seine Knöchel fahren und ihn zum Stolpern bringen? Sobald die Phiole dann am Boden läge, könnte sich Arthur daraufstürzen und sie leer trinken. Dieser Plan gefällt ihm, und er tritt das Gaspedal durch, auch wenn das sowieso nicht reagieren wird. Eine bessere Idee hat er nicht.

Maltazard ist schon unterwegs in den Garten, als Arthur die Außentreppe erreicht. Das Auto hebt ab, schwebt ein paar Meter durch die Luft und schiebt sich dann unter ein Grasbüschel, nur wenige Zentimeter von Maltazards Absatz entfernt. Dort sitzt das Fahrzeug fest, und Arthur kann nur ohnmächtig zuschauen, wie M. der Verfluchte im Wald verschwindet.

»Wie war dein Plan noch mal genau? Ich weiß nicht, ob ich alles kapiert habe?«, informiert sich die Prinzessin, enttäuscht, dass ihr Feind entwischt ist.

»Ich gebe ja zu, dass es ein schlechter Plan war …«, räumt Arthur ein und zieht die Stirn in Falten.

François hat endlich die Packung mit den Marshmallows gefunden. Jetzt betritt er das Wohnzimmer und schwenkt mit zitternder Hand sein Paket.

»Hi-hi-hier si-sind si-ie! I-ich ha-hab si-sie!«, bringt er angestrengt heraus.

Aber Maltazard ist verschwunden, hat nur Trümmer und Staub zurückgelassen. Und Rose schläft immer noch auf dem Sofa, als warte sie auf den Prinzen, der sie endlich wach küsst. Archibald steht in einer Ecke des Zimmers und wiegt Margarete in seinen Armen.

»I-ist … er weg?«, fragt François mit einem leichten Bedauern in seiner Stimme.

»Ja«, bestätigt Archibald. »Hoffen wir, dass er niemals zurückkommt.«

Kapitel 12

Arthur bahnt sich zornig einen Weg durch den Rasen, der eher an einen Dschungel erinnert. Er tritt gegen jeden vor seinen Füßen liegenden Stein, um seinem Ärger Luft zu machen.

»Es bringt doch nichts, ihm immer noch hinterherzurennen. Er ist längst über alle Berge«, sagt Selenia missmutig.

»Außerdem müssen wir jedes Mal, wenn er *einen* Schritt tut, *hundert* Schritte gehen«, klagt Bétamèche und lässt sich von Müdigkeit übermannt auf die Erde fallen.

Arthur ist wütend, aber er muss wohl einsehen, dass das Herumhetzen tatsächlich zu nichts führt. Aus dieser Sackgasse kann ihnen nur eine gute Idee heraushelfen.

»Wir müssen eine Lösung finden«, schimpft er und läuft im Kreis wie ein Hamster in seinem Rad.

»Und zwar schnell, bevor M. der Verfluchte die Probleme auf seine Weise löst!«, ergänzt Selenia, die ebenfalls im Kreis herumrennt, nur in die entgegengesetzte Richtung.

»Wir müssen ein Mittel finden, das uns wachsen lässt«, fasst Arthur seine Überlegungen zusammen und reibt sich die Schläfen. »Das Mittel finden oder selbst eines herstellen. Aber um etwas herzustellen, müsste man zuvor die Zusammensetzung kennen. Ich bin sicher, dass wir in Großvaters Büchern fündig würden. Wir sollten also so schnell wie möglich ins Arbeitszimmer zurückgehen. Kommt mit!«

»Arthur, sei doch realistisch! Dein Auto ist nicht mehr zu gebrauchen, und es wird Stunden dauern, bis wir oben angekommen sind!«, ruft die Prinzessin.

Der kleine zwei Millimeter große Junge betrachtet sein Haus in der Ferne. Aus dieser Perspektive sieht es aus wie ein unbezwingbares Gebirge. Die Prinzessin hat recht, aber die Bogo-Matassalaï haben aus ihm einen echten Krieger gemacht – er kann doch nicht einfach so kampflos aufgeben!

»Ich muss etwas unternehmen, Selenia! Ich kann nicht mit verschränkten Armen abwarten, bis M. in meine Welt einfällt und sie zerstört!«, wehrt sich Arthur und spürt, wie er immer verzweifelter wird.

»Vielleicht habe ich ja eine Lösung!«, kündigt die Prinzessin zaghaft an.

Sofort blitzt es hoffnungsvoll in den Augen des Jungen.

»Miro hat mir einmal im Naturkundeunterricht von einem Mittel erzählt. Übrigens war ich die beste Schülerin«, bemerkt sie voller Stolz.

»Das ist mir klar«, erwidert Arthur, ungeduldig, den Rest ihres Vorschlags zu hören.

»Es handelt sich dabei um eine Art Flüssigkeit auf der Basis von Seleniellen. Sie ist zäh wie ein Teig und sehr wirksam. Wenn mich mein Gedächtnis nicht täuscht, kann sie nur von einem einzigen Lebewesen hergestellt werden …«

Arthur bleibt wie das Kaninchen vor der Karotte abwartend stehen.

»Von der Bienenkönigin!«, verrät die Prinzessin schließlich, um der Spannung ein Ende zu bereiten.

Arthur wirkt etwas enttäuscht. Mit der Bienenkönigin zu verhandeln scheint ihm so kompliziert zu sein wie eine Mondlandung.

»Da sind wir schneller im Arbeitszimmer und ziehen die Bücher zu Rate. Wie willst du es denn anstellen, die Königin eines Bienenstocks aufzuspüren, der sich weiß Gott wo befindet?«

Selenia richtet lächelnd ihre schönen Augen auf Arthur.

»Dieses Mal wirst *du mir* vertrauen müssen!«, sagt sie selbstsicher.

Rose kommt langsam zu sich. Der Duft des Marshmallows, das ihr Mann unter ihrer Nase hin- und herschwenkt, hat schließlich seine Wirkung gezeigt.

»Oh, Nougat! Das ist aber nett«, sagt sie, als sie die Süßigkeit sieht.

Dass sie ein Stück Nougat mit einem Marshmallow verwechselt, erstaunt niemanden, da sie blind ist wie ein Maulwurf, aber dass sie den Geruch der beiden Süßigkeiten nicht voneinander unterscheiden kann, ist eher beunruhigend. Maltazard muss ihr ziemlich fest auf den Kopf geschlagen und ihre Sinne ganz schön durcheinandergewirbelt haben. Rose greift nach dem Marshmallow und verschlingt es genießerisch.

»Hmm! Nougat schmeckt ja so lecker!«, schwärmt sie und leckt sich die Lippen. Ihre Sinne sind offenbar ernsthaft beeinträchtigt.

Mit einer liebevollen Geste drapiert François eine kalte Kompresse auf ihrem Kopf.

»Ruh dich aus, mein Liebling«, sagt er und bittet sie, sich wieder hinzulegen.

Rose lächelt und lässt sich hätscheln.

»Wo ist Arthur?«, fragt sie in aller Unschuld.

»Er … er ist in seinem Zimmer«, stottert der Vater wenig überzeugend.

»Sag ihm, dass er seine Hausaufgaben ordentlich machen und sie mir dann zeigen soll!«, erwidert die Mutter, völlig losgelöst von jeglicher Realität.

François kann es nicht fassen.

»Äh … natürlich! Ich mach mich gleich auf den Weg«, sagt er und geht in den Garten hinaus, als läge das Zimmer seines Sohnes zwischen zwei Apfelbäumen.

Wie so oft spielt der Zufall mit. François lag gar nicht so falsch darin, in den Garten zu gehen, um seinen Sohn zu suchen, denn der steht nur wenige Zentimeter neben ihm.

Doch Arthur verliert erst gar nicht seine Zeit damit, nach seinem Vater zu rufen. Er weiß, dass der seine Schreie sowieso nicht hören würde.

Arthur sitzt mitten in einer Mohnblüte und rüttelt mit Leibeskräften an ihrem Stempel.

»Bist du sicher, dass das funktioniert?«, fragt der Junge Selenia, die auf einem Blütenblatt über ihm Platz genommen hat.

»Das funktioniert immer!«, versichert ihm die Prinzessin und sucht wie ein Adler den Horizont ab.

Arthur schüttelt weiterhin seine Fruchtstempel, als wären es Birnbäume. Jetzt erscheint Bétamèche, die Arme voller Libelleneier. Er setzt sich neben seine Schwester und fängt an, die Eier zu verschlingen.

»Hast du schon mal einen Hasen erlebt, der einer Karotte widersteht?«, fragt er Arthur.

»Nein.«

»Ein Küken, das einem Würmchen widersteht?«

»Nein.«

»Eine Schnecke, die einem Kohlblatt widersteht?«

»Nein.«

»Ein Gamul, das auf eine knusprige Heuschrecke verzichtet?«

»Äh … nein, wirklich nicht.«

»Na, dann wirst du auch nie erleben, dass eine Biene einer so schönen Blüte wie dieser widerstehen kann!«, folgert Bétamèche, bevor er sich selbst das Wort abschneidet und ein Libellenei in den Mund stopft.

Die Prinzessin lächelt versonnen, aber nicht über das Gerede ihres Bruders, sondern weil sie gerade entdeckt hat, worauf sie schon fünf Minuten wartet.

Eine Biene steuert direkt auf die Blume zu und wird langsamer wie ein riesiger Hubschrauber im Landeanflug. Ihre Flügelschläge sind so heftig, dass Arthur diesem gewaltigen Luftdruck kaum standhalten kann. Er klammert sich, so gut er kann, an den Staubgefäßen fest.

Die Biene bleibt in der Luft stehen und fängt an zu pumpen. In diesem Moment springt ihr Selenia auf den Rücken und klammert sich an die Haare am Hals des Insekts. Bétamèche schluckt seinen letzten Bissen hinunter und tut es seiner Schwester nach.

»Was soll ich jetzt machen?«, brüllt der Junge, um den höllischen Lärm dieser Flugmaschine zu übertönen.

»Wenn sie vollgetankt ist, wird sie etwas niedriger fliegen, bevor sie kehrtmacht. Das ist der Moment, in dem du springen musst!«, erklärt Selenia mit lauter Stimme.

Arthurs Kopf sagt nickend »Ja!«, während der restliche Arthur lieber laut »Nein!« schreien würde. Aber die Biene hat ihren Auftrag bereits erledigt. Der riesige Rüssel zieht sich zurück und das Tier sackt etwas nach unten, wie es Selenia vorausgesagt hat.

»Jetzt!«, schreit die Prinzessin Arthur zu.

Es gibt Augenblicke, in denen man besser nicht nachdenkt, bevor man etwas tun möchte, besonders wenn es sich dabei um eine Dummheit handelt. Arthur füllt seine Lungen mit Luft, stößt einen lauten Schrei aus, um sich Mut zu machen, und rennt auf den Abgrund zu. Stellt euch vor, ihr lauft los und springt von einer Steilküste, um auf einem Hubschrauber aufzutreffen – dann kommt ihr dem Geschehen ziemlich nahe.

Arthur landet auf den Flaumhaaren der Biene. Sie sind weich, aber rutschig, und deshalb gleitet er sofort weiter in Richtung Kuhweide. Glücklicherweise kriegt Selenia ihn gerade noch am Kragen zu fassen und hilft ihm, sich hinter sie zu setzen. Arthur presst sich an sie, wie sich ein Schiffbrüchiger an eine Holzplanke klammern würde.

»He?! Willst du wohl deine Pfoten da wegnehmen und die Situation nicht ausnutzen!«, schimpft die Prinzessin und schlägt ihm auf die Hand.

»Entschuldige ... ich ... das wollte ich nicht!«, stammelt Arthur.

Bétamèche kichert los.

»Halte dich an den Flaumhaaren fest, dann bist du fester verankert als ein Baum in der Erde!«, vertraut er ihm an.

Arthur folgt seiner Aufforderung, aber sein anderer Arm bleibt um Selenias Taille geschlungen.

»So schickt es sich!«, bestätigt die Prinzessin, wie immer auf die Etikette bedacht.

Jetzt bleibt nur noch zu hoffen, dass Frau Biene am Ende ihrer Tour war, ansonsten wird sie bei jeder Blume auf dem Weg zu ihrem Bienenstock anhalten.

Der schöne Bienenstock hängt immer noch am Ast der großen Eiche, die ihn beschützt, aber der Besucher, der sich da nähert, ist nicht Arthur, sondern Maltazard. Glücklicherweise ist unser Schurke nicht an diesem wandelnden Honigtopf interessiert. Er geht darunter hindurch, ohne ihn auch nur eines Blickes zu würdigen. Was ihn interessiert, liegt etwas weiter entfernt. Es ist ein düsterer, modriger, wenig einladender Tümpel. Maltazard lächelt. Hier fühlt er sich zu Hause. Er lüftet seinen Mantel und holt ein kleines Röhrchen heraus, das er vorsichtig entkorkt. Es besteht aus einem Stückchen Bambus, fein ziseliert und mit Lederschnüren umwickelt. Er wirft einen Blick in das Röhrchen: Auf seinem Grund sitzen etwa zweihundert Seïden übereinandergestapelt – wahrscheinlich die letzten Überlebenden des Hochwassers. Ihr erinnert euch: Während der von Arthur verursachten Überschwemmung, bei der Maltazard sein Reich verlor, ist es dem Schurken gelungen, zusammen mit ein paar Seïden – den tapfersten und getreuesten der Getreuen, die damals seine Leibgarde ausmachten – zu fliehen (nachzulesen in *Arthur und die Verbotene Stadt*).

Diese Handvoll Seïden hätte Maltazard niemals verlassen und war ihm immer bedingungslos ergeben.

»Nur zu, meine lieben Schäfchen! Jetzt könnt ihr endlich etwas Luft schnappen!«, sagt er zu ihnen.

Maltazard nähert sich dem stinkenden Tümpel und leert den Inhalt des Röhrchens, also seine Truppe von Seïden, in den Sumpf. Dann entstöpselt er die kleine Phiole, die ihm Archibald gegeben hat, und schwenkt sie über seinem Kopf.

»Die Stunde der Rache ist gekommen!«, verkündet er feierlich.

Auf der Wasseroberfläche des Tümpels verlieren die Seïdenkrieger keine Zeit. Jeder fängt sich schnell eine junge Stechmücke und springt auf ihren Rücken. Die Krieger sind derart kampferprobt, dass sie nur wenige Sekunden benötigen, um die Tiere völlig im Griff zu haben. Außerdem ist ja bekannt, dass auf der Wasseroberfläche frisch geschlüpfte Mücken zunächst ziemlich schwach sind. Zwar können sie ihre Körper über Wasser halten, sie haben aber noch nicht genug Muskelkraft, um von der Wasseroberfläche aus zu starten. Und diesen kleinen unsicheren Augenblick nutzen die Seïden aus und folgen damit der Lehre ihres Meisters, der empfiehlt, seinen Feind immer dann anzugreifen, wenn er möglichst schwach ist.

»Die Göttin des Waldes sei mit uns!«, ruft der Herrscher der Finsternis würdevoll aus.

Er tut das eher aus Gewohnheit als aus einem anderen Grund, denn er glaubt an nichts und niemanden, nicht einmal an diese oft zitierte Göttin. Bedächtig und bis zum letzten Tropfen gießt er das Mittel in den Tümpel und wirft die Phiole dann achtlos über seine Schulter.

Einige Sekunden lang tut sich gar nichts und Maltazard wird

schon unruhig. Hat ihm Archibald etwa wieder einen üblen Streich gespielt und das Zaubermittel mit irgendeinem Saft vertauscht? Doch da kennt er den alten Mann schlecht. Archibald hält Wort, und zwar immer.

Das Wasser beginnt zu blubbern und schon erscheinen Gestalten an der Oberfläche. Die Seïden und ihre Reittiere wachsen mit atemberaubender Geschwindigkeit in die Höhe, hundertmal schneller als ein Käsesoufflé. Die Beine der Moskitos entfalten sich wie riesige Storchenbeine. Die Muskeln der Seïden schwellen an wie aufgeblasene Luftballons. In Sekundenschnelle haben diese Gespanne, die eben noch wenige Millimeter groß waren, den Umfang eines Hubschraubers, und schon befindet sich ein wahres Kampfgeschwader über dem Sumpf. Die Wasseroberfläche kräuselt sich unter dem Flügelschlag der Moskitos. Der Lärm ist ohrenbetäubend und alle Waldbewohner verlassen verängstigt das Terrain.

Maltazard trägt ein zufriedenes Lächeln zur Schau. Vor ihm steht seine Lieblingsarmee. Natürlich ist sie etwas geschrumpft, im Vergleich zu besseren Zeiten, als Tausende von Seïden vor ihm aufmarschierten. Aber für den Anfang wird ihm diese Armee von Söldnern reichen. Denn Maltazard hat nicht die Absicht, sich damit zufriedenzugeben. Er ist nicht gekommen, um den Wald in Angst und Schrecken zu versetzen oder ein paar ortsansässige Bauern zu vergraulen. Er ist da, um diese neue Welt zu erobern, um sie zu beherrschen. Um diesen Machthunger zu stillen, bräuchte er allerdings eine gewichtigere Armee. Doch alles zu seiner Zeit.

»Man sollte das Pferd nicht schlachten, bevor es den Pflug gezogen hat«, sagt sich Maltazard und ändert damit großzügig das wunderbare Sprichwort der Minimoys. Das Original ist tiefsinniger, und der Rat hatte es, ohne zu zögern, auf Seite zehn des Großen Buches niedergeschrieben. Tatsächlich lautet es folgendermaßen: *Man soll das Pferd nicht beim Schwanz aufzäumen.* Dieser Satz hat allerdings nicht mehr viel gemein mit Maltazards Version.

Doch zurück zum Tümpel.

Etwa fünfzig Seïden ziehen, auf ihren Moskitos reitend, über das Moor, was ihren Souverän mit großem Stolz erfüllt. Ein Seïde bringt einen Moskito zu Maltazard, der ihn sofort besteigt. Offenbar ist er begeistert, wieder auf seinem Lieblingsreittier zu sitzen. Er testet kurz die Reaktionen des Tieres, gibt ihm die Sporen und zeigt ihm, wer sein Herr ist. Der Moskito fügt sich schnell den Forderungen seines Reiters.

Maltazard hebt seine Arme in die Höhe.

»Meine lieben Seïden! Zu meiner großen Freude sind wir also wieder vereint!«

Der Souverän deutet eine kleine Verbeugung an und die Seïden in der ersten Reihe applaudieren. Aber die Flügel der Stechmücken dröhnen so laut, dass sie alles übertönen. Die Seïden in der letzten Reihe des Geschwaders fangen an, sich zu beschweren.

»Was sagt er? Man versteht ja gar nichts!«, schreit einer von ihnen seinem Nachbarn zu.

»Nichts Besonderes! Das übliche Gesülze!«, erwidert dieser achselzuckend.

Gut, dass Maltazard nichts von diesen internen Gesprächen mitbekommt, er hat schon bei geringeren Anlässen jemanden umgebracht.

»Meine lieben Krieger! Folgt mir und ich führe euch zum Sieg!«, brüllt Maltazard plötzlich mit der Überzeugungskraft einer Johanna von Orleans.

Ein Feuer der Begeisterung durchläuft die Reihen und die Seïden schwenken brüllend ihre Waffen. Maltazard strahlt vor Freude und startet mit seinem Moskito in Richtung Wald – im Gefolge seine Armee fliegender Monster.

Margarete steht auf der Treppe vor ihrem Haus. Ihr Gesicht ist angespannt und sie horcht angestrengt. Sie hört deutlich dieses beunruhigende Brummen, das aus dem Wald hochsteigt, aber sie weiß nicht, was es bedeutet.

»Woher kommt bloß dieses unangenehme Geräusch?«, fragt sie ihren Mann, der sich gerade neben sie gestellt hat.

Archibald kann ihr keine rechte Antwort geben, auch wenn er ahnt, dass Maltazard dahintersteckt.

»Das ist wahrscheinlich Herr Rigot, der mit seinem neuen Traktor das Feld bearbeitet«, scherzt er ausweichend.

Aber der alte Mann ist ein miserabler Lügner und das weiß seine Frau nur zu gut.

»Es ist lieb von dir, dass du mich schonen möchtest, aber ich musste vier Jahre ohne dich auskommen und habe gelernt, mich zu wehren. Ich bin jetzt stark, weißt du?«

Sie sagt das so freundlich, dass sich Archibald mit seiner Lüge sehr dumm vorkommt. Er legt ihr den Arm um die Schultern.

»Entschuldige, Margarete. Ich spiele hier den Clown, weil es manchmal ziemlich hart ist, die Wahrheit zu akzeptieren. Und dann ist es besser, wenn man sie in eine kleine Lüge verpackt.«

»Die Wahrheit macht mir keine Angst, Archibald, und sie wird es niemals schaffen, die Hoffnung zunichtezumachen.«

»Du hast recht«, seufzt der alte Mann. »Ich denke, der fürchterliche Lärm ist Maltazards Werk. Ich weiß nicht genau, was er veranstaltet, aber es ist sicher nichts Gutes.«

Margarete nimmt diese schlechte Nachricht auf, ohne mit der Wimper zu zucken.

»Und mein kleiner Arthur. Weißt du, wo er steckt?«

Archibald hat nicht die leiseste Ahnung.

»Wahrscheinlich rennt er irgendwo im Garten hinter Maltazard her.«

Margarete gerät leicht ins Schwanken. Auch wenn es besser ist, die Wahrheit auszusprechen, ist sie manchmal schwer zu ertragen. Archibald hält seine Frau fest, damit sie nicht zusammenbricht.

»Aber du kennst doch unseren kleinen Arthur. Es gibt niemanden, der tapferer ist als er, und ich bin sicher, dass er nach diesem Abenteuer noch stärker sein wird als zuvor.«

Margarete stößt einen tiefen Seufzer aus und beschließt, zuversichtlich zu sein.

»Ich verschwinde jetzt in der Küche und backe ihm eine Schokoladentorte, um seine Rückkehr zu feiern.«

»Das ist eine wunderbare Idee!«, erwidert ihr Mann und küsst sie auf die Stirn.

Die alte Dame geht mit schleppenden Schritten in die Küche. Archibald schaut suchend hinüber zu dem dichten grünen Mantel des Waldes, der so einiges an Geheimnissen verbirgt.

»Arthur, wo zum Teufel steckst du nur?«, flüstert der alte Mann mit sorgenvollem Gesicht.

Kapitel 13

Arthur sitzt immer noch mit seinen Weggefährten auf dem Rücken der Biene. Der Bienenstock ist in Sichtweite.

»Das wird aber auch Zeit!«, stöhnt Bétamèche, dem der Flug allmählich etwas zu lange dauert.

Dazu muss man erklären, dass Frau Biene eine fleißige Arbeiterin ist und bei sage und schreibe siebzehn Blüten angehalten hat, um ihren Laderaum vollzutanken, bevor sie, schwer wie ein Zeppelin, ihren Heimathafen ansteuerte.

Am Eingang des Bienenstocks wuselt es wie in einem Ameisenhaufen. Aber das dürft ihr in Anwesenheit der Bienen nie laut sagen, denn jeder Vergleich mit der Ameise, die doch zur unteren Kaste gehört, ist ausgesprochen verpönt. Das wäre so, als würdet ihr einen Korsen als Franzosen, einen Basken als Spanier oder eine Eistüte als Eis am Stiel bezeichnen. Davon sollte man lieber Abstand nehmen. Formulieren wir es also etwas neutraler: Vor dem Bienenstock bilden sich Staus. Hunderte von Bienen vollführen ein bestens organisiertes Ballett. Leere Frachtschiffe kreuzen sich mit vollen Frachtschiffen, die ins Innere drängen, um ihre Verpflegung abzuladen.

Arthur klammert sich an sein Haar und schluckt heftig, als die

Biene in den Hauptraum hineinfliegt. Es ist ein riesiger Saal. Die Wände sind aus Gold, geschmückt mit Hunderten von Waben, in die jede Biene ihre Tracht ablegt. Das Ganze wirkt fast wie eine im 360°-Winkel angelegte Aneinanderreihung von Hochhäusern, die aussehen, als bestünden sie aus Goldbarren.

Hunderte von Bienen treffen sich bei ohrenbetäubendem Lärm im Innenraum dieses Tempels. Aber der Lärm hat keinerlei Auswirkungen auf die Disziplin. Die Arbeiterinnen scheinen ausgesprochen gut organisiert zu sein.

Das Spektakel ist einmalig, aber Arthur hat nicht viel davon, da er vor Angst fast stirbt. Man könnte meinen, er wäre schon mit ganz anderen Dingen fertig geworden, schließlich hat er Maltazard und seiner Armee getrotzt, Darkos den Schrecklichen beinahe mit bloßen Händen besiegt, und trotzdem … Arthur ist starr vor Schreck, weil ihm hier, mitten im Bienenstock und umgeben von Hunderten von Bienen, die zehnmal größer sind als er, plötzlich einfällt, dass er … allergisch ist!

Wie oft hat der Arzt seine Eltern gewarnt: »Der kleinste Stich kann verhängnisvoll für ihn sein!« Er hat ihnen sogar geraten, das Kind den ganzen Sommer über im Haus einzuschließen. Arthur kannte seinen wunden Punkt, aber jedes Mal wenn ihm eine Biene begegnete, benahm er sich wie ein Gentleman, und auf diese Weise bekam er nie Probleme. Respektiere eine Biene und sie respektiert dich, hat Arthur vom großen Häuptling der Matassalaï gelernt, und bisher hat er sich immer an diese Regel gehalten.

Aber war es wirklich respektvoll, einfach so zu Leuten hereinzukommen, ohne eingeladen zu sein? Arthur kann sich noch gut an diesen Dokumentarfilm erinnern, wo er mit eigenen Augen gesehen hat, wie sich ein Bienenschwarm auf einen unerwünschten Besucher stürzte. Im vorliegenden Fall war der Besucher ein Bär, der ungeniert Honig gestohlen hatte. Es war also nicht verwunderlich, dass die Bienen das Tier angriffen. Aber der Bär ließ sich davon nicht beeindrucken und verjagte die Angreifer mit kräftigen Tatzenhieben. Natürlich sind die Tatzen von Arthur weniger kräftig, er hat kein dickes Fell, und er beabsichtigt auch nicht, irgendwelchen Honig zu stehlen, aber erklärt das mal, wenn ihr bereits im Bienenstock seid.

Eine dicke Biene ohne Streifen stellt sich vor Arthurs Biene und versperrt ihr den Weg.

»Was ist los?«, flüstert der Junge und versteckt sich, so gut er kann, im Flaum des Insekts.

»Das ist die Ortspolizei! Sie muss uns entdeckt haben!«, erwidert Selenia mit ruhiger Stimme.

An Arthur läuft der Angstschweiß herunter und er würde gerne noch weiter schwitzen, um sich aufzulösen wie ein Eis am Stiel unter der Sonne. Plötzlich stößt die Polizeibiene einen schrillen Schrei aus. Wahrscheinlich das Signal zum Angriff. Arthur fängt an, sein letztes Gebet zu sprechen. Auf einen Schlag setzen sich alle Bienen an ihre Waben und klappen die Flügel zusammen. In wenigen Sekunden herrscht totale Stille. Man hört nur noch den leichten Luftzug, der beim Eintritt in den Bienenstock vor sich hin pfeift, als käme er von der Arbeit nach Hause. Und man hört die aufeinanderschlagenden Zähne von Arthur. Selenia fasst ihm mit beiden Händen an den Kiefer und schließt seine Klappe.

»Ruhe! Mach nicht so viel Radau!«, schimpft die Prinzessin leise.

Tief im Bienenstock quält sich jetzt eine gewaltige Biene aus einer Wabe heraus, die ganz offensichtlich zu klein für sie ist. Alle Bienen reagieren mit Begeisterungsrufen auf diese Erscheinung. Die Königin fährt ihre Fühler aus und scheint ihr Volk zu begrüßen. Sogleich macht sich Arthurs Biene, von der Polizei eskortiert, auf den Weg zu der Souveränin. Arthurs Angst wird immer unerträglicher, und der arme Junge fragt sich beim Anblick der riesengroßen schwarzen Augen der Königin, wie lange er wohl noch zu leben hat. Die Biene, die ihnen als Flugzeug diente, macht einen kleinen Knicks vor ihrer Königin. Selenia hat den Wink verstanden, springt von ihrem Reittier und landet zu Füßen des Throns. Bétamèche tut das Gleiche und scheint froh zu sein, endlich seine Beine lockern zu können. Nachdem Arthur schon darüber gestaunt hat, mit einer Biene zu reisen und die Bienenkönigin zu begrüßen, wundert er sich vor allem darüber, dass sich Selenia und Bétamèche die ganze Zeit über so ungezwungen benehmen, als seien sie auf Muschelsuche.

Vielleicht ist das alles ja gar nicht so gefährlich, wie er dachte? Vielleicht reicht es schon, peinlich genau dem Protokoll zu genügen, um verschont zu werden? Arthur beschließt, auf Nummer sicher zu gehen, springt zu Boden und nähert sich zaghaft der Königin.

»Meine … meine Hochachtung, Eure Majestät!«, begrüßt er sie angestrengt.

»Gib's auf, sie versteht nichts!«, unterbricht ihn Selenia.

»Wir müssen auf den Übersetzer warten!«, ergänzt Bétamèche.

Die Polizeibiene zerreißt mit ihrem kräftigen Mundwerkzeug

das Wachs einer Wabe und zerrt ein merkwürdiges Wesen an den Beinen heraus. Es ist ein alter Minimoy, behaart von Kopf bis Fuß und völlig mit Honig überzogen.

»Das gehört sich aber nicht, die Leute mitten aus dem Schlaf zu reißen«, brummelt der alte Mann.

»Das ist Valium, der Übersetzer. Ihn interessiert nichts anderes als schlafen«, erklärt Selenia ihrem Freund.

»Er ist der Cousin von Hypnos, dem Strahlenfährmann, und der Schwager von Marcos, dem Blasenfährmann«, erklärt Bétamèche, obwohl das bei der offensichtlichen Ähnlichkeit der drei mürrischen Alten gar nicht nötig gewesen wäre.

»Dabei habe ich diese Übersetzerstelle angenommen, weil man mir versicherte, es wäre ein ruhiger Job. Wenn man mich dagegen ständig stört, ziehe ich es vor, wieder nach Hause zurückzukehren«, murrt der alte Mann und versucht, sich von einem langen Honigfaden zu befreien, der seinen Bart umwickelt.

»Warum? Hast du denn oft Besuch?«, fragt Bétamèche.

»Nein! Es ist das erste Mal, und ich wünsche mir sehr, dass es auch das letzte Mal sein wird«, wettert der bärtige Alte.

»Übersetze der Königin mein Anliegen, und ich versichere dir, dass du dich wieder schlafen legen kannst«, verspricht ihm Selenia.

»Das ist zu liebenswürdig!«, murmelt der Alte (was man von ihm allerdings nicht wirklich behaupten kann).

»Ich bin Prinzessin Selenia von Matradoy, die XVI. des Namens, Königin des Ersten Erdteils. Und ich verbeuge mich im Namen meines Volkes vor Eurer Majestät!«

Valium, der Übersetzer, zieht eine Hirtenflöte aus seiner Tasche. Das Instrument ist sehr hübsch und scheint aus dem Kiel einer Vogelfeder herausgeschnitten zu sein. Es ist ganz mit Minimoy-Zeichnungen verziert und verfügt über nicht weniger als fünfzig Löcher. Man muss wirklich ein Studium absolviert haben, um dieses Instrument spielen zu können, vor allem wenn man nur acht Finger hat wie alle Minimoys. Aber Valium hat sein Diplom an der berühmten Akademie der Nachtigall abgelegt, an der Meister Berlisse, der ehrenwerte Tausendfüßler, seit Minimoygedenken unterrichtet. Berlisse spricht so viele Sprachen, wie er Füße hat, und er ist es auch, der die Übersetzerflöte entwickelt hat. Es gibt für jede Sprache eine Flöte und die Flöte der Bienen gehört zu den einfachsten. Die komplizierteste ist zweifellos die Flöte der mexikanischen Grille. Sie besitzt fast tausend Löcher, und nur Berlisse allein kann sie spielen, da er für jeden Ton einen Fuß hat.

Valium holt tief Luft, bläst in seine Hirtenflöte und trommelt auf die kleinen Löcher. Ein leises Knistern dringt aus dem Instrument und die Übersetzung scheint gelungen zu sein, denn die Königin verneigt sich ihrerseits.

»Sie bedankt sich und fragt, mit welchem Recht ihr einfach in den Bienenstock eingedrungen seid!«, übersetzt Valium.

Arthur wird unruhig, besonders weil ihn die Transportbiene unablässig anstarrt.

»Es handelt sich um eine wichtige Angelegenheit. Unsere Welt ist in Gefahr, da M. der Verfluchte unseren Untergang geschworen hat. Wenn wir nichts unternehmen, wird er sich bald unsere Welt einverleiben, und dann stehen Terror und Zerstörung auf der Tagesordnung!«

Die Prinzessin hält eine leidenschaftliche Rede. Sie weiß, wie viel davon abhängt und wie schwer ihre Zuhörer zu überzeugen sind. Valium klimpert auf seiner Flöte herum, um alles simultan zu übersetzen.

Eine der Polizeibienen nähert sich der Königin und scheint Selenias Äußerungen zu bestätigen. Seit einigen Stunden verbreitet sich ein Gerücht im Bienenstock. Eine Wespe hätte eine Armee von Riesenmücken mit Maltazard an der Spitze vorbeiziehen sehen. Aber die Information kam von einer Wespe, einer entfernten und nicht ernst zu nehmenden Cousine mit oft chaotischem Benehmen. Keiner hatte sich verantwortlich gefühlt, diesen Klatsch bis zur Königin zu tragen.

»Ich schlage vor, dass wir uns verbünden, denn wir können diesen Schurken nur mit vereinten Kräften vertreiben!«, verkündet Selenia.

Das alles klingt ja ganz nett, aber man kann sich nicht so recht vorstellen, welche Streitkräfte die kleine Prinzessin einem Geschwader von bis an die Stachel bewaffneten Bienen zur Seite stellen kann.

Die Königin hört sich aufmerksam die Übersetzung an, die sie sehr aufzuregen scheint. Sie stößt ein paar spitze Schreie aus, die Valium umgehend übersetzt.

»Welche Travestie schlagt ihr vor?«

Selenia und Arthur schauen sich an. Wovon spricht die Königin? Der Übersetzer stellt die Frage noch einmal und diesmal scheint die Antwort mehr Sinn zu machen.

»Strategie! ’tschuldigung, welche *Strategie* schlagt ihr vor!«

Valium beugt sich leicht zur Prinzessin herüber und flüstert ihr vertraulich ins Ohr: »Die Königin lispelt etwas, und sie mag es nicht, wenn man sie darauf anspricht!«

Das ist ein Detail, das man nicht vergessen sollte, denn es ist ratsam, die Bienenkönigin nicht zu verärgern.

»Die Strategie ist ganz einfach. Das hier ist unser tapferster Ritter. Er heißt Arthur!«

Der Junge errötet, als er dieses Kompliment hört.

»Er kennt die Welt der Menschen sehr gut, weil er dort zu Hause ist.«

Bei diesen Worten durchfährt die Menge ein Schauer und Hunderte von Stacheln fangen automatisch an zu vibrieren. Selbst auf so wenige Millimeter geschrumpft, bleibt der Mensch der größte Feind der Bienen. Wenn er sie nicht zu Sklaven macht, raubt er ihre Erträge oder vergast sie. Mit Menschen haben Bienen nur schlechte Erfahrungen gemacht.

All die schwarzen Augen sind auf Arthur gerichtet, den es kaum mehr auf den Beinen hält, so schlecht fühlt er sich.

Die Transportbiene ist so frei und nähert sich der Königin. Sie flüstert ihr etwas ins Ohr. Valium hört ergriffen zu, bevor er übersetzt.

»Diese junge Biene hat Arthur wiedererkannt. Sie sagt, dass er ihr das Leben gerettet hat, nachdem sie von einem fürchterlichen Lebewesen in eine Falle gelockt worden war.«

»Von M. dem Verfluchten?«, wispert Bétamèche, ängstlich wie immer.

»Äh … nein, von meinem Vater«, erwidert Arthur, peinlich berührt, seine Verwandtschaft mit diesem Lebewesen eingestehen zu müssen.

Valium fährt mit seiner Übersetzung fort.

»Dieser junge Prinz hat ihr nacheinander die Beinchen aus der Marmelade gezogen, sie angehaucht, damit sie wieder atmen konnte, und hat dann abgewartet, bis sie davongeflogen ist. Anschließend hat er die Falle zerstört.«

Begeisterungsrufe ertönen aus der Menge, vergleichbar dem donnernden Applaus, den ein in letzter Sekunde geschossenes Tor auslöst. Nie zuvor haben die Bienen eine schönere Geschichte gehört. Die Königin bittet um Ruhe und fragt, wie sie diesem jungen Helden bei seiner Mission behilflich sein könne.

»Um Maltazard entgegenzutreten, muss Arthur wieder groß werden und in die andere Welt zurückkehren«, erklärt die Prinzessin. »Nur Ihr könnt ihm dabei helfen!«

»Und wie kann sie das?«, fragt Arthur einfältig.

»Die Königin kann das Mittel herstellen, das du brauchst«, erwidert Bétamèche. »Es handelt sich um einen überaus konzentrierten Honig, der genügend Vitamine enthält, um egal was oder wen wachsen zu lassen! Die Königin stellt nur einen einzigen Tropfen pro Jahr her, den sich alle Bienen teilen. Er gibt ihnen genug Energie, um den Winter zu überstehen!«

Arthur ist überwältigt und stellt sich vor, was passieren würde, wenn ein solches Mittel in die falschen Hände geraten würde.

»Das Problem an der ganzen Sache ist nur, dass es die Königin unglaublich anstrengt, dieses Elixier zu fabrizieren. Deshalb ist es nicht sicher, ob sie zustimmt«, ergänzt Bétamèche mit gerunzelter Stirn.

Die Königin streckt ihre Fühler aus. Sie scheint darauf zu hören, was die Menge sagt.

»Sie ist einverstanden!«, verkündet der Übersetzer schließlich jubelnd.

Arthur und Selenia fallen sich in die Arme und jauchzen vor Begeisterung.

»Wir sind gerettet!«, ruft die Prinzessin aus und ihr Gesicht strahlt vor Freude.

Es ist nie gut, sich zu früh zu freuen, besonders wenn es sich um eine Rettungsaktion handelt. Ein gewaltiger Lärm dringt von der Straße herein. François spitzt die Ohren. Er legt erneut die Kompresse auf die Stirn seiner Frau und steht auf.

»Wir bekommen Besuch, scheint mir!«, vermutet der Vater beunruhigt.

»Ich werde Limonade vorbereiten!«, schlägt Rose vor und richtet sich auf.

»Oh nein! Kommt nicht in Frage!«, erwidert Archibald energisch.

»Aber die armen Leute müssen durstig sein bei dieser Hitze! Es ist meine Pflicht, ihnen eine Stärkung anzubieten«, widerspricht Rose, die immer noch etwas angeschlagen ist, und das nicht nur wegen der Hitze.

François wirft einen Blick durchs Fenster.

»Diese Leute da draußen könnten wahrscheinlich den Durst der ganzen Welt stillen, glaub mir!«, antwortet er und zieht sie zum Eingang.

Auf dem kleinen Kiesplatz vor dem Haus kommt ein blitzendes rotes Feuerwehrauto zum Stehen. Der Chef der Truppe steigt gerade aus dem Führerhaus. Kommandant Bellerive ist um die fünfzig. Ein kleiner Schnurrbart im fröhlichen Gesicht, steckt er in einem schwarzen Lederanzug, für den er eigentlich etwas zu beleibt ist, der ihn aber ganz schön zum Schwitzen bringt. Er nimmt seine Mütze ab, wischt sich über die Stirn und setzt sie wieder auf, als er Archibald auf sich zukommen sieht.

»Haben Sie Neuigkeiten von Arthur?«, fragt der Großvater mit besorgter Miene.

»… Arthur?«, fragt der Kommandant zurück, der offensichtlich nicht auf dem Laufenden ist.

»Er ist verschwunden und wir haben seit gestern Abend nichts von ihm gehört!«, erklärt Margarete, die jetzt zu ihrem Mann getreten ist.

»Machen Sie sich nicht zu große Sorgen um ihn, er ist ein pfiffiges Kerlchen, Ihr Kleiner! Sicher strolcht er irgendwo im Wald herum und erfindet Abenteuer, wie wir es auch gemacht haben, als wir so alt waren wie er!«, sagt Bellerive lächelnd.

Wenn er wüsste, dass sich Arthur seine Abenteuer nicht erfinden muss und dass sie alles andere als leicht zu bestehen sind!

»Aber wenn Sie nicht wegen Arthur kommen, was machen Sie dann hier? Es brennt doch nicht etwa?«, fragt Archibald und schaut hinüber zum Haus, um sicherzugehen, dass seine Tochter keine Dummheit gemacht hat.

»Ich habe sie gerufen!«, erwidert François mit Nachdruck.

»Wir haben gesagt Mittag, und es ist genau zwölf Uhr!«, verkündet der Feuerwehrkommandant stolz. »Also, wo befindet sich dieser Bienenschwarm?«

François zeigt auf den Wald.

»Er ist dort drüben. Folgen Sie mir!«

Während die Feuerwehrleute ihre Utensilien ausladen, packt Archibald seinen Schwiegersohn am Arm.

»Du willst doch wohl nicht diese armen Tiere vergasen! Die haben dir doch gar nichts getan!«

François schüttelt den alten Mann heftig ab.

»Arthur ist allergisch und der kleinste Stich kann verhängnisvoll für ihn sein! Ich habe mich vielleicht in der letzten Zeit nicht genug um meinen Sohn gekümmert, aber diese Geschichte hat mich wachgerüttelt, und ab jetzt passe ich persönlich auf Arthur auf, sobald … sobald er wieder zurück ist. In der Zwischenzeit werde ich diesen Bienenstock zerstören, damit ihm nichts geschieht, falls er in seine Nähe kommt!!«

Kapitel 14

Arthur befindet sich nicht nur in allernächster Nähe zum Bienenstock, er sitzt sogar mittendrin, umgeben von Hunderten von Bienen. Ihr Summen, mit dem sie die Anstrengungen ihrer Königin unterstützen, klingt wie ein Chorgesang. Der Unterleib der Königin zieht sich immer wieder zusammen. Die Krämpfe scheinen sie sehr mitzunehmen. Sie hält den Kopf gesenkt und eine Krankenschwesterbiene streichelt ihr unablässig über die Fühler.

Arthur ist ganz gefesselt von diesem unglaublichen Ereignis. Er könnte stundenlang dabei zuschauen.

»Dauert es noch lange?«, fragt Bétamèche gähnend.

»Mit einer guten halben Stunde müssen wir wohl noch rechnen, vorausgesetzt sie kann in Ruhe und ohne Störung ihre Arbeit tun«, erwidert Valium, der ebenfalls am Gähnen ist.

Doch das Ganze könnte sich noch etwas länger hinziehen, denn gerade nähert sich ein Trupp Feuerwehrleute dem Bienenstock mit der festen Absicht, nicht nur die Königin zu stören.

»Dort hängt er!«, sagt François, der zwar hilfsbereit, aber nicht waghalsig ist und aus gebührendem Abstand auf den Bienenstock zeigt. Feuerwehrkommandant Bellerive geht bis zur großen Eiche und begutachtet die Lage.

»Schön! An die Arbeit!«, ruft er seinen Leuten zu und klatscht in die Hände.

Sofort gehen die Feuerwehrmänner ans Werk. Einige fügen die Einzelteile der langen Leiter zusammen, während andere in isolierende Schutzkleidung schlüpfen, damit sie nicht gestochen werden. Der Feuerwehrhauptmann zieht seine Plastikhandschuhe an und holt einen riesigen Kanister mit Totenkopfzeichen heraus.

Die Grimasse des Mannes, der gerade mit Inspektor Baltimore spricht, erinnert auch fast an einen Totenkopf. Leichenblass und mit starrem Blick berichtet er, was er Furchtbares erlebt hat.

»Ich sage euch doch, sie sind wieder da! Es sind Tausende und sie sind viel größer als im letzten Jahr!«

»Was erzählst du denn, Francis! Die Heuschrecken kommen erst, wenn das Getreide reif ist, und das dauert noch zwei Monate. Hast du mal wieder zu tief ins Glas geschaut?«, fragt der Inspektor, der kurz davor ist, einen Alkoholtest herauszuholen.

»Ich habe sie gesehen, wie ich euch sehe!«, schimpft der Bauer völlig aufgebracht. »Sie sind riesig und bestens organisiert. Es gibt sogar einen Chef, der ihnen Befehle erteilt.«

Der Inspektor wechselt einen komplizenhaften Blick mit seinem Partner Simon.

»Hör mal, Francis, wir haben gerade etwas Wichtigeres zu tun, als hinter deinen verdammten Heuschrecken herzulaufen. Hier treibt sich ein Kerl herum. Ein sehr verdächtiges Individuum, das wahrscheinlich ausnehmend gefährlich ist.«

»Wir vergleichen gerade alle Daten, um zu überprüfen, ob er

schon irgendwo gemeldet wurde«, erklärt Simon und zeigt auf einen Stapel mit Hinweisen.

Doch so lange sie auch unter all den Ganoven, Bankräubern, Verrückten und den aus dem Irrenhaus Entsprungenen suchen – etwas so Grässliches wie Maltazard finden sie nicht.

»Komm schon, geh nach Hause!«, sagt der Inspektor zu dem immer noch fassungslosen Bauern.

»Ich habe euch gewarnt! Wenn sie in die Stadt einfallen, dürft ihr euch nicht beklagen!«, beharrt er und droht den Polizisten mit seinem Zeigefinger. Die beiden Beamten fangen an zu lachen.

»An dem Tag, an dem die Riesenfeldheuschrecken die Stadt einnehmen, geb ich dir einen aus!«, verkündet der Inspektor selbstsicher.

Aber plötzlich weicht das Lachen aus Simons Gesicht und er tippt seinem Vorgesetzten auf die Schulter. Durch das große Fenster des Kommissariats sehen sie eine riesige Stechmücke unbeweglich am Himmel stehen. Auf ihrem Rücken sitzt ein Seïde.

Simons Kiefer steht vor Erstaunen weit offen. Seit Tony Monteros Dreiundfünfzig-Meter-Schuss direkt ins Tor, nur wenige Sekunden vor Abpfiff des Länderspiel-Finales, hat er nichts vergleichbar Unmögliches gesehen. Auch Inspektor Baltimore glaubt, seinen Augen nicht zu trauen.

»Das … das ist keine Heuschrecke, das ist … ein Moskito!«

»Du bist wirklich ein schlechter Verlierer!«, schimpft der Bauer schulterzuckend. »Ach, was soll's! Geh ich eben allein einen heben!«, brummt er dann und verlässt das Polizeibüro.

Draußen hat sich der Himmel verdunkelt. Die Polizisten laufen ängstlich zum Eingang und treffen erneut auf Francis, der auf der Türschwelle stehen geblieben ist. Inzwischen ist der Himmel über der Stadt fast ganz schwarz. Doch weder geht die Sonne unter noch kündigt sich ein Gewitter an. Vielmehr haben sich Hunderte von Riesenmoskitos vor die Sonne geschoben wie eine gigantische giftige Wolke. Ein beeindruckendes Spektakel!

»Und? Ist das etwa keine Invasion?«, spottet der Bauer.

Warum, um Himmels willen, habe ich mich nur in diesen Ort voller Irrer versetzen lassen?, fragt sich der Inspektor im selben Moment und dreht sich zu seinem Kollegen um, der schon die ganze Zeit den Atem anhält.

»Simon! Ich glaube, wir brauchen Verstärkung!«

Auch die Wachpostenbiene am Eingang des Bienenstocks fragt sich gerade, warum sie sich zur Luftfahrtpolizei versetzen ließ, anstatt friedlich in ihrer Wabe zu bleiben. Denn wenn man diese lange Leiter sieht, die sich langsam zum Bienenstock hochschiebt, möchte man nicht an vorderster Front stehen. Die Biene wendet sich an ihre Kollegin.

»Ich glaube, wir brauchen Verstärkung!«

Arthur und seine Freunde sind noch neben der Bienenkönigin, die sich weiter heftig quält. Jetzt hat die Wachpostenbiene die Königin alarmiert, die froh ist, kurz innehalten zu können, um zu verschnaufen. Die Königin informiert sich zunächst genauestens über die Ausmaße des Problems, dann gibt sie ihre Anweisungen. Plötzlich ist der ganze Bienenstock in Aufruhr. Motoren dröhnen, Stachel werden ausgefahren, Spitzenkommandos stellen sich auf, Truppen organisieren sich. Man könnte sich fragen, ob Napoleon Bienen beobachtet hat, um seinen militärischen Spürsinn zu schulen …

Trotzdem ist es für Arthur sonnenklar, dass hier ein ungleicher Kampf stattfinden wird. Die Bienen sind zwar zahlenmäßig überlegen und tausendmal besser organisiert, aber die menschliche Armee ist gnadenlos und es wird keine Überlebenden geben. Es ist ein Krieg zwischen zwei Welten. Auf der einen Seite steht die Biene, seit Millionen von Jahren eine alte Kämpferin, den traditionellen Werten sehr verbunden, auf der anderen Seite der sich ständig verändernde und sich anpassende Mensch, der Bomben bauen kann, die so schlagkräftig sind, dass sie seine eigene Umwelt vernichten. Es ist, als wollten alte, ehrbare und würdevolle Samurais gegen eine Atombombe antreten.

Neben dem Feuerwehrauto hat der Kommandant inzwischen seine teuflische Mixtur zusammengemischt. Jetzt muss er sie nur noch in seine große Spritze füllen, die allerdings eher an eine Fahrradpumpe erinnert. Sobald er den Griff betätigt, wird das tödliche Gift in den Bienenstock gesprüht.

François kann seine Genugtuung kaum verbergen. Er wird sich auf einen Schlag für die ganzen erlittenen Demütigungen rächen. All seine Pläne, Fallen aufzustellen, waren wie von Geisterhand durchkreuzt worden. Wir allein wissen, dass diese Geisterhand zu Arthur gehörte, seinem eigenen Sohn, der nun im Inneren des Bienenstocks sitzt, dem sein Vater gerade den Garaus machen möchte. François' Rachsucht und Dummheit könnten das Kind das Leben kosten, dabei wäre der ganze Aufstand mit etwas Wohlwollen vermeidbar gewesen.

Auch Arthurs Mutter ist anwesend. François möchte sie in dieser glücklichen Stunde an seiner Seite haben. Wenn Rose wüsste, welche Tragödie hier gerade ihren Lauf nimmt! Sie schaut hoch zum Bienenstock und zu den kleinen aufgeregten Bienen, die sich schützend vor dem Eingang ihres Tempels postieren. Es gefällt Rose nicht, dass all diese kleinen Tierchen elendig zugrunde gehen sollen. Zwar wird sie sie nicht vor Schmerz schreien hören, aber sie wird es sich vorstellen, und das ist manchmal schlimmer.

»Meinst du nicht, es wäre besser, unseren Sohn zu suchen, anstatt unsere Zeit mit Bienen zu vergeuden?«

Rose bleibt immer freundlich, aber wer aufmerksam hinhört, bemerkt den leicht vorwurfsvollen Ton in ihrer Frage.

»Sobald wir diese verflixten Bienen erledigt haben, kümmere ich mich um Arthur!«, verspricht François, der schon viel zu erregt ist, um jetzt noch aufzuhören.

Er ahnt nicht, dass er kurz davor ist, ein großes Unglück anzurichten.

Arthur steht am Rand des Bienenstocks und beobachtet das emsige Gewusel unter sich. Er möchte seine Eltern gerne warnen, ihnen zurufen, dass er sich im Bienenstock befindet. Aber sie würden ihn nicht hören und seine Mutter wird hilflos seinem schleichenden Todeskampf beiwohnen müssen. Und selbst wenn es ihm gelingen würde, sie zu warnen, wer würde glauben, dass er nur zwei Millimeter misst und sich im Innern des Bienenstocks befindet? Keiner, außer vielleicht seiner Mutter.

»Aber natürlich!«, schreit Arthur, der plötzlich eine rettende, wenn auch etwas umständliche Idee hat, aber: Wer nicht wagt, der nicht gewinnt! Außerdem haben alle in diesem blöden Kasten die Absicht, den Heldentod à la Pearl Harbor zu sterben: Man rast auf den Feind zu, stößt einen Schrei aus und setzt den Stachel, bevor man selbst stirbt. Das mag ja heldenhaft sein, aber da alle Feuerwehrleute Schutzanzüge tragen, werden die Bienen den feindlichen Truppen nichts anhaben können. Also ist Arthurs Lösung die bessere. Er packt die Transportbiene an einem Bein und gibt ihr zu verstehen, ihn näher zum Übersetzer zu bringen.

»Draußen steht eine Frau im Blumenkleid. Sie ist die Einzige, die dem Massaker Einhalt gebieten könnte, wenn es mir gelingt, sie davon zu überzeugen, dass ich hier bei euch bin.«

»Warum?«, fragt der Übersetzer.

»Weil sie meine Mutter ist, und ich glaube, sie wird nicht zulassen, dass ihr Sohn vor ihren Augen vergast wird!«, bekräftigt der Junge.

Die Transportbiene hat die Lage erfasst, aber sie sieht keine Möglichkeit, diese Frau zu warnen. Die Biene spricht nicht die Sprache der Menschen und wahrscheinlich versteht Rose ebenso wenig die Sprache der Bienen.

»Wenn wir nicht mit ihr reden können, dann müssen wir ihr schreiben!«, erklärt Arthur, der damit zum Kern seiner Idee kommt.

»Bist du sicher, dass du keinen Stich abbekommen hast, mein lieber Arthur? Du scheinst zu fiebern?!«, mischt sich Selenia besorgt ein.

»Bienen können doch nicht lesen!«, sagt Bétamèche betroffen über die Einfalt seines Freundes.

»Ich weiß, dass sie nicht lesen können, aber ich kann schreiben!«, antwortet Arthur entnervt.

Er wendet sich an die Biene: »Ich werde Buchstaben auf ein

Blatt schreiben. Die Buchstaben ergeben Wörter und Wörter sind wie Bilder. Könnt ihr ein Bild kopieren?«

»Nicht so schnell!«, bittet der Übersetzer, der schon Krämpfe in seinen Fingern hat von dem vielen Geklimper auf seiner Übersetzerpfeife.

Die Biene denkt einen Augeblick lang nach, dann nickt sie.

»Genial!«, freut sich Arthur. »Stellt euch vor meiner Mutter auf und ich gebe euch von hier aus Zeichen!«

Die Transportbiene lässt einen spitzen Schrei hören und sofort steht eine Truppe Bienen vor ihr stramm. Sie starten umgehend und schießen aus dem Bienenstock wie Champagnerkorken.

Kommandant Bellerive steigt gerade mit der Räucherpumpe auf die Leiter. Er zieht den Kopf ein, als die Bienenstaffel an ihm vorbeifliegt.

»Jetzt haben wir den Salat! Sie haben Lunte gerochen! Die Ersten flüchten bereits!«, ruft er seinen Kameraden zu, die die Leiter festhalten, so gut sie können.

Übrigens könnte man sich fragen, warum sie den Dicksten auf die Leiter geschickt haben. Das ganze Bataillon muss mit anfassen, damit der Kommandant nicht von der Leiter fällt. Dabei wäre es doch viel einfacher gewesen, den Schmächtigsten hochklettern zu lassen, um noch ein paar Feuerwehrleute in Reserve zu haben.

Aber mit der Feuerwehr ist in puncto Hierarchie nicht zu spaßen, und dem Chef gebührt die Ehre, alle Risiken auf sich zu nehmen. Es sieht tatsächlich ziemlich riskant aus, und man fragt sich, wie lange dieser Elefant im Raumanzug hoch oben auf der alten Leiter noch das Gleichgewicht halten kann. Selbst

François macht sich Sorgen und geht den Feuerwehrmännern dabei zur Hand, die Leiter festzuhalten.

Die Bienenstaffel hat unterdessen einen Abzug in den Wald vorgetäuscht. Sobald sie an der großen Tanne angelangt ist, macht sie kehrt und beeilt sich, vor Rose Stellung zu beziehen. Die junge Frau wundert sich über den Bienenschwarm, der sich im Abstand von einem Meter direkt vor ihr niederlässt. Sie ist sich unschlüssig, ob sie schreien soll, aber offenbar wollen ihr die Bienen nichts antun.

Oben am Bienenstock hat Arthur gerade mit einem Stückchen getrocknetem Wachs seine Botschaft geschrieben. Er hält sein Schild in die Luft, auf dem zu lesen ist: *Mama, ich bin's, Arthur!* Der Bienenschwarm fängt sofort an, die Zeichnung umzusetzen. Innerhalb weniger Sekunden hat jede Biene ihren Platz gefunden und die Mutter kann klar und deutlich den Satz vor ihr in der Luft lesen. Mit vor Staunen geöffnetem Mund zeigt sie auf den Schriftzug aus Bienen, als hätte sie gerade hinter einer Wolke den lieben Gott gesehen.

»Arthur!«, stammelt sie fassungslos und schaut sich suchend um. Mit François' Hilfe kann sie im Moment nicht rechnen. Er hält immer noch die Leiter und kneift dabei die Augen so fest zusammen, als säße er auf dem Klo.

Archibald hat sich geweigert, an dem Massaker teilzunehmen, und ist zu Hause geblieben. Es würde zu viel Zeit kosten, ihn zu holen. Rose weiß sich nicht zu helfen. Aber das ist ja nichts Neues.

Arthur hat unterdessen sein zweites Blatt vollgeschrieben und hält es über seinen Kopf. Die Bienen wechseln ihre Plätze, um die neuen Zeichen nachzustellen.

»*Ich bin im Bienenstock!*«, entziffert die Mutter verblüfft. Ihre Augen sind weit aufgerissen, ihr Atem setzt aus.

»Das wird klappen!«, behauptet Arthur, als könne er damit das Glück zwingen, aber Selenia ist skeptisch.

»Weißt du, wie ich auf eine solche Botschaft reagieren würde?«

»Wie denn?«, fragt Arthur etwas beunruhigt.

Im selben Augenblick verdreht Rose die Augen und stürzt wie ein gefällter Baum zu Boden.

»Genau so!«, erwidert Selenia trocken.

»Rose!«, schreit François auf, als er seine Frau am Boden liegen sieht.

Er stürzt zu ihr, lässt die Leiter los, was alle Feuerwehrmänner aus dem Gleichgewicht geraten und ins Straucheln kommen lässt. Die Erschütterung überträgt sich nach oben, sodass der Kommandant eine Sprosse verfehlt. Und es sieht nie gut aus, wenn ein Elefant eine Sprosse verfehlt! Die Leiter schwankt wie ein Schiffsmast auf bewegter See, der Elefant spielt Segel und macht ein paar wilde Tanzschrittchen. Dann neigt sich der Mast immer stärker, bis ihn die armen Feuerwehrleute nicht mehr stützen können. Der Kommandant fliegt im hohen Bogen durch die Luft und landet mitten in einem schlammigen Tümpel.

Jeder weiß, wie ein Schneemann im Dezember aussieht, hier gibt es das Gegenstück dazu: einen Schlammmann im Juli. Es fehlt eigentlich nur noch die passende Karottennase. Aber wenn man derart eingespachtelt ist, hat das wenigstens den Vorteil, dass man nicht gestochen werden kann. Die Feuerwehrmänner eilen ihrem Chef zu Hilfe. Es ist ja schließlich auch ihre Aufgabe, in Not geratenen Menschen zu helfen. Sie müssen ihn schnell aus dem Sumpf herausholen, und zwar *bevor* er trocknet, sonst kann man ihn womöglich nur noch als Statue ins Museum für Moderne Kunst stellen.

Der Aufprall hat Rose geweckt. Das freundlich lächelnde Gesicht ihres Mannes, der sich über sie beugt, erinnert sie an das Lächeln ihres Sohnes.

»Arthur?!«, fragt sie verängstigt.

François streicht ihr beruhigend über die Stirn.

»Ich werde mich um ihn kümmern. Wir finden ihn schon, keine Sorge!«

»Ich … ich weiß, wo er ist!«, stottert die Mutter voller Überzeugung.

François verzieht das Gesicht. Woher will sie das wissen, wo sie ihm doch nicht von der Seite gewichen ist?

»Er ist im … im Bienenstock!«

Es hat sie viel Überwindung gekostet, etwas derart Dummes zu sagen.

Ihr Mann schaut sie an und zögert, ob er beunruhigt oder traurig sein soll. Die Trauer überwiegt. Seine arme Frau hat sich offenbar endgültig von der Realität verabschiedet und lebt jetzt in einem Land ohne Neuronen. Zärtlich, als wolle er ihre Fieberfantasien beruhigen, streicht er ihr über die Wange.

»Natürlich, mein Liebling. Arthur sitzt im Bienenstock und isst leckeren Honig. Das ist sehr gesund!« Er spricht mit ihr, als wäre sie aus der Irrenanstalt entlaufen.

»Ich versichere dir, dass Arthur sich im Bienenstock befindet! Die Bienen haben es mir doch selbst gesagt!«, beteuert sie, obwohl ihr das Absurde ihrer Behauptung durchaus bewusst ist.

»Richte den Bienen meinen besten Dank aus, dass sie meinen

kleinen Arthur gefunden und sich um ihn gekümmert haben. Ich besorge mir jetzt die große Leiter und hole ihn selbst zurück!«, verspricht ihr Mann mit einem Lächeln.

Er steht auf und geht entschlossenen Schrittes zur Leiter. François hat genug, endgültig genug! Sein Sohn verschwindet, seine Frau wird verrückt und diese Bienen machen ihn noch vollends wahnsinnig. Das ist einfach zu viel für seinen kleinen Kopf. Das muss aufhören! Aber da er weder etwas für Arthur noch für seine Frau tun kann, beschließt er, sich am Bienenstock abzureagieren.

»Sie werden schon sehen, was es heißt, sich mit François Bigantol anzulegen!«, droht er, um sich Mut zu machen.

Der Hass verzehnfacht seine Kräfte, und so richtet François alleine die große Leiter auf und lehnt sie an den dicken Ast der Eiche. Er packt die Giftpumpe und schaut sich an, wie sie funktioniert. Man muss nur auf einen Hebel drücken, das ist kein Kunststück. François grinst höhnisch. Es ist so weit, er hebt ab. Jetzt lädt er seine Flinte und will die Leiter besteigen. Doch dann schreit er plötzlich laut auf. Es ist allerdings kein Kriegsgeschrei, sondern ein Angstschrei. Direkt vor ihm stehen die fünf Bogo-Matassalaï und schauen von ihren zwei Meter dreißig auf ihn hinab. François fühlt sich ziemlich unwohl, was irgendwie verständlich ist. Die Bogos tragen ihre traditionellen Gewänder und den mit Muscheln durchsetzten Kopfschmuck. Ihre Mienen sind undurchdringlich und strahlen eine bedrohliche Ruhe aus. Doch das gehört wohl einfach dazu, wenn man so groß ist!

»Aus dem Weg! Ich muss einen Auftrag erfüllen!«, bringt der Vater mit einem Anflug von Stolz hervor.

Der Häuptling der Bogo-Matassalaï fixiert ihn einen Augenblick, bevor er ihm gelassen entgegnet: »Die Götter wollten, dass die Bienen unter diesem Ast leben, und du willst dich mit deinen paar Zentimetern der Größe der Götter widersetzen?«

François sieht das alles etwas anders.

»Aber nein! Ich will nur diese verflixten Bienen vertilgen, die meinen Sohn stechen wollen. Ich habe doch wohl das Recht, mein Kind zu verteidigen, oder?!«, wehrt sich der Vater und klammert sich an seine Waffe.

»Arthur ist der Cousin der Bienen, der Neffe der Eiche, der Bruder des Windes und der Erde. Niemand wird ihm etwas zuleide tun, außer du mit deiner Waffe!«, spricht der Häuptling mit sanfter Stimme.

François ist ganz durcheinander. Er würde sich gerne schlagen, möchte gerne einmal ganz tapfer sein und seinem Sohn beweisen, wie er sich für ihn aufopfert. Aber gegenüber diesen Respekt einflößenden Riesen fühlt er sich ziemlich lächerlich mit seiner Plastikkanone in der Hand.

Der arme Kerl dreht sich zu den Feuerwehrleuten um und wartet auf ihre Unterstützung, aber sie sind alle damit beschäftigt, das wie ein Fossil aus der Urzeit im Lehm gefangene Mammut zu reinigen.

»Vielleicht sollte man den Schlamm besser erst antrocknen lassen, dann könnte man ihn leichter abklopfen!«, schlägt gerade ein Feuerwehrmann vor. Der Kommandant kann zwar mit dem Lehm im Gesicht nichts sehen, doch er hat den absurden Vorschlag gehört und windet sich abwehrend im Schlamm.

»Ah! Seht ihr, er ist auch meiner Meinung!«, freut sich der Feuerwehrmann voller Stolz.

Doch jetzt sammelt der Hauptmann alle Luft aus seinen Lungen und spuckt endlich den Schlamm aus, der seinen Mund füllte.

»Neiiin!!!«, brüllt er außer sich vor Wut. »Holt endlich Wasser, ihr Vollidioten!«

Das dürfte nicht schwierig sein, da der Wassertank des Feuerwehrautos gut gefüllt ist.

»Sollten wir nicht erst mal die Bienen erledigen?«, fragt François, der immer noch auf Hilfe wartet.

Oben im Bienenstock beglückwünscht man sich über dieses Durcheinander, welches es der Königin ermöglicht, mit ihrer Arbeit fortzufahren. Arthur würde ihr gerne sagen, dass sie sich beeilen soll, dass jede Sekunde zählt. Er möchte jetzt so schnell wie möglich das Mittel schlucken, mit einem Schlag groß sein und ein für alle Mal diesem Irrsinn, der sich da unten auf der Erde abspielt, ein Ende bereiten.

Ein Zittern durchläuft den Körper der Königin, dann drückt sich eine wunderbare durchsichtige Honigträne aus ihrem Unterleib. Selenia klopft Arthur liebevoll auf die Schulter.

»Es kommt, Arthur. Es kommt. Hab Geduld!«

»Ich weiß, Selenia. Nur die Erwachsenen können nicht abwarten!«

Der Kommandant sieht inzwischen wieder halbwegs aus wie ein Mensch. Er trieft allerdings von Kopf bis Fuß, da ihn seine Kollegen, um Zeit zu sparen, einfach in den Tank getaucht haben. François steht neben den Feuerwehrleuten, die sich alle hinter ihrem Chef aufgebaut haben. Die kleine Armee befindet sich nun am Fuß der Leiter, wo die Bogo-Matassalaï immer noch unbeweglich verharren.

»Meine Herren, bitte treten Sie zurück, damit wir unsere Arbeit erledigen können!«, sagt der Kommandant und zielt mit der Pumpe auf ihre Augen.

Die Bogos wechseln einige Blicke miteinander. Es entspricht nicht ihren Traditionen, sich mit Brüdern zu schlagen, aber die Cousinen im Bienenstock ihrem traurigen Schicksal zu überlassen ist auch nicht ihre Art.

»Wenn du das wirklich vorhast, kleiner Mann, dann musst du zuerst uns töten, denn auch wir sind Bienen!«, verkündet der Häuptling entschieden.

Kommandant Bellerive betrachtet prüfend den Häuptling, der nicht wirklich wie eine Biene aussieht, abgesehen vielleicht von ein paar Streifen in seinem traditionellen Gewand.

»Ich zähle bis drei!«, sagt der Feuerwehrmann, der beschlossen hat, stolz zu sein anstatt vernünftig.

»Drei!«, tönt der Bogo-Matassalaï, den dieses absolut lächerliche Spielchen überhaupt nicht beeindruckt.

Der Feuerwehrmann ist völlig überrumpelt. Was soll er jetzt tun? Auf den Abzug drücken erscheint ihm die einzige Möglichkeit, auch wenn es die allerdümmste ist. Aber so ist der Mann: Wenn der Stolz die Oberhand gewinnt und sein Verstand aussetzt, muss er etwas zerstören. Der Kommandant zielt also auf die Matassalaï, sein Finger liegt schon auf dem Abzug, als …

»Chef, Chef!«, brüllt der Feuerwehrmann, der im Wagen geblieben ist.

Der Mann ist vom Laufen ganz außer Atem und braucht ein paar Sekunden, um Luft zu holen und seinen Satz zu beenden.

»Der Polizeichef hat gerade angerufen. Es herrscht Großalarm, alle verfügbaren Männer werden gebraucht!«

»Was ist passiert?«, fragt der Kommandant etwas verärgert darüber, seine Mission nicht beenden zu können.

»Die Stadt wurde von Riesenfröschen angegriffen!!«

Die Feuerwehrleute schauen sich verdutzt an.

»Bist du sicher?«, fragt der Kommandant nach, der so etwas noch nie gehört hat.

»Na ja ... die Telefonverbindung war schlecht, aber ich habe auf jeden Fall ›Invasion‹ und ›Riesen‹ verstanden. Bei den Fröschen bin ich mir nicht sicher. Aber ich bin mir sicher, dass sie Verstärkung brauchen. Alle in der Zentrale schrien wild durcheinander!«, berichtet der Feuerwehrmann, der immer noch unter Schock steht.

Da fasst der Kommandant den besten aller Beschlüsse.

»Alle Mann ins Auto!«, schreit er seinen Männern zu, die sofort alles fallen lassen und zum Auto stürzen.

Kommandant Bellerive dreht sich noch einmal zu den Bogo-Matassalaï um und droht ihnen mit erhobenem Finger.

»Ich komme zurück!«, verkündet er finster, wie ein schlechter Schauspieler, der böse aussehen soll.

Die Bogo-Matassalaï lächeln ihm zu und winken ihm nach, was unseren Feuerwehrmann noch mehr ärgert. Wütend und machtlos stampft er mit dem Fuß auf und geht zu seinem Auto.

François ist verzweifelt.

Seine Frau freut sich.

Kapitel 15

Das kleine, ansonsten so friedliche Städtchen, in dem Margarete gerne ihre Einkäufe erledigt, soll heute verwüstet und dem Erdboden gleichgemacht werden.

Die Seïden auf ihren riesigen Moskitos haben die Lufthoheit und rasen im Tiefflug über die Bewohner hinweg, die schreiend in alle Himmelsrichtungen flüchten. Es herrscht Panik, die Polizei ist überfordert, die Schaufenster sind eingeschlagen, die ersten Feuer brechen aus. Der kleine Ort hat noch nie ein solches Desaster erlebt. Maltazard ist bester Dinge, denn dieses Chaos macht ihm Spaß.

»Es tut gut, wieder zum Wesentlichen zu kommen!«, sagt er zufrieden, während die Seïden an ihm vorbeizischen, als führten sie eine Flugschau auf.

Am Ende der Straße entdeckt Maltazard auf einmal den glänzenden Lastwagen der Feuerwehr, der mit heulender Sirene ins Dorf einfährt. Zwei Moskitos, so groß wie Jagdflieger, ziehen Feuerstreifen nach sich. Die Menschen schreien vor Angst und flehen zum Himmel. Aber im Moment ist der Himmel voller Moskitos.

»Was machen wir, Chef?«, stammelt der Fahrer, der so stark zittert, dass das ganze Führerhaus vibriert.

Der Kommandant zeigt nach vorne und scheint fest entschlossen.

»Ab durch die Mitte und ... vor allem nicht anhalten!«, bestimmt er mit der Selbstsicherheit der Feiglinge. »Wir werden die Kaserne benachrichtigen!«

»Aber es brennen Häuser. Müssen wir nicht anhalten und sie löschen?«, fragt der Untergebene naiv.

»Auf keinen Fall!«, versichert der Kommandant. »Die Geschichte ist zu brisant, um sie einfachen freiwilligen Helfern wie uns zu überlassen! Diese Art von Katastrophe ist Sache der Armee!«

Das Feuerwehrauto rast also zur bitteren Enttäuschung der Bewohner durch die Stadt, ohne anzuhalten.

Maltazard, erstaunt über so viel Feigheit, bricht in großes Gelächter aus.

»Wahrhaftig, ich spüre, dass ich mich in dieser neuen Welt sehr wohl fühlen werde!«, ruft er aus, bevor er per Fingerzeig einen neuen Angriff befiehlt.

Ein Dutzend Moskitos begeben sich in Kampfaufstellung und rasen auf die Tankstelle zu. Im Sturzflug reißen sie die zwei Zapfsäulen heraus und ein gewaltiger Treibstoffteppich breitet sich umgehend auf der Straße aus. Da sie leicht abschüssig ist, fließt die gefährliche Flüssigkeit genau in Richtung Stadtzentrum. Maltazard gibt wieder ein Zeichen, woraufhin ein Moskito in vollem Tempo an einem Strommasten vorbeifliegt.

Ein harter Flügelschlag trennt den Masten in zwei Teile und die Stromkabel fallen direkt in die Benzinlache. Die ganze Straße steht sofort in Flammen, was für eine noch größere Panik sorgt. Die Leute rennen aus der Stadt hinaus wie Ratten, die das sinkende Schiff verlassen. Maltazard frohlockt. Er ist erneut der absolute Herrscher! Und jetzt regiert er sogar über zwei Welten! Niemand wird ihn noch aufhalten können.

Die einzige Hoffnung ruht in diesem wunderbaren, ganz goldfarbenen Honigtropfen, der gerade aus dem Unterleib der Bienenkönigin hervorquillt. Ein Tropfen Honiglikör, der so kraftvoll ist, dass er wen auch immer in wenigen Sekunden wachsen lassen kann. Von einer Größe zur nächsten zu gelangen ist nicht so schwierig, von einer Welt in die andere schon eher. Und in diesem Bienenstock dürfte nur Arthur dazu in der Lage sein.

Valium, der Übersetzer, rollt die goldene Perle bis an den Rand des Bienenstocks zu Arthur. Selenia und Bétamèche stehen neben ihm. Valium drückt auf den Tropfen, faltet und presst ihn zusammen, faltet ihn erneut und drückt so lange daran herum, bis er klein genug ist, damit man ihn hinunterschlucken kann. Sobald er seine Prozedur beendet hat, reicht er die goldene Masse an Arthur weiter, der sie fasziniert betrachtet. Sie sieht aus wie eine kleine Weihnachtskugel, ist aber so schwer wie eine Bocciakugel.

»Überbringe der Königin meinen Dank. Wenn meine Mission gelingt, dann garantiere ich, dass sie von niemandem mehr gestört wird.«

»Das will ich hoffen! Ich brauche einige Jahre Schlaf, um die Energie zurückzugewinnen, die ich hier vergeudet habe«, erwidert Valium.

Arthur lächelt, dann wendet er sich an Selenia.

»Bist du sicher, dass du nicht mit mir kommen möchtest? Niemand kann besser mit dem Schwert umgehen als du, du wärst eine große Hilfe!«, sagt der Junge, den der Gedanke, seine Prinzessin zu verlassen, traurig macht.

»Ich werde auch meinem Dorf eine große Hilfe sein. Mein Vater wird allmählich alt und das Volk der Minimoys braucht mich. Außerdem war ich noch nie in deiner Welt und beim ersten Mal fürchtet man sich immer ein bisschen. Ich möchte nicht mitten im Krieg ankommen.«

»Du hast recht!«, entgegnet Arthur. »Wenn alles vorbei ist, werde ich dich mit nach Hause nehmen und meinen Eltern und meiner Großmutter vorstellen. Und du wirst sehen, dass Alfred alles andere ist als ein Yeti!«, neckt er sie.

Selenia lächelt, aber es ist ein trauriges Lächeln. Denn es gefällt ihr gar nicht, ihren Prinzen weggehen zu sehen.

»Nun beeil dich schon und schluck es. Ich möchte nicht, dass du mich weinen siehst!«

Arthur verschlingt seine kleine goldene Pille.

»Nach was schmeckt es?«, fragt Bétamèche neugierig.

Arthur überlegt einen Moment und fährt mit seiner Zunge gegen den Gaumen.

»Es schmeckt nach Honig!«, antwortet er mit einem schelmischen Grinsen.

»Pass gut auf dich auf!«, ruft Selenia.

»Mach dir keine Sorgen um mich, ich werde meine Rechnung mit M. dem Verfluchten schnell begleichen und alles wieder in Ordnung bringen! Das Schlimmste für mich wird sein, dass ich den zehnten Mond abwarten muss, bis ich dich wiedersehen kann.«

Selenia antwortet lieber nicht, sie fürchtet, sonst gleich loszuweinen. Sie löst ihren Gürtel und gibt Arthur ihr Zauberschwert.

»Hier, du brauchst es sicher nötiger als ich!«

Arthur weiß nicht, wie er auf diese großzügige Geste reagieren soll.

»Bist du sicher?«, fragt er und zögert, das Schwert entgegenzunehmen.

»Ja. Du verdienst deinen Prinzentitel längst und ein Prinz muss ein Schwert haben!«

»Danke für diese Ehre!«, erwidert er bescheiden und legt den Gürtel an.

»Bevor du weggehst, verdienst du noch etwas anderes, da du dich mit so viel Kraft und Würde geschlagen hast.«

»Ach so? Und das wäre?«

»Das!«, sagt die Prinzessin und wirft sich an seinen Hals, um ihm einen leidenschaftlichen Kuss zu geben.

Bétamèche verdreht die Augen und ist untröstlich, dass das Protokoll schon wieder nicht eingehalten wird.

Wie kann eine Prinzessin ihres Ranges sich herablassen und einem Übergangs-Minimoy derart die Ehre erweisen? Aber die Liebe hat ihre Gründe, die dem Verstand fremd sind. Der Kuss hätte noch ewig gedauert, wenn Arthur nicht plötzlich angefangen hätte zu wachsen. Selenia weicht ein paar Schritte zurück und sieht entsetzt, wie ihr Prinz die Einzentimetermarke überschreitet.

»Bis bald, Selenia«, ruft Arthur mit zugeschnürter Kehle, während sein Körper jetzt bereits zehn Zentimeter misst und zu schwer ist, um am Rand des Bienenstocks zu stehen.

»Bis bald, mein Prinz!«, erwidert Selenia, die Tränen in den Augen hat.

Während Arthur ihr noch kurz zuwinkt, hat er schon wieder

fünf Zentimeter zugelegt. Plötzlich gibt der Rand des Bienenstocks nach, und unser Held verschwindet, wie vom Nichts verschluckt.

Arthur, zehn Jahre alt, ein Meter dreißig groß, fällt auf die Erde und landet zu Füßen der großen Eiche.

Die Rückkehr in die Welt der Großen ist heftig, aber es tut immer ein bisschen weh, groß zu werden. Er rappelt sich auf, klopft sich ab und betrachtet den Wald, der ihm auf einmal so klein vorkommt. Er hebt den Kopf und entdeckt den weit oben unter dem Ast hängenden Bienenstock. Er weiß, dass ihn Selenia wahrscheinlich gerade anschaut, aber er kann sie jetzt nicht mehr erkennen. Arthur seufzt tief und winkt ihr trotzdem zum Abschied.

Selenia kniet am Rand des Bienenstocks, lächelt ihrem Prinzen zu und schickt ihm einen Kuss.

Plötzlich muss Arthur husten. Er spuckt kurz aus und dabei fallen ein paar Goldklümpchen zu Boden. Es sind Überreste des goldenen Honigs der Königin.

Während Arthur sich auf den Weg zum Haus seines Großvaters macht, kommt eine Ameise vorbei. Eine kleine Ameise, die wir schon einmal getroffen haben. Sie trägt einen rosa Fleck auf dem Kopf. Erinnert ihr euch? Sie spazierte auf Roses Kleid herum, bis Arthurs Mutter sie mit dem Nagellackpinsel verscheuchte (nachzulesen in *Arthur und die Rache des Maltazard).*

Seit die Ameise mit diesem rosa Fleck auf dem Kopf gezeichnet ist, macht sich die ganze Kolonie über sie lustig. Das erklärt im Übrigen, warum sie ganz allein und weit entfernt von ihrem Ameisenhaufen im Wald umherirrt.

Die kleine Ameise nähert sich dem eigenartigen Nahrungsmittel und betastet es von allen Seiten mit ihren Fühlern. Es erinnert leicht an diese Honigstückchen, die bei starkem Wind vom Bienenstock abbrechen. Honig schmeckt köstlich, hat außerdem viele Vitamine. Man muss kein Bär sein, um das zu wissen. Die Ameise hat ihre Entscheidung getroffen: Sie wird ein Stückchen probieren, und wenn es ihr schmeckt, wird sie den Rest mit zur Kolonie nehmen. Bestärkt durch diese kluge Entscheidung, beißt die kleine Ameise mit dem rosa Kopf kräftig in das Kügelchen aus wahrhaft königlichem Honig.

»Ich versichere dir, François, dein Sohn war mitten im Bienenstock! Die Bienen haben es mir geschrieben und ich kann ja wohl lesen?!«, verteidigt sich Rose, die immer noch etwas geschwächt ist.

Ihr Mann drückt sie sanft auf den Liegestuhl zurück.

»Ich weiß, mein Liebling! Arthur misst zwei Millimeter und lebt jetzt in einem Bienenstock. Und die Bienen können lesen und schreiben und bereiten sich darauf vor, dass ihre Bücher veröffentlicht werden!«, erwidert ihr Mann und ist sich nicht sicher, ob er darüber lachen oder sich ärgern soll.

Er breitet eine Decke über die Knie seiner Frau und drückt ihr ihr Nagellackfläschchen in die Hand, damit sie sich ihrer Lieblingsbeschäftigung widmen kann.

Diesen Augenblick wählt unsere rosaköpfige Ameise für ihr Erscheinen. Sie bleibt wenige Meter vor dem Haus stehen und beobachtet Rose auf ihrem Liegestuhl.

»Oh! Eine Riesenameise!«, sagt die nur.

Nun ja, wenn man sich nicht über Bienen wundert, die in bestem Deutsch schreiben können, dann gibt es keinen Grund, sich über eine zweihundert Kilo schwere Ameise aufzuregen. Oder?

»Aber ja doch, eine Riesenameise! Mit blauen Punkten!«, ruft ihr Mann, den die Wahnvorstellungen seiner Frau allmählich ermüden.

»Nein, mit einem rosa Fleck!«, berichtigt seine Frau.

François stöhnt und richtet sich auf. Er müsste sich nur umdrehen, um zu sehen, dass seine Frau recht hat. Aber dazu hätte er an sich zweifeln müssen und François zweifelt nie an sich.

»Ich koche dir einen Kamillentee, das wird dich beruhigen!«, sagt er und geht in die Küche.

»… Danke«, erwidert Rose mit zehn Sekunden Verspätung.

Sie sieht, wie die gewaltige Ameise auf sie zukommt. Jeder andere wäre längst in Ohnmacht gefallen, aber dieses eine Mal bleibt Rose bei uns. Sie hat sogar ein etwas einfältiges Lächeln auf den Lippen, als wäre sie von der Qualität ihres Traumes in den Bann geschlagen, von dieser Vorstellung, die direkt aus einem Vergnügungspark entsprungen zu sein scheint. Aber die Ameise ist kein dreidimensionales Bild. Sie steht wahrhaftig vor ihr und ist so groß wie ein Auto. Als Rose den Fleck von Nahem sieht, gefriert ihr mit einem Schlag das Lächeln auf den Lippen. Sie erinnert sich plötzlich an ihren unglückseligen Pinselhieb und ahnt nun die Konsequenzen.

»Äh … es tut mir leid … das mit dem Fleck!«, stottert die arme Frau, die niemals gedacht hätte, dass sie sich eines Tages für diese unbedachte Handbewegung entschuldigen müsste. »Ich habe Nagellackentferner, wenn Sie möchten?«

Die Ameise ist intelligent, aber wahrscheinlich gehört dieses

Wort nicht zu ihrem Vokabular. Das Riesentier reißt Rose das Nagellackfläschchen aus der Hand und gießt ihr seinen Inhalt über den Kopf. Rose sagt keinen Ton, wagt nicht einmal, sich zu rühren. Sie erträgt die Erniedrigung, wie die kleine Ameise sie zuvor ertragen hat.

»Ich … ich verstehe Ihren Zorn. Es ist wirklich nicht angenehm«, gesteht die Frau freimütig mit am Liegestuhl festgekrallten Händen.

Die Ameise wirft das Fläschchen weg und betrachtet Rose.

»Nichts für ungut! Sind wir jetzt quitt?«, fragt die junge Frau und streckt zitternd die Hand aus.

Die Riesenameise betrachtet verblüfft die hingehaltene Hand, scheint aber die Absicht zu begreifen. Unter ihresgleichen schüttelt man sich nicht die Hand, sondern das Bein, und offensichtlich bedeutet diese Geste das Gleiche. Die Ameise hält also ihr Bein hin und Rose fasst es mit den Fingerspitzen an. Sie tauschen einen Hände-Fußdruck aus, der sozusagen ihre Freundschaft besiegelt.

Plötzlich dringt ein lautes Hupen an ihr Ohr. Rose sieht ein Auto in den Hof hereinfahren.

»Ich mache jetzt Limonade!«, sagt sie zur Ameise und steht auf.

Und schon ist sie unterwegs in die Küche, wo sie sich in den Finger schneiden, Feuer legen oder weiß Gott noch was anstellen wird.

François stürzt mit so vergnügter Miene aus dem Haus, als stünde Arthur endlich vor der Tür. Aber dort steht nicht etwa sein Sohn, sondern nur sein endlich wieder repariertes Auto, das ihm der Werkstattbesitzer liebenswerterweise sogar persönlich vorbeibringt.

»Oh, das ist toll!«, freut sich François und ist den Tränen nahe.

Er kniet sich vor seinen Wagen und streicht über den Kühlergrill, als wäre er so wertvoll wie die Mona Lisa.

Ein ölverschmierter dicker Mann steigt aus dem Abschleppwagen, auf dem der Firmenname ***A. Zocke*** prangt.

»Sie hatten Glück. Ich habe nämlich einen Kunden, der das gleiche Modell fährt wie sie, und bei seinem Wagen war das Hinterteil eingedrückt. Also habe ich seinen Kühlergrill ausgebaut. Ansonsten hätten Sie zwei Monate auf die Ersatzteile warten müssen.«

»Das ist toll!«, wiederholt François gerührt.

»Würden Sie mir bitte die Quittung unterschreiben?«

François nimmt die Rechnung und liest den völlig überhöhten Preis. Abzocke wäre eigentlich der passendere Firmenname!, geht es ihm durch den Kopf. Sein Lächeln und seine gute Laune sind wie weggeblasen.

»Also … das … das ist wirklich toll!«, zischt er mit zusammengebissenen Zähnen. »Kann ich Ihnen einen Scheck ausstellen?«

»Aber natürlich! Ich habe sowieso nicht damit gerechnet, dass Sie so viel Bargeld bei sich haben!«, scherzt der Automechaniker, der sich über dieses lohnende Geschäft sichtlich freut.

François geht ins Haus und überfliegt noch einmal die Rechnung. Er kann es einfach nicht glauben.

»Wissen Sie, dass Sie viel teurer sind als Ihre Kollegen in der Stadt?«

»Ach ja? Aber die Stadt ist weit weg, und Sie hätten sich ganz schön umgeschaut, wenn Sie Ihren Wagen zweihundert Kilometer weit hätten schieben müssen!«, witzelt der Mechaniker, der sich diebisch freut, einen Städter hereingelegt zu haben.

François betritt das Haus und sucht in seiner Jackentasche nach seinem Scheckheft.

»Ach herrje, wie heiß das ist! Jetzt würde ich gerne einen kleinen Schluck trinken!«, tönt der Mechaniker und kommt herein, ohne sich die Mühe zu machen, die Schuhe abzutreten.

»Mit dem, was ich Ihnen zu bezahlen habe, können Sie einen kräftigen Schluck auf meine Gesundheit nehmen!«, erwidert François, der fest entschlossen ist, dem Gauner nichts anzubieten.

In diesem Augenblick tritt Arthur aus dem Wald. Er rennt bis zur Garage, um sich dahinter zu verstecken. Wenn seine Eltern ihn entdeckten, wären sie zwar froh, würden ihm aber niemals seine Geschichte glauben, und Maltazard könnte währenddessen weiter Unheil anrichten. Das Beste ist also, sich zuerst um Maltazard und dann um seine Eltern zu kümmern.

»Unterschreiben Sie hier!«, bittet der Mechaniker und hält François ein rosafarbenes Papier unter die Nase.

Apropos, wo ist eigentlich Rose?

»Au!«, schreit es in diesem Moment aus der Küche.

»Ignorieren Sie das«, sagt François, um seinen Besuch zu beruhigen. »Das ist nur meine Frau, die versucht, eine Zitrone festzuhalten.«

Der Automechaniker nickt, ohne wirklich etwas verstanden

zu haben, und steckt die unterschriebene Quittung in seine Tasche.

Arthur steigt unterdessen in das Auto seines Vaters und setzt sich ans Steuer.

»Nachdem ich es geschafft habe, einen Moskito zu fliegen und ein Rennauto durch die Kanalisation zu steuern, wird das hier wohl ein Kinderspiel sein!«, sagt er, bevor er den Zündschlüssel umdreht und den Motor anlässt.

»Ah, was für ein toller Klang!«, ruft François aus, der sein Auto unter Tausenden heraushören würde.

»Oh ja! Er klingt nicht schlecht!«, bestätigt der Mechaniker.

Arthur lässt den Motor aufheulen und sucht die Handbremse.

»Hören Sie dieses Vibrato, wenn der Motor auf Touren kommt? Klingt wie diese kurzen Schreie, die die Japaner in ihren Karatekämpfen ausstoßen! Finden Sie nicht auch?«

»Nein, nicht wirklich. Ich bin aus der Gegend hier noch nie herausgekommen und in Japan war ich schon gar nicht!«, murmelt der Mechaniker, als er das Auto losfahren sieht. »Auf jeden Fall fahren sich diese Dinger ziemlich gut! Es macht Spaß, am Steuer zu sitzen.«

»Ja!«, bestätigt François, der mit kindlicher Bewunderung seinem wegfahrenden Auto nachschaut, wie ein Vater, der die ersten Schritte seines Sohnes beobachtet.

Aber in diesem Fall macht sein Sohn gerade die ersten Fahrstunden und ist dabei, ihm sein geliebtes Spielzeug zu klauen.

»Mein Auto!!«, brüllt François plötzlich, der erst jetzt kapiert, was passiert ist.

Er rennt die Treppe hinunter und schreit gegen die Staubwolke an, die der Dogde hinterlassen hat. Er konnte den Dieb, den Mörder, nicht einmal erkennen.

»Aber das ist doch nicht möglich!?«, wettert Arthurs Vater und stampft alle fünf Sekunden auf wie ein trotziges Kind. »Was soll ich denn jetzt machen?«, fragt er den Mechaniker, ohne ihn anzusehen.

»Die Polizei rufen!«, erwidert der Mann und rückt seine Schirmmütze zurecht. »Also dann bis zum nächsten Mal!«

Dann steigt er pfeifend in seinen Abschleppwagen und fährt davon.

François steht wie betäubt mitten im Hof und weiß nicht, was er tun soll.

»Liebling?!«, ruft seine Frau.

François dreht sich um und sieht Rose im Eingang stehen.

»Ich habe Limonade gemacht!«, sagt sie strahlend, und ihre Finger, die fast allesamt mit Pflastern umwickelt sind, halten ihm einen Krug entgegen.

Kapitel 16

Archibald betritt seinen Dachboden, der ihm als Arbeitszimmer, als Rückzugsmöglichkeit und jetzt als Klagemauer dient. Der arme Mann ist ganz niedergeschlagen und scheint vor lauter Traurigkeit sogar ein Stück geschrumpft zu sein. Sein Enkel bleibt weiterhin verschwunden. Nichts auf der Welt bekümmert Archibald mehr. Arthur ist sein Sonnenschein, seine Lebensfreude. Er erinnert ihn ständig daran, wie er selbst als kleiner Junge war: ausgelassen, lebhaft, überbordend vor Energie. Er war zu jedem Abenteuer bereit, kehrte aber immer gesund und munter von seinen Eskapaden zurück. Arthur dagegen ist zu einem Abenteuer anderer Dimension aufgebrochen. Das ist kein Spiel mehr, das ist Krieg.

Archibald lässt sich in seinen Sessel fallen und seufzt tief. Er hält den Waggon von der elektrischen Eisenbahn in der Hand, den er am Boden gefunden hat. Das Spielzeug ist völlig aufgeschlitzt und Arthurs Großvater schüttelt lächelnd den Kopf. »Wie kann man seine Spielsachen nur so zurichten?«, fragt er sich fast bewundernd.

Er sammelt die Einzelteile des zerfetzen Daches auf und sucht seinen Modellbau-Leim. Doch etwas im hinteren Teil des Waggons lässt ihn stutzig werden. Dort befindet sich ein Gegenstand, der ihm vorher nie aufgefallen ist. Archibald greift nach der Lupe, hält sie über die Plattform und entdeckt den völlig teilnahmslos dasitzenden Darkos, dessen Beine ins Leere baumeln. Man könnte fast meinen, Darkos wäre I-Ah, der treue Eselfreund von Pu dem Bären, so bedrückt sieht er aus.

»Was machst du denn da, Darkos?«, fragt Archibald unerschrocken. So winzig wirkt Darkos ja nicht gerade bedrohlich. Aber genau wegen des Größenunterschiedes muss sich Darkos jetzt die Ohren zuhalten.

»Es ist nicht nötig, so zu schreien! Ich bin nicht taub!«, brüllt Darkos seinerseits aus Leibeskräften.

»Wie bitte? Ich verstehe nichts!«, erwidert Archibald und spitzt die Ohren.

Die beiden hatten schon früher Kommunikationsschwierigkeiten und die scheinen nicht besser geworden zu sein.

Der Großvater überlegt einen Augenblick, wühlt in einer Schublade, holt ein Mikrofon heraus, verbindet es mit einem Verstärker und hält es direkt vor den Waggon.

»Versuch's mal damit!«, flüstert Archibald. »Sprich in den Apparat!«

Darkos geht zögernd zum Mikrofon und klopft darauf, woraufhin ein ohrenbetäubendes Echo das Zimmer erfüllt. »Hörst du mich?«, schreit Darkos.

Archibald zuckt zurück und hält sich nun selbst die Ohren zu.

»Hast du mich gerufen?«, erkundigt sich Margarete, die sich im Nebenzimmer ausruht.

»Äh … nein, mein Herz! Alles in Ordnung! Ich … ich habe das Mikrofon getestet!«, erklärt Archibald und fährt die Lautstärke herunter. »Was machst du hier?«, fragt er Darkos leise.

»Ich weiß nicht!«, erwidert Darkos und zuckt mit den Schultern. »Ich bin Arthur und Selenia gefolgt. Eigentlich wollte ich sie um die Ecke bringen, aber dann ist mein Vater gekommen und … hat mich schon wieder im Stich gelassen!«

Der kleine Krieger sieht wirklich traurig aus, und mehr braucht es nicht, damit ein Großvater wie Archibald Mitleid bekommt.

»Weißt du, wo Arthur jetzt ist?«, fragt er freundlich.

»Er ist zur Bienenkönigin unterwegs. Er will sie um ihren Honiglikör bitten, damit er wächst und meinen Vater einholen kann!«, gibt Darkos nicht gerade begeistert Auskunft.

Allmählich versteht Archibald den Zusammenhang. Arthur tut alles, um Maltazard davon abzuhalten, Schaden anzurichten. Wahrscheinlich ist er bis in sein Arbeitszimmer gekommen, um die Phiole zu holen, aber M. war schneller.

»Genauso war es!«, bestätigt Darkos. »Er wollte das Fläschchen leer trinken, um seine normale Größe wiederzubekommen.«

»Maltazard wird sicher in die Stadt gehen und dort alles dem Erdboden gleichmachen«, murmelt Archibald und kommt fast um vor Angst und Sorge. »Ich muss etwas tun! Ich kann Arthur nicht alleine gegen dieses Monster kämpfen lassen!«, wettert er und steht abrupt auf.

Er packt sein Jagdgewehr, das seit Jahrzehnten an der Wand hängt, setzt einen Tropenhelm auf und macht sich, lächerlich ausstaffiert wie ein Opernschauspieler, auf den Weg.

»Archibald!«, schreit Darkos ins Mikrofon.

Archibald zuckt zusammen, dabei löst sich aus Versehen ein Schuss. Der Kronleuchter fällt ihm vor die Füße wie ein mitten im Flug vom Blitz getroffener Vogel. Archibald betrachtet peinlich berührt seine Jagdszene.

»Was machst du eigentlich?«, schimpft Margarete, die immer noch im Zimmer nebenan liegt.

»Nichts! Ich räume nur ein bisschen auf!«, antwortet Archibald.

»Das wird aber auch Zeit!«, erwidert die Großmutter durch die Wand.

Darkos nähert sich noch einmal dem Mikrofon.

»Archibald, lass dir von mir helfen! Ich kenne Maltazard in- und auswendig, seine Fehler und seine Schwächen. Ich kann dir nützlich sein. Hol mich in deine Welt, und ich helfe dir, ihn außer Gefecht zu setzen, damit er keinen Schaden mehr anrichten kann.«

Archibald geht zu seinem Schreibtisch zurück und setzt sich hin. Der Vorschlag klingt verlockend. Ein Krieger wie Darkos würde sich innerhalb einer Armee, die nur aus einem Greis und einem Kind besteht, sicher gut machen! Aber wie kann er sicher sein, dass es sich nicht einmal mehr nur um eine Kriegslist handelt? Kann man Darkos vertrauen? Wer könnte ihn daran hindern, sich wieder mit seinem Vater zu verbünden, sobald er zwei Meter groß ist? Gemeinsam wären sie furchtbar mächtig, und niemand könnte sie mehr davon abhalten, die Welt zu zerstören.

»Ich wollte nie die Welt beherrschen und sie erst recht nicht zerstören!«, flüstert Darkos und schlägt die Augen nieder. »Ich wollte einfach nur mit meinen Freunden spielen wie alle Kinder in meinem Alter, aber mein Vater hat das nicht zugelassen. Er erzählte mir pausenlos, ich gehörte zu einer überlegenen Rasse und dürfte mich nicht unter die anderen mischen, da mich hohe Ämter erwarteten und ich mich von Anfang an darauf vorbereiten müsse. Seine Erwartungen entsprachen jedoch nicht den meinen. Ich wollte einfach nur sein wie alle anderen und zu einer großen Familie gehören.«

Archibald war auf ein solches Geständnis nicht vorbereitet und es treibt ihm fast die Tränen in die Augen.

»Ich muss mit meinem Vater sprechen und ihm begreiflich machen, dass ihn Chaos und Zerstörung niemals glücklich machen werden. Schmerz lässt sich nicht mit Schmerz heilen. Ich muss ihm das sagen, und ich werde gegen ihn kämpfen, wenn er nicht Vernunft annimmt.«

Archibald holt seine Lupe, richtet sie auf Darkos und betrachtet ihn lange.

»Ich werde dir vertrauen, denn jeder von uns verdient eine zweite Chance. Aber wenn du mich belügst und das alles nur eine Falle ist, dann gnade dir Gott!«, droht der alte Mann.

»Ich würde lieber vor Scham sterben, als dich zu verraten«, erwidert Darkos, wie es sich für einen tapferen Krieger gehört.

Daraufhin nimmt Archibald ein Buch aus dem Regal, fasst in die hineingeschnittene Aushöhlung und zieht eine zweite kleine Phiole heraus, die aussieht wie die erste.

»Du … du hattest noch eine andere Phiole versteckt?«, stammelt Darkos, beeindruckt von diesem Trick.

»Aber ja!«, lacht Archibald. »Ich habe deinen Vater während dieser langen Jahre, die ich in seinem Gefängnis verbringen musste, zu durchschauen gelernt. Ich weiß jetzt, dass man ihn niemals unterschätzen darf und immer mit dem Schlimmsten rechnen muss.«

Archibald löst den Wachspfropfen, der die kleine Flasche verschließt, und stellt sie auf den Tisch. Darkos klettert vom Waggon zum Flaschenrand und springt mit einem Satz in die Phiole. Jetzt muss er nur noch trinken, soviel er kann.

Im Fläschchen leuchten kleine Blitze auf, wie in einer entfernten Gewitterwolke. Darkos schluckt und wird sichtlich größer. In wenigen Sekunden ist er zu dick, um in die Flasche zu passen, und schon zersplittert sie in tausend Teile. Sein Körper dehnt sich aus, entfaltet sich wie ein Heißluftballon und bald drückt sein Kopf gegen die Dachbalken. Darkos misst nun zwei Meter sechzig. Er ist behaart wie ein Stacheltier und erinnert an einen Stier mit Rüstung. Archibald steht vor Staunen der Mund offen und er versucht, einen Blick auf Darkos' zwischen den Balken eingeklemmtes Gesicht zu erhaschen.

Als er dieses riesige Monster vor sich sieht, fragt sich der Großvater, ob er nicht gerade die größte Dummheit seines Lebens begangen hat. Darkos befreit sich aus dem Gebälk, bewegt sich auf den alten Mann zu und beugt sich über ihn. Auf Archibalds Stirn perlt schon der Schweiß. Doch Darkos zeigt ihm breit lächelnd sein wunderbares Gebiss, das selbst einen weißen Hai erblassen lassen würde.

»Und? … Gehen wir jetzt los?«, fragt der Krieger freundlich.

Archibald fällt ein Stein vom Herzen. Darkos' Statur hat sich geändert, nicht aber sein Vorsatz.

»Und wie schaffen wir es jetzt, *unauffällig* das Haus zu verlassen?«, fragt Archibald beunruhigt. Es würde ihm wahrscheinlich leichterfallen, einen Elefanten aus einem Porzellanladen herauszubugsieren.

Auch Arthur wird Probleme haben, nicht aufzufallen. Sein Auto ist das einzige Gefährt auf der Straße. Alle anderen haben längst das Weite gesucht. In der Ferne sieht man Rauch aus der kleinen Stadt aufsteigen, pechschwarzen Rauch, aus dem von Zeit zu Zeit gigantische Moskitos auftauchen, die den Himmel wie Kampfflugzeuge im Einsatz durchschneiden.

Arthur glaubt, seinen Augen nicht zu trauen. Die Zerstörung der Welt hat begonnen, und bei aller Courage hat er keine Ahnung, wie er dem Ganzen Einhalt gebieten soll. Zunächst sollte er sich jedoch besser fragen, wie er sein Auto zum Anhalten bringen kann, da es ganz offensichtlich keine Bremsen mehr hat. Der Automechaniker würde wahrscheinlich jegliche Schuld von sich weisen, da er nur den Auftrag hatte, den Kühlergrill zu reparieren. Um die Bremsen hat er sich deshalb nicht gekümmert.

Arthur kann auf die Bremsen treten, soviel er mag, es tut sich nichts. Das Auto schießt auf die Stadt zu wie ein Adler auf eine Maus, und je näher der Adler der Maus kommt, desto riesiger erscheint sie ihm.

Der Junge durchstößt eine dicke schwarze Wolke und rast zur großen Überraschung der Seïden direkt in die Stadt. Er rammt im Vorbeifahren ein paar Moskitos und bringt die Truppe durcheinander. Maltazard kümmert sich sofort um dieses »Widerstandsnest«. Er zeigt auf das Auto und befiehlt, es abzufangen. Ein Dutzend Moskitos stellt sich umgehend quer auf die Straße, um das Auto an der Weiterfahrt zu hindern. Arthur würde ihnen gerne ausweichen, aber ohne Bremsen ist das schwierig und so donnert er in den Haufen wie eine Kugel beim Kegeln.

Die Staffel ist ebenso zertrümmert wie der frisch reparierte

Kühler des Wagens. Aber Arthur hat Glück im Unglück, denn seine Spritzfahrt endet mitten in der Autowerkstatt von A. Zocke. Sein Vater wird also nicht einmal einen Abschleppwagen bezahlen müssen, da das Auto direkt auf der Hebebühne gelandet ist.

Zwei andere Moskitos nehmen sofort vor der zersplitterten Schaufensterscheibe der Werkstatt Stellung. Die Seïden suchen den Blech- und Scherbenhaufen nach Überlebenden ab. Aber abgesehen von einer alten hin- und herpendelnden und dabei quietschenden Neonlampe rührt sich nichts mehr. Keine Spur von Arthur. Der steht nämlich bereits auf dem Dach, direkt über den zwei Moskitos. Der Junge nimmt all seinen Mut zusammen und springt auf das eine Tier, direkt hinter seinen Reiter. Der Aufprall überrascht den Moskito, er bäumt sich auf und schmettert seinen Piloten gegen einen Balken.

»Danke!«, sagt Arthur, der gar nicht damit gerechnet hatte.

Er setzt sich auf den frei gewordenen Platz, packt die Zügel und schon geht es los.

Maltazard hat die ganze Szenerie beobachtet und weist seine beste Flugstaffel an, die Verfolgung des Jungen aufzunehmen.

Doch Arthur hat das Moskito-Lenken nicht verlernt. Nach einigen Kapriolen in der Luft gleitet die Stechmücke dahin wie ein Fisch im Wasser. Die anderen Moskitos sind Arthur dicht auf den Fersen und lassen nicht von ihm ab. Arthur nutzt diesen Umstand und weicht Hindernissen erst im letzen Moment aus, um sicherzugehen, dass seine Verfolger nicht mehr rechtzeitig reagieren können. Arthur kennt die Stadt ziemlich gut, das ist sein Vorteil. So weiß er zum Beispiel, dass es sich bei dem blauen Himmel hinter der Scheune des Bürgermeisters nur um ein großes Werbeplakat für ein Insektenspray handelt. Also fliegt er durch die Scheune und bricht ganz unvermittelt nach links aus. Nicht so der ihm folgende Moskito, der sich direkt in den blauen Himmel bohrt, genau neben das Insektenspray. *Weg damit!*, fordert ein Schriftzug des Werbeplakats, das jetzt sogar dreidimensional ist.

Unterdessen hat Arthur sein Zauberschwert herausgeholt und fliegt nun in den Glockenturm der Kirche, im Gefolge immer noch eine Schwadron Moskitos. Er durchschneidet die Halterung der Glocke und taucht sofort nach unten ab. Die Kordel reißt, die Glocke löst sich und stürzt auf den Altar zu. Arthur saust ins Kirchenschiff, dessen Pforten weit offen stehen. Ein Seïde folgt ihm und zückt sein Schwert, bereit, diesen kleinen Angeber, der die Truppen derart verhöhnt, zu massakrieren. Natürlich hat der Seïde die Glocke nicht herunterkommen sehen. Und so fällt sie über ihn und schließt ihn ein wie eine Käseglocke einen Camembert.

Im selben Moment stürmt Arthur mit so viel Schwung aus der Kirche, dass alle Türen zuschlagen. Pech für die drei Moskitos hinter ihm: Sie werden von der gewaltigen Eichentür regelrecht zerquetscht.

Maltazard lächelt über die Flinkheit seines Gegners. Er liebt den Wettkampf, getreu dem Motto: *Ein gefahrloser Sieg ist ein ruhmloser Triumph.* Er geht sogar so weit, seinem Feind zu applaudieren, bevor er ihm eine neue Staffel hinterherschickt.

Arthur verschnauft kurz. Doch wird er dieses Tempo noch lange durchhalten können? Wahrscheinlich nicht, und genau damit rechnet Maltazard. Er wartet, bis sein Feind entkräftet ist, um ihm dann eigenhändig den Gnadenstoß zu versetzen.

Arthur ist tapfer, aber er ist noch zu jung, um zu durchschauen, dass die Falle schon gestellt ist.

Maltazard hat wie eine Spinne sein Netz gewoben und betrachtet seine Beute, die sich bis zur Erschöpfung schlägt. Schon bald wird er sie auf seine Weise verschlingen.

Gut dass Archibald durch die Hintertür das Haus verlässt, denn wenn jemand Darkos zu sehen bekommt, könnte es wieder reihenweise Ohnmachtsanfälle geben. Der arme Krieger muss ganz gebückt gehen, um nicht an das Vordach zu stoßen, das um das ganze Haus läuft. Darüber ärgert er sich ein bisschen. Wozu ist eine so ansehnliche Größe gut, wenn man den Kopf einziehen muss?

»Alles zu seiner Zeit!«, beruhigt ihn Archibald. »Wir sollten vor allem François nicht in die Arme laufen.«

Arthurs Vater ist gerade im Wohnzimmer und versucht verbissen zu telefonieren.

»Hallo? Jetzt antworten Sie doch endlich!«

Er wird jedoch kaum mit jemandem verbunden werden, denn Maltazard und seine Armee haben längst die Telefonzentrale in die Luft gejagt.

Archibald und Darkos profitieren von François' Hartnäckigkeit und können direkt an ihm vorbeischleichen, ohne dass er es bemerkt. Doch gerade als sie glauben, es geschafft zu haben, stolpert Archibald über den Liegestuhl von Rose.

»Hallo Papa!«, begrüßt ihn die junge Frau mit einem zerstreuten Lächeln.

Man kann verstehen, dass all diese unvorhergesehenen Zwischenfälle Rose ziemlich durcheinandergebracht haben. Sie ist gerade dabei, sich abzuschminken. Das scheint allerdings noch etwas zu dauern, denn sie hat erst die eine Gesichtshälfte mit rosa Creme bestrichen und arbeitet sehr konzentriert und ausdauernd.

»Guten Tag, der Herr!«, schickt Rose Darkos völlig unbeeindruckt hinterher.

Nach einer Riesenameise wird sie so ein kleiner Gockel mit einem Klingenkamm auf dem Kopf doch nicht ins Schleudern bringen!

»Möchtet ihr, dass ich euch Limonade mache?«, fragt sie wie eine Verrückte, die endlos denselben Satz abspult.

»Nein danke, mein Mäuschen! Wir sind nur auf der Durchreise«, erwidert Archibald liebenswürdig.

Rose wartet darauf, dass nun gleich eine Riesenmaus vorbeispaziert. Das wäre in dieser Welt der Irren, in der sie lebt, sicher nichts Besonderes. Sie fragt sich nur, ob genug Limonade für alle da sein wird, wenn jetzt auch noch die Mäuse zum Fest kommen.

Archibald beschließt, sich später um seine Tochter zu kümmern. Zuerst muss die Welt gerettet werden. Er schiebt Darkos zur Treppe, und Rose fährt mit ihrem Reinigungsprogramm fort, als wäre nichts gewesen.

Archibald betritt die Garage und zieht mit einem kräftigen Ruck die Plane weg, die sein schönes Cabriolet bedeckt. Das hatte er sich angeschafft, nachdem er von seiner großen Reise zurückgekommen war. Natürlich war es ein bisschen verrückt, aber wie sehr hat er sich nach vier Jahren Abwesenheit gefreut, Margarete in diesem herrlichen Wagen in die Stadt zu fahren. Arthurs Großmutter hat sich natürlich genauso darüber gefreut wie er, zumindest am Anfang. Später war sie es dann leid, viermal hin- und wieder zurückzufahren, um alle Einkäufe zu erledigen, weil der Kofferraum so klein war. Daher hat Archibald das Goldstück bald unter einer Plane verschwinden lassen und holt es jetzt nur noch sonntags heraus, um Margarete zur Kirche zu bringen.

»Kannst du fahren?«, fragt Archibald Darkos, der das Auto streichelt und vor Bewunderung fast vergeht.

»Aber natürlich!«, erwidert Darkos mit einem kindlichen Lächeln.

Darkos springt in den Wagen, dreht den Zündschlüssel herum und drückt aufs Gas. Er kommt ganz gut zurecht, nur das Auto kriegt Probleme, denn unsere beiden Freunde haben in der Aufregung vergessen, das Garagentor zu öffnen. Der Wagen macht einen Satz und durchbricht das dünne Holztor. Darkos fährt ein paar wilde Kurven auf dem Kies, bevor er das Fahrzeug unter Kontrolle hat. Dann zischt er auf der kleinen Landstraße davon.

»Es tut mir leid wegen der Tür«, entschuldigt er sich beschämt. »Viele Dinge kann ich ganz gut, aber ich mache sie irgendwie immer in der falschen Reihenfolge!«

»Kein Problem! Ich wollte das Tor sowieso auswechseln!«, erwidert Archibald nachsichtig. »Wie dem auch sei, du fährst sehr gut!«

»Danke!«, sagt der Krieger zurückhaltend und ganz verlegen über das Kompliment.

Wahrscheinlich ist es das erste Kompliment, das ihm zeit seines Lebens gemacht wurde, und es wühlt ihn sehr auf. Er spürt, wie sich diese kleine warme Kugel – man nennt sie Rührung – in seinem Bauch ausbreitet und bis in den Kopf steigt. Auf einmal schlägt das Herz schneller, der Atem geht stoßweise, und die Augen beginnen zu brennen, kurz bevor sie sich mit Tränen füllen. Ein schönes Bild, so ein zu Tränen gerührter Krieger! Zum Autofahren ist das allerdings weniger geeignet, und schon kommt Darkos von der Straße ab, ohne es zu merken. Archibald greift kurz ins Lenkrad und korrigiert die Richtung.

»Entschuldigung, ich weiß auch nicht, was mit mir los ist!«, gesteht Darkos noch etwas hektisch.

»Das nennt man Gefühlsregung! Du wirst sehen, das tut richtig gut! Man muss nur lernen, sie etwas zu beherrschen, und sie möglichst vermeiden, wenn man am Steuer eines Wagens sitzt!«, erklärt Archibald.

»Ach so? In Ordnung!«, erwidert Darkos, ohne sicher zu sein, ob er wirklich alles verstanden hat.

Einstweilen rückt er etwas näher an die Windschutzscheibe, konzentriert sich auf die Straße und gibt noch mehr Gas.

Kapitel 17

Selenia sitzt am Rand des Bienenstocks und sucht den Horizont ab. Sie ringt die Hände vor Nervosität. Hätte man ihr einen Wollfaden an die Fingerspitzen gebunden, dann hätte sie mindestens schon zehn Pullover gestrickt. Natürlich hat sie allen Grund, nervös zu sein. Maltazard ist in der Stadt und macht Anstalten, die Welt zu vernichten, und ihr bezaubernder kleiner Prinz ist aufgebrochen, um alleine gegen eine ganze Armee zu kämpfen.

»Warum zum Teufel stehe ich hier herum wie ein Ölgötze?!«, hadert Selenia mit sich. »*Ich*, eine Prinzessin von königlichem Geblüt, müsste mich doch mit diesem verdammten M. schlagen, und nicht der arme Arthur. Er mag ja hilfsbereit sein, aber er hat doch keinerlei militärische Ausbildung erhalten, so wie ich!«

»Bis jetzt ist er ja ganz gut zurechtgekommen, oder?«, versucht Bétamèche, sie aufzumuntern.

»Ja schon!«, stimmt die Prinzessin zu. »Aber er ist noch so unerfahren, und M. der Verfluchte ist ein derart ausgekochtes Monster, dass ich um Arthurs Leben fürchte.«

Dieser Gedanke lässt die Prinzessin in Tränen ausbrechen. Bétamèche legt ihr sanft den Arm um die Schultern.

»Mach dir keine Sorgen, große Schwester. Ich bin sicher, dass dein schöner Prinz es schaffen wird. Schließlich ist er jetzt groß!«

Das stimmt. Arthur ist von zwei Millimetern auf einen Meter dreißig gewachsen. Aber wird das ausreichen, um mit Maltazard und seinen zwei Metern vierzig fertig zu werden?

Selenia bezweifelt es stark. Sie trocknet ihre Tränen, nähert sich dem Rand des Bienenstocks und horcht auf dieses eigenartige Geräusch, das plötzlich an ihr Ohr dringt. Die Prinzessin kneift die Augen zusammen, um besser sehen zu können, und entdeckt Archibalds Cabriolet, das eine große Staubwolke hinter sich aufwirbelt. Die Vorstellung, dass der Großvater seinem Enkel zu Hilfe kommt, beruhigt sie etwas, aber nur ganz kurz, denn dann erkennt sie Darkos, der sich ans Lenkrad klammert.

Natürlich schließt Selenia sofort daraus, dass er Archibald gefangen hat und jetzt auf dem Weg zu seinem Vater ist. Der Prinzessin stockt das Blut in den Adern. Sie stürzt zurück in den Bienenstock, wo sich die Königin nach all der Anstrengung ausruht. Im Vorbeirennen rüttelt sie den Übersetzer wach, der gerade wieder in seinen Kokon gekrochen ist, um seinen Mittagsschlaf fortzusetzen. Der arme Kerl verliert das Gleichgewicht und fällt auf den Boden.

»Was ist denn nun schon wieder los? Wann kann ich endlich meinen Schlaf nachholen?«, schimpft der Alte mit dem weißen Bart.

»Übersetze, was ich jetzt der Königin sage, sonst garantiere ich dir einen ewigen Schlaf!«, brüllt die Prinzessin außer sich.

Der Übersetzer versteht sofort, dass es jetzt nicht angebracht ist, irgendwelche Ansprüche zu stellen, und dass es der Prinzessin erst recht nicht nach Scherzen zumute ist. Selenia baut sich vor der zehnmal größeren Königin auf und atmet tief ein, als wolle sie sich damit Mut machen.

»Meine Königin. Arthur ist in großer Gefahr, da Darkos, Maltazards Sohn, seinem Vater zu Hilfe eilt. Der junge Prinz ist tapfer und beherzt, aber dieser Kampf ist ungleich. Er wird die Schlacht verlieren, und wenn er verliert, sind wir alle verloren. Denn danach wird Maltazard Arthurs Welt zerstören und gleich darauf die unsere. Könnt Ihr Euch das Leben ohne das klare Wasser der Flüsse, ohne Blätter an den Bäumen, ohne Blumen zum Absammeln vorstellen? Wenn der Wald stirbt, dann sterben wir alle!«

Selenias Worte kommen aus tiefstem Herzen. Sie hat Tränen in den Augen. Der Übersetzer spielt auf seiner Flöte und tut sein Bestes, um die große Verzweiflung, die aus dieser Rede spricht, zu vermitteln.

Die Königin bleibt nicht unberührt von dieser Erklärung, aber sie ist sicher zu müde, um zu reagieren. Selenia kommt noch etwas näher, als könne sie sie dann besser überzeugen.

»Majestät, ich kenne die Einsamkeit, in der Ihr lebt. Ihr seid Königin und als solche allein dafür zuständig, dieses große Reich zu regieren. Keine Schulter, an die Ihr Euch anlehnen könnt, niemand, dem Ihr Eure Zweifel anvertrauen könnt, nie ein aufmunterndes Lächeln, um Euch zu bestärken, wenn es Euch an Kraft fehlt. Ihr wisst also besser als jeder andere, wie schwer diese Einsamkeit oft zu ertragen ist, und ich weiß, dass Ihr das niemandem wünscht. Doch wenn ich heute meinen Prinzen verliere, wird meine Einsamkeit noch viel größer sein als die Eure, und meine Augen werden nicht genug Tränen haben, um meinen Schmerz darin zu ertränken. Wenn Ihr sein Leben rettet, rettet Ihr auch meines!«

Die Worte treffen das Herz der Königin wie Pfeile und ihre Müdigkeit ist plötzlich wie weggeblasen. Sie gibt ein paar hohe Töne von sich, und der Übersetzer beeilt sich, diese zu übertragen.

»Wie sieht dein Plan aus, Prinzessin?«, übersetzt der alte Valium.

Selenia trocknet ihre Tränen und ein Lächeln erhellt ihr Gesicht.

Maltazards Plan hat nichts mit Selenias Plan zu tun, aber er funktioniert wie vorhergesehen. Arthur hat keine Kraft mehr und sein Moskito ist inzwischen in einem schlimmen Zustand. Das arme Tier hat während eines hinterhältigen Angriffs einen Flügel verloren. Außerdem sind ihm die beiden Führungsantennen über seinen vorstehenden Augen abhandengekommen. Die Antennen liegen normalerweise über der Netzhaut des Tieres und sind direkt mit den Zügeln verbunden. Zieht der Fahrer daran, so kann er damit die Richtung angeben, in die er fliegen möchte. Über jedem Auge sind insgesamt vier Antennen angeordnet, doch wenn eine davon fehlt, gestaltet sich das Lenken schwierig. Leider wurde Arthur unzählige Male angegriffen und seinem bedauernswerten Moskito sind nur noch zwei Antennen geblieben. Das ist ein bisschen so, als wolle man ein Auto ohne Gaspedal und Lenkrad fahren.

Maltazard sieht mit Freude, dass Arthur immer verzweifelter wird. Seine Hände verkrampfen sich, er atmet stoßweise und begeht einen Fehler nach dem anderen. Arthur kann an den

Zügeln zerren, soviel er will, sein Moskito ist nicht mehr zu lenken, rammt Dachrinnen und verletzt sich den letzten noch intakten Flügel.

Arthur verliert an Höhe und zudem jegliche Kontrolle über sein Fahrzeug, das schließlich in einer Staubwolke auf dem Boden aufschlägt. Arthur fällt bei der Landung der Länge nach hin. Das Zauberschwert rutscht ihm aus den Händen und verschwindet im Staub.

Auf diesen Moment hat Maltazard ungeduldig gewartet und er kann sich nicht zurückhalten, vor Freude in die Hände zu klatschen.

»Bravo, junger Mann! Du hast uns ein wunderbares Spektakel geliefert. Dein Widerstand ist beeindruckend, aber nichtsdestotrotz zwecklos! Packt ihn!«, befiehlt er verächtlich.

Sogleich schwingt sich ein Dutzend Seïden von ihren Moskitos und stürzt sich auf Arthur, der zu erschöpft ist, um sich zu wehren. In wenigen Sekunden ist Arthur eingewickelt wie ein für den Ofen hergerichtetes Roastbeef.

»Holt den Marterpfahl!«, trägt Maltazard seiner Leibwache auf.

Sofort sägen einige Moskitos einen Strommasten ab. Sie entfernen die Kabel, rammen den Pfahl in die Mitte des Platzes und binden den armen Arthur umgehend daran fest wie einen verirrten Cowboy in einer Indianersiedlung.

Maltazard geht zum Rathaus. Er steigt von seinem Moskito herab und betritt den großen Balkon. Er liebt es, seine Reden von oben herab zu halten. Außerdem kann er sich von dort ein besseres Bild von den Schäden machen, die er angerichtet hat.

Er betrachtet das vor ihm liegende Städtchen oder besser gesagt das, was noch davon übrig ist. Jedes zweite Haus ist abgebrannt. Dichte schwarze Rauchwolken durchziehen allerorts die Straßen, die mit Autowracks übersät sind. Die Bewohner sind alle verschwunden. Arthur scheint der einzige zurückgebliebene Mensch zu sein. Allerdings befindet er sich gegen seinen Willen mitten auf dem Dorfplatz, an einen Strommasten gebunden. Unzählige Seïden sind um ihn geschart und erfreuen sich an dem grausamen Schauspiel. Die öffentliche Folter von Gefangenen gehört zu den Lieblingsbeschäftigungen der Seïden. Das ist nicht außergewöhnlich, denn kriegerische Völker haben immer von dieser Art der Zerstreuung geschwärmt. Seit mehr als zehntausend Jahren werfen Herrscher aller Art Unschuldige den Löwen vor. Doch heute wird man sich schwertun, einen Löwen zu finden. Aber vertrauen wir auf Maltazard und seine naturgegebene Grausamkeit. Er wird schon etwas Gleichwertiges auftreiben, eine neue, ihm würdige Folter.

»Meine lieben und teuren Soldaten!«, schmettert Maltazard mit erhobenen Armen.

Die Truppe glücklicher Trottel zu seinen Füßen fängt an, wie wild zu grölen.

»Wir haben den Feind überwältigt und dieses neue Territorium gehört jetzt uns!«

Die Krieger geben ihrer Freude mit gen Himmel gestreckten Schwertern Ausdruck.

»Aber dieses Territorium ist nur ein winziger Bestandteil dessen, was uns noch erwartet, denn bald wird uns die ganze Welt gehören!«

Die Meute tobt wie im Delirium. Im Vergleich dazu ist ein Rockkonzert wie eine Kirchweih.

»Aber lasst uns zuvor angemessen diesen ersten Sieg feiern! Ich bitte euch, dem einzigen verbliebenen Widerstandskämpfer, den wir noch angetroffen haben, die Ehre zu erweisen. Es ist der junge Prinz Arthur persönlich!«

Der Applaus der Seïden ist so respektvoll, als handle es sich um einen Nobelpreisträger. Jeder andere Krieger wäre bei so viel Anerkennung geschmeichelt gewesen, aber Arthur ist nicht wirklich ein Krieger. Er ist nur ein kleiner zehnjähriger Junge. Einer, der ziemlich mutig ist, da er sich mit jemand Stärkerem schlägt. Einer, den man bewundern kann, da er gegen das Unrecht kämpft. Einer, der ziemlich verliebt ist und sein Leben für eine Prinzessin aufs Spiel setzt. Sicher würde er lieber weinen, um sich schlagen, sich gegen dieses schreckliche Ende, das ihm bevorsteht, wehren, aber es fehlt ihm an Kraft. So hofft er nur, dass Selenia ihn in seiner Mission ablöst und erfolgreich sein wird, wo er versagt hat. Doch er weiß, dass seine Prinzessin stolz und tapfer ist und sie Maltazard niemals in Ruhe lassen wird. Dieser Gedanke beruhigt ihn. Er lächelt sogar ein wenig.

Das ist in der Tat das Letzte, womit Maltazard gerechnet hat: ein Lächeln auf dem Gesicht eines an den Marterpfahl gefesselten Gefangenen.

»Du hast wirklich Schneid, junger Mann! Um deiner tapferen Haltung Ehre zu erweisen, werde ich noch einmal gründlich darüber nachdenken, welche Folter deiner würdig ist!«, erklärt der Herrscher der Finsternis mit sadistischem Grinsen.

Zweihundert Seïden fangen an zu kichern und reiben sich die Hände. Maltazard reibt sich das Kinn. Das macht er immer, wenn er nachdenkt. Aber heute streicht er langsam darüber, ein untrügliches Zeichen dafür, dass sich alles noch etwas hinziehen kann. Seine Bösartigkeit ist schon so weit fortgeschritten, dass sie kaum mehr übertroffen werden kann. Aber er ist es seinem schlechten Ruf schuldig. Es kommt nicht in Frage, seine Armee und schon gar nicht seinen Gefangenen zu enttäuschen. Die Seïden harren ungeduldig des zu erwartenden Spektakels. Einige stampfen mit den Füßen und klatschen in die Hände, anderen läuft unbemerkt der Speichel aus dem Mund. Arthur wird immer gefasster, als mache ihm dieser unabwendbare Tod keine Angst mehr.

Die Erregung innerhalb der Armee hat ihren Höhepunkt erreicht, und alle Krieger warten gespannt auf Maltazards Entscheidung, als der plötzlich den Arm hochhebt.

»Man … binde ihn los!«, brüllt er zur allgemeinen Verblüffung.

Alle fragen sich, ob dies eine besonders niederträchtige Art von Folter ist. Vielleicht gehört es zu Maltazards Plan, zunächst Hoffnung zu erwecken und dann wieder zuzuschlagen? Würde er seinen Sadismus so weit treiben? Viele Seïden trauen ihm das zu. Sie beeilen sich, Arthur loszubinden, und sind voller Erwartung, welche Scheußlichkeit nun folgen wird.

»Und jetzt … lasst ihn gehen!«, ruft Maltazard mit stockender Stimme.

Die Seïden verstehen gar nichts mehr. Abartigkeiten auf diesem Niveau überfordern ihr kleines Hirn, und niemand weiß, was da eigentlich vor sich geht. Es passt außerdem nicht zu Maltazard, mit stockender Stimme zu sprechen.

Doch wie könnte er anders, mit einer Messerklinge an seiner Kehle? Darkos rückt etwas zur Seite. Jetzt sieht man ihn hinter seinem Vater stehen, der ihm gleichzeitig als Schutzschild und als Geisel dient. Die Seïden sind baff. Niemand wagt es, sich von der Stelle zu rühren, außer Arthur, der sich die Handgelenke reibt und sein im Staub verlorenes Zauberschwert sucht.

Kapitel 18

Maltazard hat sich wieder etwas gefasst. Nach dem Schock, dass Darkos ihn hinterrücks überfallen hat, muss der Herrscher erst mal seinen Grips anstrengen. Wie konnte er in eine derart lächerliche Situation geraten, er, der Darkos wie seinen eigenen Sohn aufgezogen und geliebt hat?, fragt er sich etwas ratlos. Aber darin liegt das Problem, denn Darkos *ist* sein eigener Sohn. Maltazard hat das nur zu lange verdrängt.

»Wie kommst du dazu, so mit deinem Vater umzuspringen?«, ruft der Tyrann und bemüht sich, erschüttert zu klingen.

»Und Ihr, Vater? Wie kommt Ihr dazu, Euren Sohn zweimal hintereinander im Stich zu lassen?«, erwidert Darkos mit der festen Absicht, sich diesmal nicht einschüchtern zu lassen.

»Ich soll also bestraft werden, weil ich dir vertraut habe?«, entgegnet sein Vater.

Die Frage ist ein bisschen zu kompliziert für Darkos, dem nur »Wie das?« einfällt.

»Ich habe dich zweimal heiklen Situationen ausgesetzt, aber das waren Prüfungen, die deinen Charakter prägen sollten. Ein zukünftiger Herrscher muss lernen, die härtesten Schläge auszuhalten. Es gehört zu seinem Leidensweg, wenn er eines Tages den Thron besteigen will. Denn der Thron steht auf dem Spiel und ich wünsche mir meinen einzigen Sohn als Nachfolger. Soll ich ihn also vor allem beschützen und einen Jammerlappen aus ihm machen? Oder ist es meine Pflicht, ihn zu formen und seinem Schicksal zuzuführen? Es waren Prüfungen für dich und mich! Kennst du den Schmerz eines Vaters, der seinen Sohn ums Überleben kämpfen sieht? Ich weiß, dass deine Lehrzeit sehr hart war, aber einen Kaiser schnitzt man nicht aus einer Trauerweide, sondern aus einer Steineiche. Er muss hart sein wie Lavagestein und Teufelsfeuer muss in ihm brennen.«

Darkos' Brust schwillt an vor Stolz. So sind Krieger nun mal: Sobald man ihnen etwas von Muskeln erzählt, schießen sie hoch wie Bambusstöcke.

Archibald schleicht sich zwischen den Seïden hindurch zu seinem Enkel.

»Arthur!!«

»Großvater!?!«

Die beiden fallen sich in die Arme, so erleichtert sind sie, sich gesund und wohlbehalten wiederzusehen.

»Oh Arthur, das ist wunderbar. Ich freue mich ja so, dich wiedergefunden zu haben!«

»Ich auch, Großvater. Aber ich würde auch gerne das Zauberschwert wiederfinden, das mir Selenia anvertraut hat. Hilf mir suchen!«

Und schon wühlen beide im Staub nach dem wertvollen Schwert.

Maltazard steht immer noch auf dem Balkon mit der Klinge seines Sohnes an der Kehle.

»Und was hättest du von mir gedacht, wenn ich dich keinen

Prüfungen ausgesetzt hätte? ›Hat mein Vater kein Vertrauen in mich? Hält er mich für unfähig zu regieren?‹ Nein, das Gegenteil ist der Fall. Ich vertraute dir, weil ich nie an deinen Fähigkeiten zweifelte. Ich wusste, dass du noch stärker aus diesen Prüfungen hervorgehen würdest und erst recht zur Herrschaft geeignet wärest.«

Darkos ist verwirrt. Sogar sehr verwirrt. Und wenn alles von Anfang an nur ein Missverständnis war? Wenn sein Vater tatsächlich so viel für ihn getan hat, ohne dass er es bemerkte? Dann wäre all diese zur Schau gestellte Gleichgültigkeit nur ein Beweis seiner heimlichen Liebe?

»Sieh dir deine Armee an, die hier vor dir steht!«, fährt Maltazard fort und zeigt auf die zweihundert erstarrten Seïden auf dem Platz. »Sie warten auf dich! Auf einen jungen und tapferen Herrscher, der sie von Sieg zu Sieg führt, bis ans Ende der zwei Welten!«

»Und … Ihr, Vater?«, fragt Darkos beunruhigt und drückt etwas weniger fest auf die Klinge am Hals seines Vaters.

»Meine Zeit ist vorüber. Ich muss mich jetzt zurückziehen, und mein einziges Vergnügen wird zukünftig darin bestehen, unablässig von deinen neuen Abenteuern zu hören. So ist der Lauf der Welt. Ein Stern verlischt, ein anderer erscheint und leuchtet umso heller!«

Darkos lächelt vor sich hin. Er hat nicht alles verstanden, aber es klingt gut. Und dann lässt er sich von der Rührung hinreißen, so wie es ihm Archibald geraten hat. Gleichzeitig nimmt er den Arm mit der Klinge von Maltazards Kehle. Jetzt lächelt Maltazard, aber nicht aus dem gleichen Grund wie Darkos, sondern seiner eigenen Durchtriebenheit zu Ehren.

»Geh, mein Sohn! Sprich zu deinem Volk!«

Darkos wankt fast vor Ergriffenheit. Wie konnte er so an seinem Vater zweifeln?

»Das macht nichts, mein Sohn!«, beschwichtigt ihn Maltazard. »An deiner Stelle hätte ich ebenso gehandelt!«

Von diesen netten Worten beruhigt, tritt Darkos schüchtern vor seinen Vater an den Rand des Balkons, wo ihm seine neue Armee gegenübersteht. Er weiß noch immer nicht, wie ihm geschieht.

»Getreues Volk, hier ist dein neuer Herrscher!«, grölt Maltazard.

Der Vater packt die Arme seines Sohnes und zwingt ihn, sie weit nach oben zu strecken. Die Seïden sind von diesem abrupten Wechsel, von dieser übereilten Machtübertragung überrumpelt, aber man lässt ihnen keine Zeit für Bedenken, also jubeln sie dem neuen Souverän zu.

»Oh nein!«, ruft Archibald, als er sieht, dass sich das Blatt plötzlich gewendet hat.

Darkos ist fassungslos über das Gejohle. Er kreuzt die Arme über seinem Volk. Er hätte niemals gedacht, wie viel Spaß, welchen Adrenalinstoß eine solche Stellung mit sich bringen würde. Jetzt ist er der Herrscher der Welt. Er weiß es und er spürt es.

Der Einzige, der über diese neue Wende enttäuscht zu sein scheint, ist Arthur. »Mein armer Darkos!«, seufzt er. »Die Macht ist eine Falle und du bist geradewegs hineingerannt.«

Wahrscheinlich ist Maltazard einer Meinung mit ihm, denn er steht feixend hinter seinem Sohn. Er lässt ihn noch ein paar Sekunden wie einen jungen Gockel herumstolzieren, dann holt er aus und verpasst ihm einen heftigen Stoß in den Rücken. Darkos bleibt keine Zeit zum Nachdenken. Er wird nach vorne geschleudert, durchbricht das Balkongitter und stürzt mehrere Meter in die Tiefe.

Maltazard tritt an das klaffende Loch und wendet sich an sein Volk.

»Packt ihn!«, brüllt er mit hasserfülltem Gesicht.

Die Seïden rühren sich nicht von der Stelle, sie verstehen gar nichts mehr. Da wird ein neuer Chef gewählt und sofort wieder rausgeworfen, dafür kehrt der erste zurück und alles bleibt beim Alten. Das reicht, um das Gehirn eines Seïden für ein Jahr zu beschäftigen. Maltazard seufzt, betrübt darüber, was für einen Haufen Dummköpfe er kommandiert.

»Das war ein Witz! Ich bin immer noch euer Herrscher! Und jetzt bindet Arthur, Archibald und Darkos zusammen an den Marterpfahl, sonst verliere ich die Nerven und mache euch platt wie Fliegen!«, donnert Maltazard, dass die Trommelfelle zittern.

Bei dieser Lautstärke denkt ein Seïde nicht mehr nach, sondern macht nur noch, was man ihm sagt. Und so wird der noch angeschlagene Darkos neben Arthur und dessen Großvater an den Pfahl gewickelt.

»Es … es tut mir leid! Ich … ich hab mich reinlegen lassen!«, gesteht der Krieger beschämt.

»Das macht nichts«, erwidert Archibald. »Du bist ein guter Sohn gewesen. Er ist einfach ein schlechter Vater! Eines Tages wird er sich die Augen nach dir ausweinen!«

»Aber vorher wird er uns in Stücke hauen!«, entgegnet Darkos.

Arthur verzieht das Gesicht. Die Vorstellung, in Scheiben zu enden, behagt ihm gar nicht.

»Hast du eine Idee, wie wir hier herauskommen können?«, fragt der Junge und sucht den Platz ab.

»Wenn ich intelligent genug wäre, aus dieser Falle herauszukommen, wäre ich erst gar nicht hineingelaufen!«, antwortet Darkos ungewöhnlich scharfsinnig.

Maltazard ist vom Balkon herabgestiegen und nähert sich dem Dorfplatz.

»Meine Freunde, bereitet euch darauf vor zu sterben!«, flüstert Darkos und pumpt seine Brust auf, als würde ihn das vor dem Schmerz schützen.

»Wir sind bereit!«, erwidert Archibald würdevoll.

»Ich aber nicht!«, regt sich Arthur auf. »Ich hab überhaupt keine Lust, an einen Marterpfahl gebunden zu sterben! Wir müssen einen Ausweg finden! Oder wenigstens das Zauberschwert.«

Plötzlich gerät Maltazard leicht ins Stolpern – er ist auf das berühmte Schwert getreten! Der Souverän bückt sich und hebt es erfreut auf.

»Ich habe mich gerade gefragt, wie ich euch um die Ecke bringen soll. Mir sind alle möglichen Foltermaßnahmen eingefallen, aber keine erschien mir angemessen. Dank der Göttin des Waldes, die dieses Schwert vor meine Füße gelegt hat, weiß ich nun, wie ich meine Kreativität ausleben werde.«

Maltazard schenkt seinen Gefangenen ein Lächeln, das an eine vom Blitz zerfetzte Wolke denken lässt.

»Jetzt teilt mir nur noch eines mit. Mit wem soll ich anfangen?«

»Mit mir!«, schreit Darkos sogleich.

Maltazard ist befremdet. Er hat nicht damit gerechnet, dass

sein Sohn so schnell reagiert. Aber dieser Vorschlag gefällt ihm nicht. Seinen Sohn im Stich zu lassen ist eine Sache, ihn umzubringen eine ganz andere. Maltazard ist böse, schrecklich, schmutzig und gemein, aber er hat geplant, sich Arthurs und Archibalds zu entledigen und dann seinen Sohn, nachdem er ihn ausgiebig erniedrigt hätte, zu verschonen. Sein Plan ist jetzt etwas durcheinandergeraten, aber wie soll er Darkos begreiflich machen, dass er ihm gerne das Schlimmste ersparen würde?

»Ich … möchte mir das Beste bis zum Schluss aufheben!«, sagt er, um alle abzulenken, auch wenn keiner darauf hereinfällt.

»In diesem Fall bin ich der Erste!«, ruft Archibald.

Auch dieser Vorschlag gefällt Maltazard nicht, weil er ihm weniger Genugtuung bereitet. Am liebsten würde er mit Arthur anfangen, um das Leid des Großvaters zur Genüge auszukosten. Maltazard ist ein Meister des Sadismus.

»Ich zieh es vor, mit Arthur zu beginnen, um seine Tapferkeit zu ehren!«, erwidert der Herrscher der Finsternis.

»Erbarmen, Euer Exzellenz, erbarmt Euch dieses Gewürms, das wir sind!«, jammert Arthur.

»Etwas mehr Haltung!«, fährt ihn Archibald an, der offensichtlich den Plan seines Enkels nicht durchschaut.

Maltazard fängt an zu grinsen.

»Keine Sorge, Archi! Dein kleiner Arthur möchte mich nur reinlegen! Er will meine Gedanken beeinflussen, damit das Schwert seine Zauberkraft verliert. Aber ich bin nicht von gestern und kenne diesen Dolch besser als jeder andere«, sagt er und streicht liebevoll über die Klinge. »Ich werde euch also voller Freude, Glück und Vergnügen und ohne die geringste Feindseligkeit in Scheiben schneiden.«

Arthur wird bleich. Sein letzter Trumpf ist gespielt. Die Partie ist verloren. Traurigkeit überwältigt ihn. Ihm wird klar, dass er diese Welt endgütig verlassen muss, aber das ist es nicht, was ihn am meisten bekümmert. Das Schlimmste ist, dass er Selenia nicht mehr wiedersehen wird. Seine kleine Welt zu verlassen – seine Familie, seinen Hund – macht ihn traurig, aber Selenia zu verlassen erscheint ihm unerträglich. Doch er kann seine Handgelenke noch so sehr hin- und herbewegen, sie sind fest an den Marterpfahl gegurtet. Es gibt kein Entkommen mehr!

Das Schwert schwebt einen Augenblick lang in der Luft. Der Verfluchte grinst hämisch und senkt seinen Arm über das Kind. Arthur hat die Augen geschlossen. So kann er sich seine angebetete, ihm zulächelnde Prinzessin vorstellen, während er stirbt.

Aber eine kräftige Hand stoppt das Schwert wenige Zentimeter über Arthurs Kopf. Es ist die Hand von Darkos, dem es gelungen ist, sich zu befreien. Maltazard erstarrt.

»Das lasse ich nicht zu, Vater!«, sagt Darkos ruhig.

Offenbar haben ihm die paar Stunden mit Archibald sehr gutgetan und die zwei Neuronen in seinem Hirn haben sich endlich miteinander in Verbindung gesetzt.

Das Blut steigt Maltazard ins Gesicht und er bekommt einen irren Blick. Mit seiner enormen Klaue packt er seinen Sohn an der Gurgel und presst ihn gewaltsam gegen den Pfahl.

»Ich wollte dein Leben verschonen, aber nach dieser Erniedrigung lässt du mir keine Wahl.«

Maltazard erhebt erneut das Zauberschwert und ist bereit, damit seinen eigenen Sohn zu töten.

»Also wirst du als Erster sterben!«, brüllt er.

Doch so laut zu schreien ist gar nicht gesund …

Kapitel 19

Hätte Maltazard weniger laut gebrüllt, dann hätte er wahrscheinlich dieses rasch auf ihn zukommende Brummen gehört.

Die Bienenkönigin nähert sich mit über hundert Stundenkilometern im Tiefflug. Auf ihrem Rücken klammert sich Selenia fest.

»Zielobjekt voraus!«, schreit Selenia der Königin zu, die die Botschaft auch ohne Übersetzer versteht.

Das anvisierte Ziel sind Maltazards Pobacken direkt vor ihnen. Die Biene fährt ihren Stachel aus und ist schussbereit.

»Auf Wiedersehen!«, schmettert Maltazard gerade theatralisch.

Die Biene richtet ihren Stachel auf die Zielscheibe wie ein Jäger.

»Auf Wiedersehen!«, brüllt jetzt Selenia mit solcher Lautstärke, dass selbst Maltazard es hört.

Und im selben Moment bohrt sich der Stachel in Maltazards Allerwertesten. Der Souverän schreit vor Schmerz auf und gerät ins Wanken. Dabei lässt er das Schwert fallen, das in den Boden fährt.

»Was war das?!«, tobt Maltazard und fasst sich an den Po, aber das Gift ist bereits eingedrungen und wird umgehend seine

Wirkung zeigen. Der Souverän spürt, dass sich etwas in seinem Körper ausbreitet, aber er ahnt nicht, welche Konsequenzen dies haben wird. Er fängt an zu brüllen, zu wettern, zu toben, zu kochen vor Wut.

»Es wird euch teuer zu stehen kommen, sich meiner Erhabenheit zu widersetzen!«, geifert er und versprüht seine Spucke in alle Richtungen.

Er packt den Schwertknauf und zieht daran. Aber das Schwert bleibt stecken. Er kann wie verrückt daran zerren, es tut sich nichts. Das Schwert ist so fest mit der Erde verwachsen wie eine hundertjährige Eiche. Und dann beginnt Maltazard plötzlich zu schrumpfen. Dabei handelt es sich nicht um ein leichtes Zusammensinken, sondern um eine echte Verwandlung, die ihn von der einen Welt in die andere katapultiert. Von zwei Meter vierzig schnurrt er zusammen auf drei Millimeter. In wenigen Sekunden ist der Herrscher der Finsternis, der Souverän des Siebten Erdteils und der zwei Welten nur noch ein winziges, halb verfaultes Insekt, das sich an den Knauf des Zauberschwerts klammert, um nicht aus dieser schwindelerregenden Höhe herunterzufallen.

»Was hast du gesagt? Sich deiner Erhabenheit zu widersetzen?«, lacht Archibald.

»Hier sieht man, was passiert, wenn man sich der Göttin des Waldes widersetzt und die Regeln der Natur verhöhnt«, sagt Arthur erleichtert, dass Maltazard jetzt wieder so klein ist, wie er es verdient.

Nun ist der Souverän zwar mikroskopisch klein, aber seine Armee von Seïden ist nicht geschrumpft und die Krieger ziehen bereits ihre Schwerter.

Schnell befreit Darkos Arthur, der sich, als er die Bedrohung spürt, sogleich auf das Zauberschwert stürzt. Er atmet tief ein und zieht. Das Schwert löst sich so leicht aus der Erde, wie es hineingefahren ist. Arthur und Darkos stellen sich rechts und links neben Archibald, um ihn zu schützen. Der Kampf scheint unvermeidbar und es steht schlecht um unsere sicher sehr mutigen Helden. Rund zweihundert Seïden, die so dumm sind wie bösartig, umzingeln die drei und sind bereit, sich jeden Moment auf sie zu stürzen.

Die Bienenkönigin fliegt direkt zu Arthur.

»Ich bin hier!«, schreit Selenia und wedelt mit den Armen.

Sofort leuchtet Arthurs Gesicht auf. Er ist ja so froh, seine Prinzessin wiederzusehen, und er würde ihr so gerne um den Hals fallen, wenn er denn die passende Größe hätte. Aber mit seiner aktuellen Statur würde er sie womöglich zerquetschen. Auch Selenia würde sich ihrem Prinzen gerne in die Arme werfen, aber sie muss noch warten. Also begnügt sie sich damit, ihm ein Küsschen zu schicken. Es trifft Arthur mitten im Gesicht. Er wird ganz rot und wirft auch ihr ein kleines Küsschen zu.

Doch jetzt ist nicht der Moment für Frühlingsgezwitscher, denn ein eiskalter Krieg steht bevor. Die Seïden kreisen die Widerständler ein und die Kreise um unsere Helden werden wie ein Schraubstock immer enger. Doch dann hört man plötzlich ein Geräusch. Ein leises Grollen, das den Boden erzittern lässt.

Eine echte Armee nähert sich der Stadt!

Kommandant Bellerive, der Feuerwehrchef, hat gute Arbeit geleistet. Er hat die benachbarte Kaserne alarmiert, und wenn man sieht, mit welcher Ausrüstung sie eintreffen, muss er bei der Beschreibung von Maltazard ganz schön übertrieben haben.

Tatsächlich fahren zwei Wasserwerfer vor, vier Panzer, gefolgt von einem Dutzend Militärfahrzeugen voller Soldaten.

Das dreizehnte Bataillon marschiert in die Stadt, als wäre sie ein Schlachtfeld. Die Seïden sind beeindruckt … und zu feige, sich gegen eine derartige Armee zu stellen. Und so beschließen sie, sich sofort aus dem Staub zu machen und auf Nimmerwiedersehen zu verschwinden.

Kurz darauf ist der Himmel wieder blau, und ein Sonnenstrahl hilft, die Wunden der kleinen, von diesem dummen Blitzkrieg heimgesuchten Stadt zu heilen. Allerorts hallen Befehle, aber die Soldaten sind irritiert, denn sie können keinen Feind ausmachen und wissen nicht, wen sie retten sollen.

Drei große Autos kommen in die Stadt gebraust und ein Schwarm Journalisten überschwemmt den Marktflecken.

Darkos ist glücklich, tatkräftig zur Befreiung der Stadt beigetragen zu haben, doch ihm ist auch etwas mulmig zumute. Immerhin ist er jetzt der Einzige, der nicht in diese Welt gehört. Mit seiner auffallenden Körpergröße und seinem Rasierklingenkamm könnte er leicht Verdacht erregen.

»Komm! Wir müssen dich verstecken!«, sagt Arthur.

Er packt Darkos am Ärmel und zieht ihn in das nächstgelegene Geschäft, einen Antiquitätenladen, der von dem Angriff verschont geblieben ist. Arthur wühlt in dem alten Trödel und findet einen weiten schwarzen Umhang mit Seidenstickereien. Er wirft ihn Darkos über die Schultern.

»Du musst dich hier versteckt halten, bis ich der Polizei deine Geschichte erklärt habe«, bittet ihn der Junge.

»Der Polizei?«, fragt Darkos ängstlich.

»Ja. Ich werde ihnen sagen, dass du uns geholfen hast und dass wir ohne deine Hilfe keine Chance gegen die Seïden gehabt hätten!«

»Kann ich das nicht selbst sagen?«, schlägt der Krieger vor.

»Nein, das ist keine gute Idee. Wenn sie dich sehen, sperren sie dich womöglich in den Zoo!«

»Aha!«, macht Darkos und widerspricht nicht mehr, auch wenn er nur zu gerne wüsste, was genau ein Zoo ist.

»Versteck dich, ich komme bald zurück!«, verspricht Arthur und verlässt das Geschäft.

Darkos rührt sich nicht von der Stelle, weiß nicht, was er tun soll mit diesem großen Umhang über seinen Schultern. Doch in diesem Augeblick klingelt die kleine Türglocke. Ein Mann kommt herein. Es ist ein Journalist. Wahrscheinlich hat er zwei Gestalten den Laden betreten und nur eine wieder herauskommen sehen. Das lässt einen Schnüffler stutzig werden. Der Mann dürfte um die fünfundzwanzig sein. Er ist ziemlich schmal, trägt einen kleinen Kinnbart, hat helle lebhafte Augen und scheint fest entschlossen, dieses Rätsel zu lösen.

»Hallo!«, ruft er in den Raum in der Hoffnung, eine Antwort zu erhalten.

Darkos gerät in Panik. Er darf sich nicht zu erkennen geben, sonst landet er im Zoo. Und auch wenn er nicht weiß, was das ist, ist er sicher, dass er dort nicht seine Ferien verbringen möchte. Er greift nach einer schwarzen afrikanischen Maske und hält sie sich vor sein Gesicht.

Der junge Journalist geht um ein ausladendes Möbelstück herum und entdeckt den riesigen unter dem großen Umhang versteckten Koloss mit seiner schwarzen Maske, hinter der ein unterdrückter Atem hörbar ist. Die Gestalt sieht aus, als käme sie direkt aus einem Science-Fiction-Film. Darkos rührt sich nicht, einzig sein Atem schnauft wie eine Lokomotive. Der Journalist ist etwas nervös, doch dann siegt seine Neugierde.

»Entschuldigen Sie bitte, dass ich Sie belästige, aber ich bin Journalist und würde Ihnen gerne ein paar Fragen stellen, wenn Sie erlauben?«

Darkos antwortet nicht und atmet wie ein Stier.

Der Journalist holt vorsichtig sein Notizbuch heraus, wobei er jegliche abrupte Bewegung vermeidet.

»Also die Leute aus der Stadt haben mir erzählt, der Teufel sei hier gewesen, mitten auf dem Platz, und dann wäre er plötzlich geschrumpft und schließlich ganz verschwunden. Können Sie das bestätigen?«

Darkos sagt noch immer keinen Ton. Sein Atem geht inzwischen langsamer. Er hat sich etwas beruhigt.

»Wissen Sie … wer das war? Kannten Sie ihn?«

Darkos zögert, schnauft noch einmal schwer und erwidert mit einer Stimme wie aus dem Jenseits.

»… ich bin sein Sohn!«

Dem Journalisten bleibt der Mund offen stehen. Er ist fasziniert von diesem unglaublichen Kerl. Ein zwei Meter sechzig großes Monster, das über seine Beziehung zu seinem Vater spricht. Welch ein interessantes Thema! Der junge Mann ist hingerissen. Er zieht seine Visitenkarte heraus und reicht sie Darkos.

»Hier, nehmen Sie meine Karte. Ich würde gerne mehr über Sie erfahren. Vielleicht haben Sie ja eines Tages Lust, mir Ihre Geschichte zu erzählen. Ich bin Journalist, aber ich schreibe auch Geschichten fürs Kino, und ich bin überzeugt davon, dass man einen tollen Film über Sie drehen könnte!«

Darkos nimmt die Karte mit spitzen Fingern entgegen. Der Journalist lächelt ihm zu und geht ein paar Schritte zurück.

»Rufen Sie mich an, wann immer Sie wollen!«, ruft er, bevor er den Laden verlässt.

Darkos rührt sich nicht von der Stelle. So viel Ehrerbietung und Höflichkeit irritieren ihn. Daran muss er sich erst gewöhnen. Er betrachtet die Karte, auf der man lesen kann: *G. Lucas. Filmemacher.*

Aber Darkos kann nicht lesen. Schade. Er wirft die Karte über die Schulter, dann versteckt er sich in einer dunklen Ecke.

Kapitel 20

Begeisterte Freudenschreie empfangen Arthurs Großmutter, als sie mit einer fantastischen Schokoladentorte das Esszimmer betritt. Archibald muss einfach applaudieren, und die Bogo-Matassalaï, die artig mit am Tisch sitzen, schließen sich ihm an. Rose seufzt tief ergriffen. Sie bewundert ihre Mutter und deren Fähigkeiten, alle ihre Finger gleichzeitig einzusetzen.

»Du wirst das eines Tages auch schaffen!«, flüstert ihr Mann ihr zu, um sie zu beschwichtigen. Dann streichelt er ihr übers Gesicht. »Wenigstens hast du dich nicht geschnitten, das ist die Hauptsache!«

Rose wirft ihm einen bitterbösen Blick zu. Sie möchte nicht, dass man auf ihre Ungeschicklichkeit aufmerksam macht, schon gar nicht vor Gästen.

»Das sieht aber lecker aus!«, verkündet Inspektor Martin Baltimore, um vom Thema abzulenken.

»Der Geruch allein lässt schon auf ein Meisterwerk schließen!«, bemerkt Kommandant Bellerive, der auch gerne ein Kompliment machen möchte.

Alle lachen. Sie sind so froh, dass dieses Abenteuer ein gutes Ende genommen hat.

Margarete schneidet sorgfältig ihren Kuchen an. Man könnte meinen, sie sei darauf bedacht, ihn in gleich große Stücke aufzuteilen, dabei möchte sie ihr Kunstwerk nur so wenig wie möglich beschädigen. Zwar weiß sie, dass von ihrem Kuchen schon bald nichts mehr übrig sein wird, aber er soll bis zum Ende schön aussehen. Und das gelingt ihr auch, denn der Kuchen mit seiner Schokoladenglasur und den weißen Cashewkernen sieht einfach wunderbar aus. Jedem läuft das Wasser im Mund zusammen, und während die Teller verteilt werden, steigt allen der verführerische Duft in die Nase.

Rose will das erste Stück Kuchen ihrem Sitznachbarn anbieten, aber der Platz ist leer.

»Arthur?! Setz dich wieder an den Tisch! Oma hat den Kuchen gebracht!«, ruft Rose und schaut sich auf der Suche nach ihrem Sohn im Zimmer um.

»Reich es weiter!«, sagt Margarete. »Arthur bekommt ein besonderes Stück!«

Tatsächlich ist das letzte Kuchenstück, das Margarete ausgibt, doppelt so groß wie die übrigen. Aber das steht ihrem heldenhaften Enkel auch zu, denn ohne ihn säßen sie nicht alle um den Tisch herum und könnten sich amüsieren, essen, miteinander reden und die Welt, die er gerettet hat, wieder geraderücken. Margarete nimmt den Teller und geht um den Tisch herum ans Fenster, wo Arthur dabei ist zu spielen.

»Hier!«, sagt seine Großmutter freundlich und stellt den Teller einfach auf den Boden.

»Nein. Nicht hierhin stellen. Das ist doch die Rennstrecke«, beschwert sich Arthur.

»Oh, pardon«, erwidert die Großmutter. »Entschuldige bitte.

Wo hatte ich nur meinen Kopf, mit dieser Schokoladentorte deinen Wettkampf zu stören!«

»Schokoladentorte?!«, schreit Arthur, als würde ihn der verlockende Duft erst jetzt aus seinem Spiel reißen.

Der Junge schnappt sich den Teller und macht sich gleich über den leckeren Kuchen her. Margarete verzichtet darauf, ihn aufzufordern, anständig zu essen, denn sie weiß, es würde ohnehin nichts bringen. Mit einem Lächeln fährt sie ihrem Enkel liebevoll durch die Haare. Dann setzt sie sich wieder zu den anderen an den Tisch.

Arthurs Mund und Finger sind schokoladenverschmiert. Doch das hindert ihn nicht daran, sein Taschenmesser hervorzuholen. Er klappt die Messerklinge heraus und schneidet ein Stückchen Kuchen ab. Ein winziges Stück, das er in den Korb seines gelben Krans legt, den er aus seinem Zimmer mit ins Esszimmer genommen hat.

Arthur betätigt den Hebel und der Arm dreht sich zum Fenster. Mithilfe einer zweiten Vorrichtung senkt sich der Korb jetzt aus dem Fenster nach unten. Dort steht ein Mini-Jeep, der auf die Zustellung zu warten scheint. Der Korb landet genau neben dem Fahrzeug. Darkos holt sofort das Riesenkuchenstück heraus und verstaut es auf dem Rücksitz.

Jetzt erscheint Arthur am Fenster.

»Sonderzustellung für Prinzessin Selenia!«, flüstert der Junge Darkos zu. Der steht stramm, um zu verstehen zu geben, dass er die Botschaft erhalten hat.

»Zu Befehl, Chef!«, sagt er und springt in sein Fahrzeug.

Der kleine Jeep flitzt die drei Treppenstufen hinab und verschwindet im hohen Gras. Ein paar Meter weiter ragt ein Rohr aus der Erde, wahrscheinlich ein Überbleibsel aus Archibalds altem Bewässerungssystem. Darkos steuert auf das Rohr zu und wird davon verschluckt wie eine Lokomotive, die in einem Tunnel verschwindet.

Die königlichen Wachen haben kaum Zeit, das Tor zum Dorf zu öffnen, da ist Darkos mit seiner Höllenmaschine auch schon hereingebraust. Er reißt das Lenkrad herum und kommt mit einem wunderbar kontrollierten Schleudern zum Stehen, während eine riesige Staubwolke auf den König und seine Würdenträger herabsinkt.

»Sonderzustellung!«, brüllt er vergnügt, ohne sich darüber im Klaren zu sein, dass er gerade fünfundzwanzig Amtstrachten ruiniert hat.

»Welche Lieferung ist so dringend, dass du unsere Sitzung störst?«, fragt König Maximilian und klopft sich den Staub ab.

»Sie ist nicht für Sie. Sie ist für Selenia!«, erwidert Darkos und grinst bis über beide Ohren.

Darkos tritt mit dem Fuß gegen die Tür eines kleinen Häuschens. Selenia schreckt hoch, denn es ist die Tür zu ihrer Wohnung. Darkos muss noch viel lernen, vor allem gute Manieren, aber dieses Mal hat er eine passende Entschuldigung, denn er kommt mit einem großen Stück Kuchen herein.

»Das schickt Arthur!«, erklärt er fröhlich und stellt das Geschenk auf den Tisch.

Die schönen Augen der Prinzessin leuchten wie tausend Sterne.

»Das schaffe ich niemals alleine«, sagt sie, als sie sieht, wie groß das Kuchenstück ist.

»Ich kann dir helfen, wenn du willst!«, schlägt Bétamèche vor, der gerade zur Tür hereinkommt.

»Deine Fürsorge ist rührend, Bétamèche. Ich freue mich, dass du so großzügig bist«, spottet Selenia.

»Man soll immer hilfsbereit sein!«, erwidert ihr kleiner Bruder und setzt sich schnell an den Tisch.

»Darkos, schneide das Stück in drei Teile!«

»Aber gerne!«, sagt der Krieger.

Er holt eine Rasierklinge aus seinem Kamm und schneidet den Kuchen in drei gleiche Teile. Unterdessen holt Bétamèche sein Messer heraus und drückt auf einen der vielen Funktionshebel. Dann zieht er eine wunderschöne Licrapette aus seiner Tasche. Sie glänzt schneeweiß, da sie noch ganz frisch ist. Licrapetten sind Früchte, die geschmacklich an Litschis erinnern und aussehen wie Ozeanperlen. Um sie vor Witterungseinflüssen zu schützen, hat die Natur sie mit einer Art Rinde ummantelt, die sie wie eine sehr dünne, aber sehr widerstandsfähige Orangenschale völlig umschließt.

Bétamèche nimmt sein Messer, das er für diese Gelegenheit zum Wampilo umfunktioniert hat. Die Zungenspitze des kleinen Prinzen schaut (als ein Zeichen seiner hohen Konzentration) aus seinem Mund heraus, während er das Werkzeug unter die Schale der Frucht schiebt und wampiliert. Das bedeutet, dass er Luft unter die doppelte Haut lässt, bis sie sich ablöst und jetzt aussieht wie eine kleine, durchsichtige Porzellanschale. Bétamèche nimmt sein Kuchenstück und legt es in seine neue Schale.

»Schade, dass Arthur nicht hier ist!«, bedauert er. »Jetzt

hätte ich ihm zeigen können, wozu man einen Wampilo braucht.«

Selenia sagt lieber nichts, denn sonst fängt sie womöglich an zu weinen. Die Zeit, die sie noch bis zu Arthurs Rückkehr warten muss, erscheint ihr so unendlich lang!

Die junge Prinzessin nimmt ihr Kuchenstück und erhebt sich.

»Auf Arthur!«, ruft sie und in ihrer Stimme klingt Wehmut.

Bétamèche und Darkos erheben sich ihrerseits.

»Auf Arthur!«, erwidern die beiden im Chor.

Dann schlagen sich die drei die Bäuche voll, und man kann darauf wetten, dass sie genau wie Arthur bis an die Ohren voller Schokolade sind.

Margarete öffnet den Küchenschrank und holt ein Einmachglas mit Gürkchen heraus. Es sind nur noch wenige Gurken darin, eigentlich nur noch eine einzige – und die heißt Maltazard. Margarete betrachtet den kleinen Kerl durch das Glas. Sie fragt sich, wie so viel Bosheit nur in einen so kleinen Körper hineinpasst!

Maltazard sitzt am Boden des Glases und ist erschrocken wie jedes Mal. Margarete öffnet den Behälter und wirft einen Blick hinein.

»Nicht aufessen!«, bettelt der ehemalige Herrscher, dem Schweißperlen auf der Stirn stehen.

Margarete zuckt mit den Schultern.

»Diese Idee liegt mir fern, davon bekäme ich nur Bauchweh!«

Maltazard entspannt sich ein wenig.

»Was verschafft mir dann die Ehre Ihres Besuches?«, fragt er ungewöhnlich höflich.

»Es ist Sonntag!«, erklärt Margarete.

»Ach ja …?«, erwidert Maltazard, dem diese Auskunft nicht viel weiterhilft.

»Erinnerst du dich? Ich hatte dir für jeden Sonntag etwas versprochen und *ich* halte meine Versprechen!«

Margarete zeigt auf ein Stückchen Schokoladentorte zwischen ihren Fingern und lässt es ins Glas fallen. Maltazard sieht das Stück auf sich herabstürzen wie ein Klavier aus einem Flugzeug. Der Kuchen trifft ihn mitten auf den Kopf, und schon ist er von oben bis unten mit Schokolade bekleckert, wie ein Spatz, der einen Kuhfladen abgekriegt hat.

»Guten Appetit!«, wünscht Margarete, bevor sie das Glas wieder schließt, es in den Schrank zurückstellt und Maltazard dorthin schickt, wo er sich am wohlsten fühlt: in die Dunkelheit.

Luc Besson

geboren 1959 in Paris, wuchs hauptsächlich zwischen Griechenland und Jugoslawien auf, wo seine Eltern als Tauchlehrer arbeiteten. Mit 20 Jahren fing er als Praktikant beim Film an. Heute arbeitet er als Regisseur, Drehbuchautor und Produzent. Besson führte Regie bei Filmen, die Kultstatus genießen, etwa »Im Rausch der Tiefe« oder »Léon – der Profi«. Auch die spannenden Abenteuer von Arthur, Selenia und Bétamèche wurden unter seiner Regie verfilmt.

Im Zauberreich der Minimoys

Luc Besson: Arthur und die Minimoys

Ein fieser Grundstücksmakler will sich das schöne Landhaus von Arthurs Großmutter unter den Nagel reißen. Zum Glück stößt Arthur gemeinsam mit seinem Hund Alfred in der alten Bibliothek seines verschollenen Großvaters auf einen geheimen Plan. Der weist ihm den Weg auf die andere Seite: den Weg ins Land der Minimoys!
Diese zauberhaften Fabelwesen sind die Einzigen, die noch alles retten können …

268 Seiten · ISBN 978-3-8339-3557-2
€ 14,90 (D) / € 15,40 (A)

»Eine rasante Fantasystory, die mit frechem Augenzwinkern in immer unglaublichere Abenteuer verwickelt.«
(Bücher)

Auch als Hörbuch – gelesen von Christian Brückner!

Die Verbotene Stadt

Luc Besson: Arthur und die Verbotene Stadt

Noch niemandem ist es bisher gelungen, aus der Verbotenen Stadt Nekropolis zurückzukehren. Dennoch machen sich Arthur, Selenia und Bétamèche genau dorthin auf den Weg. Ihre abenteuerliche Reise führt sie durch finstere Gänge direkt zu Maltazards Palast. Hier hoffen sie, Arthurs verschollenen Großvater zu finden, denn nur er weiß, wo sich der Schatz befindet, mit dem das Haus von Arthurs Großmutter vor dem drohenden Abriss gerettet werden kann …

240 Seiten
ISBN 978-3-8339-3558-9
€ 14,90 (D) / € 15,40 (A)

Auch als Hörbuch – gelesen von Christian Brückner!

Maltazards Rache

Luc Besson: Arthur und die Rache des Maltazard

Ein Hilferuf der Minimoys, eingraviert auf ein Reiskorn und übergeben durch eine Botenspinne, versetzt Arthur in große Besorgnis: »Die Minimoys sind in Gefahr. Wir haben keine Zeit zu verlieren!« Arthur muss so schnell wie möglich handeln und seine geliebte Selenia retten. In einer Vollmondnacht ist es so weit. Genau um Mitternacht fällt ein Mondstrahl in das Fernglas von Archibald und verspricht, noch einmal den Weg in die Welt der Minimoys zu öff-nen. Doch dann ziehen plötzlich dunkle Wolken auf …

208 Seiten · ISBN 978-3-8339-3559-6
€ 14,90 (D) / € 15,40 (A)

Arthurs Abenteuer im Kino!

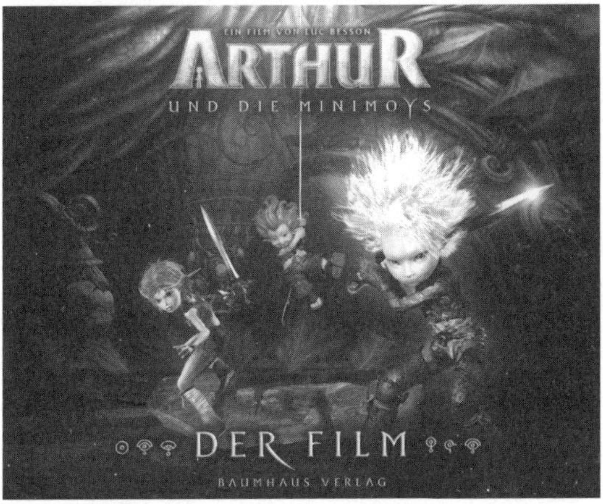

Luc Besson: Arthur und die Minimoys – Der Film

In der alten Bibliothek seines verschollenen Großvaters stößt Arthur auf einen geheimen Plan, der ihm den Weg in eine verborgene Welt weist – den Weg ins Land der Minimoys. Sollte es diese Fabelwesen, die Arthur bisher nur aus den Geschichten seiner Großmutter kannte, wirklich geben? Er beschließt, den Hinweisen seines Großvaters zu folgen, und begibt sich auf eine fantastische Reise, eine Reise voller Gefahren und Abenteuer …

Das ultimative Buch zum Kinofilm des Kultregisseurs Luc Besson – mit vielen Fotos und Hintergrundinformationen rund um die atemberaubende Welt der Minimoys!

Dem Buch liegt eine DVD mit Material zum Film bei!

96 Seiten
ISBN 978-3-8339-3581-7
€ 14,90 (D) / € 15,40 (A)

»Ein Kiesel zum Knuddeln« (*NRZ*)

Henning Boëtius: Troll Minigoll von Trollba

Der Steintroll Minigoll lebt mit seinem Volk friedlich auf der Insel Trollba. Eines Tages aber wird Minigoll zu den Menschen verschleppt. Mit Hilfe von Jonny Albatros und Charlie Schnitzmesser gelingt ihm die abenteuerliche Rückkehr in die Heimat. Dort hat sein Rivale, der Schiefertroll Ecke, einen Krieg angezettelt und hält viele Trolle gefangen. Werden Minigoll und seine neuen Gefährten die Freunde befreien können?

298 Seiten · ISBN 978-3-8339-3590-9
€ 14,90 (D) / € 15,40 (A)

»Boëtius ist ein Meister der Sprache.« *(Hamburger Abendblatt)*

Band 1 der Troll-Trilogie gibt es auch als Hörbuch, gelesen vom Autor!

Troll Minigoll entführt ein Schiff

Henning Boëtius:
Troll Minigoll – Das Labyrinth von Vagna

Nach dem Ende des Trollkrieges sind die Freunde von Minigoll und Kapitän Teeboller in alle Winde verstreut. Der Erfinder und Chaosoph Jules Steinchen zieht in Teebollers altes Haus, um im Labor zu experimentieren. Eines Tages besucht Teeboller ihn überraschend. Er hat einen Plan und braucht Steinchens Hilfe. Was sie nicht wissen: Agenten interessieren sich brennend für die Erfindungen! Steckt Einauge, der alte Erzfeind des Kapitäns, dahinter?

288 Seiten · ISBN 978-3-8339-3591-6
€ 14,90 (D) / € 15,40 (A)

»… virtuos seemännisch fabulierend.« *(Hits für Kids)*

Band 3 der großen Troll-Trilogie!

Henning Boëtius:
Troll Minigoll – Die Mondsteinsonate

Diesmal starten Kapitän Teeboller und seine Freunde eine abenteuerliche Reise ins Polarmeer. Doch die Fahrt zum Nordkap ist riskanter als gedacht, denn die bunte Crew muss nicht nur Naturkatastrophen, sondern auch die Gefahren der »schwarzen Bö« und des »Pols des Trübsinns« meistern. Wird die Schiffsbesatzung den Nordpol erreichen? Und kann Troll Minigoll seine alte Liebe Tannja wiederfinden?

288 Seiten · ISBN 978-3-8339-3592-3
€ 14,90 (D) / € 15,40 (A) / sFr 26,80

Leseprobe aus Troll Minigoll: Die Mondsteinsonate

Jeder Reisende, der sich in die Inselwelt von Vagna verirrt, wird feststellen, dass er einen genauso fremdartigen wie eintönigen Teil dieses Erdballs kennenlernt. »Kennenlernen« ist eigentlich nicht das richtige Wort, denn diese Landschaft ist in ihrer Monotonie und Unübersichtlichkeit so abweisend, dass sie einem Besucher fremd bleiben muss, auch wenn er sich länger in ihr aufhalten sollte. Zahllose Inseln, Buchten und Kanäle bilden ein Labyrinth, dessen Ausdehnung und Merkmale den Betrachter bald so verwirren, dass er sich fragt, was hier Stein, Wasser oder Pflanzenwuchs ist. Ja, es kann vorkommen, dass er eine der Inseln für einen Teich hält und einen Fjord für einen Höhenzug. Das Durcheinander von Meer und Land ist so groß, dass man den Eindruck gewinnt, der Schöpfer der Welt habe hier die Geduld verloren und die Teile aus seinem Baukasten mutwillig durcheinandergeworfen.

Je tiefer sich ein Besucher in diesen Irrgarten hineinwagt, desto größer ist die Gefahr für ihn, nicht wieder herauszufinden. Die eigenartig schöne Melancholie dieser Landschaft sorgt zusätzlich dafür, dass man bald ganz wohlig trübsinnig wird und nur noch vor sich hin brütet mit einem Lächeln, das ein Außenstehender wahrscheinlich als stumpfsinnig bezeichnen würde. Aus diesem Grunde meiden die Menschen das Labyrinth von Vagna und selbst einheimische Fischer wagen sich selten weiter hinein als wenige Bootslängen. Daher ist Vagna so etwas wie ein ideales Versteck für jemanden, der etwas zu verbergen hat, und das muss im Übrigen nicht immer etwas Schlechtes sein.

An einem nebligen Frühlingsmorgen, an dem die Formen der Landschaft beinahe noch mehr ineinanderflossen als gewöhnlich, näherte sich ein unscheinbares Wesen einer der vielen Inseln. Es saß auf einem Floß, das kaum größer war als ein Frühstücksbrettchen, und ruderte mit seinen kurzen, stämmigen Armen. Das Wesen schien müde zu sein, denn es gähnte zuweilen, wobei es wohlerzogen eine zierliche, wollige Hand vor den Mund hielt. Doch erstaunlicherweise schien es keinerlei Orientierungsschwierigkeiten zu haben, denn es wich kein einziges Mal von seinem Kurs auf die Insel ab.

Je näher das zwergenähnliche Wesen seinem Ziel kam, desto deutlicher sah es auch, dass mit dieser Insel irgendetwas nicht stimmte. Ihre Umrisse waren schärfer und kantiger als die der umliegenden Eilande. Sie erinnerte an einen künstlichen Gegenstand, ein Gebäude oder ein Schiff, auch wenn Moos, Heidekraut und Seetang seine Oberfläche bedeckten. Als der kleine Kerl sein Ziel erreicht hatte, kletterte er geschickt an dessen steilen Flanken hoch und betrat eine Art Wiese, aus der einzelne Dinge hervorragten. Sie verrieten einem fachmännischen Blick, dass es sich in der Tat um ein mit Moos, Gras und Heidekraut getarntes Schiffsdeck handelte.

Ein Mensch befand sich an Deck. Er war kräftig gewachsen, sein Gesicht gerötet und die grauen Haare eines mächtigen Backenbartes verliehen ihm mitsamt der bedeutenden Nase einen Ausdruck großer Autorität. Er war offenbar höchst schlechter Laune, denn er ging mit ausholenden Schritten auf und ab und murmelte Sätze wie: »Verdammtes Unkraut, und das auf meinen Planken! Ich bin doch kein Seegärtner! Ist allerhöchste Zeit, hier mal gründlich aufzuklaren!«

Das Wesen hatte sich dem Mann auf Zehenspitzen genähert und begann nun mit einer feinen, hohen Stimme zu sprechen, was den anderen für einen erstaunlich kurzen Augenblick aus der Fassung zu bringen schien: »PotzBlitzHölleundKanonen, bist du es wirklich oder etwa der Klabautermann?«

»Ich möchte endlich klarsehen«, sagte das Wesen.

»Minigoll, alter Freund, schön, dich zu sehen, nach so langer Zeit!«, rief Teeboller, denn niemand anderes war es.

»Ich meine, es genügt nicht, nur nachts zu sehen, es passiert zu viel am Tag, vor allem bei euch Menschen.«

»Wie geht es Tannja, deiner Freundin, und wo lebt ihr überhaupt jetzt! Und warum bist du damals im Winter einfach ohne ein Wort verschwunden.«

»Ich habe eine Bitte, Kapitän.«

»Erzähl, Minigoll! Was? Du hast eine Bitte?«

Erst jetzt hatte Kapitän Teeboller gemerkt, dass sie eine Weile völlig aneinander vorbeigeredet hatten, wie es oft vorkommt, wenn sich zwei Personen, die sich mögen, unverhofft wiedersehen. Und in der Tat war der Kapitän ziemlich perplex gewesen, als er seinen Freund Troll Minigoll von Trollba wie einen kleinen Schneemann in der Nähe des Kompasshäuschens seines geliebten Schiffes bemerkt hatte. Das alte Polarschiff mit dem stolzen Namen *Fram* hatte er erst vor wenigen Monaten entführt und im Labyrinth von Vagna so hervorragend versteckt, dass er nicht einmal mit einem Besuch des kleinen Trolls gerechnet hatte.

Sie umarmten sich, wobei der Kapitän lediglich zwei seiner Finger dazu benutzte, denn sie genügten für diesen Zweck. Mit der anderen Hand hatte er Minigoll hochgehoben, um ihm aus nächster Nahe in die Augen zu sehen.

»Ich meine es ernst«, fuhr jener fort, »ich muss auch am Tage, wenn ich gewöhnlich schlafe, mehr mitbekommen von dem, was auf der Erde vorgeht.«

»Und wie denkst du dir das?« Teeboller war jetzt in der Lage, auf das Gespräch einzugehen, denn seine erste Wiedersehensfreude hatte sich gelegt und einem Gefühl der Zufriedenheit Platz gemacht.

»Schleif mich!«

»Wie bitte? Schleifen? Wie Soldaten auf einem Kasernenhof?«

»Nein, natürlich nicht. Schleif mich wie einen Stein, der ich doch schließlich auch am Tage wirklich bin. Ich denke, das wird der richtige Weg sein. Manchmal habe ich nämlich den Eindruck, man kann sich in dieser Welt einen richtig tiefen Schlaf gar nicht mehr leisten. Wenn ich tagsüber ein Stein bin und wie ein Stein träume, nämlich ganz ruhig, schwer und völlig entspannt, sehe ich zuweilen einen schwachen Schimmer der Außenwelt. Aber er ist einfach zu undeutlich. Ich glaube, dies liegt an meiner Haut. Als Stein bin ich einfach zu dickfellig.«

»Ich werde sehen, was ich für dich tun kann«, sagte Teeboller, »doch möchte ich dich warnen. Du wirst vielleicht Sachen zu sehen bekommen, die dich sehr belasten.«

»Das nehme ich in Kauf«, sagte Minigoll tapfer.

Teeboller nahm seinen eigenen Gesprächsfaden wieder auf. »Wie geht es deiner Freundin Tannja, wo lebt ihr jetzt und was macht ihr so?«

»Wir machen nichts. Was Trolle ja auch am liebsten tun, außer zur Unterhaltung Menschen und Tiere erschrecken. Doch ich bin in der letzten Zeit unruhig gewesen wie nie zuvor. Ich habe regelrechte Schlafstörungen gehabt und beinahe wäre ich sogar neulich am Tage aufgewacht und hätte mir in der Sonne die Augen verdorben. Ich fürchte, Nichtstun ist in dieser schlimmen Welt einfach zu wenig. Du fragst nach Tannja? Sie ist verschwunden. Ich habe sie seit Wochen nicht mehr gesehen.«

»Einfach verschwunden? Abgehauen, sagst du? Ich denke, ihr seid glücklich miteinander!«

»Und«, sagte Minigoll ruhig, »ist das ein Widerspruch? Bei uns Trollen ist das nicht so wie bei euch Menschen. Wenn man sich bei uns liebt, kann man gehen, wohin man will. ›Man sucht das Weite‹, sagt man dann bei uns. ›Und wer das Weite sucht, findet es ganz in der Nähe.‹ Leider bin ich mir nicht sicher, ob Tannja aus Liebe zu mir das Weite gesucht hat oder ob sie unfreiwillig verschwunden ist, wie schon einmal, damals im alten Trollba. Ich habe an ihrem letzten Standplatz nämlich ein paar Nadeln gefunden, die kreuz und quer lagen, und das heißt bei Kiefertrollen ›Gefahr‹. Ich muss jedenfalls unbedingt herausfinden, was vorgeht, mit Tannja und mit der Welt. Vielleicht gibt es da Zusammenhänge. Wahrscheinlich haben wir Trolle den Fehler gemacht, alles zu sehr mit unseren Augen zu sehen. Haakon betont dies in letzter Zeit sehr. Er sagt solche Dinge wie: ›Irgendwo sein, heißt überall sein‹, oder: ›Der Schmetterling auf der Blume sitzt auf der ganzen Welt.‹ Anfangs habe ich mir auf seine Aussprüche keinen rechten Reim machen können. Er hat übrigens einige von ihnen in seinen Stamm geritzt, sodass sie jeder lesen muss, der vorbeikommt. Zum Beispiel: ›Allein sein heißt, sich in allen verstecken.‹ Ich bin wohl zu ungebildet, um das alles zu verstehen, aber irgendwie berühren mich Haakons Weisheiten.«

Sie hatten inzwischen den zwischen zwei Himbeerbüschen liegenden Niedergang erreicht und stiegen ins Schiffsinnere hinab. Teeboller sah im schwachen Licht einer Petroleumlampe, dass Minigolls wasserblaue Augen in einer Weise schimmerten, die er früher nicht an ihm gekannt hatte. Da war mehr Unruhe, aber auch mehr Entschlossenheit und der Kapitän dachte: Es geht ihm also wie mir. Wir wissen beide, dass etwas geschehen muss, und wir wissen auch, dass wir ziemlich machtlos sind. Aber das eine schließt das andere nicht aus. Machtlosigkeit kann zuweilen eine hervorragende Waffe sein.

Sie hatten inzwischen die Messe erreicht. Überall saßen die verschiedenen Mitglieder von Teebollers Mannschaft. Jonny Albatros, Charlie Schnitzmesser, Jules Steinchen, Frau Wentorp, Archibald MacAllister, Eduard, der legendäre Holzwurmspäher, der taubstumme Spiere und nicht zuletzt Kapitän Flint, der Papagei, um nur einige zu nennen. Sie hatten gerade ihr Frühstück beendet, doch schien es den wenigsten geschmeckt zu haben. Man sah es fast allen an, dass ihnen die Untätigkeit und der lange Winter zu schaffen gemacht hatten. Die Stimmung war nicht allzu gut. Nur Frau Wentorp schien in bester Gemütsverfassung zu sein. Sie saß neben dem bollernden Kanonenofen und strickte einen langen Schal, der ohne Weiteres für zwei Hälse reichte.

Doch nun gab es einen Lärm und einen wahren Taumel der Begrüßung wie selten, als die dort versammelte Crew begriffen hatte, welchen Gast der Kapitän in seinen Händen trug. Er setzte Minigoll behutsam mitten auf den Tisch. Minigoll sonnte sich eine Weile in dem Applaus, der ihm entgegenschlug.

»Liebe Freunde«, rief er aus, »ich sage euch, als einziger Sohn des kühnen Steinbrech und der verschlagenen Gerölla, sage ich euch, dass die Zeit des Handelns gekommen ist!«

Da seine Stimme nicht besonders kräftig war, musste er diesen Satz mehrmals wiederholen. Endlich trat Stille ein. »Ich möchte geschliffen und poliert werden«, fuhr Minigoll fort, »und dann soll mich der Kapitän an einen Ort bringen, wo ich etwas über den Lauf der Weltgeschichte in Erfahrung bringen kann.«

Das Erstaunen und die Verwirrung über diese kurze Ansprache waren groß, außer bei Teeboller und Jules Steinchen. Beide steckten die Köpfe zusammen. Dann stellte sich der Erfinder an den Tisch und sagte zu dem Troll: »Ich ernenne dich hiermit zum ersten Mitglied der IFAKA.«

Er schüttelte Minigolls flauschige, weiße Hand. Dann drehte er sich um und sagte zu den im Raum Anwesenden: »Und damit Minigoll sieht, wie viel Sympathie ich für seine Pläne habe, werde ich ihm persönlich den richtigen Schliff geben. Die IFAKA braucht in der Tat Kundschafter und dafür scheint mir Minigoll besonders gut geeignet zu sein.« Steinchens Blick fiel auf den Holzwurm, der offenbar gerade dabei war, beleidigt zu wirken. »Ebenso wie natürlich Eduard, unser großer Waldspäher. Beide werden schon bald für die IFAKA aktiv werden.«

»Was zum Teufel ist die IFAKA?«, rief Charlie Schnitzmesser aus dem Hintergrund.

»Nun ja, so etwas wie eine Abkürzung«, sagte Steinchen mit nichtssagender Miene.

»Und was bedeutet sie?«

»Belüftet eure Hohlköpfe, meine Herrschaften, und ratet. Ich sage nur so viel: Es handelt sich um Anfangsbuchstaben.«

Es dauerte eine Weile, in der man nur Flüstern hörte. Einige versuchten ihr Glück mit Papier und Kugelschreiber. Der erste Vorschlag kam ausgerechnet von Frau Wentorp. »Internationaler Verein arbeitsloser Kaminreinigungsangestellter«, sagte sie. Alle wussten, dass sie eine tiefe Abscheu vor normalen Schornsteinfegern hatte, die sie für Unglücksboten hielt, weil sie so schmutzig sind.

»Mein Kompliment, gnädige Frau«, sagte der Erfinder. »International ist richtig. Aber Verein schreibt man leider mit ›V‹. Und der Rest stimmt auch nicht.«

»Internationale Föderation alternativer Kurzarbeiter«, rief Archibald Mac Allister, der sich gerne fortschrittlich gab.

»Arbeiter ist nicht schlecht«, sagte Steinchen. »Das lasse ich gelten. Aber den Rest ratet ihr nie. Deshalb lüfte ich das Geheimnis. IFAKA bedeutet ›Internationale Friedensarmee für Kulturarbeit‹.«

»Klingt gut«, mischte sich Tore, der Fischer, ein. »Klingt irgendwie nach Dynamit und Friedensengel und das ist genau mein Geschmack. Aber was will diese Armee? Was sind ihre Ziele?«

Aus Steinchen war jedoch nicht mehr herauszubringen. Er sagte nur: »Ich werde euch Anliegen, Struktur und Funktion der Gesellschaft im gegebenen Moment erläutern. Vorerst sind, außer mir, Minigoll und Eduard die einzigen Mitglieder.«

Der Erfinder hüllte sich nun in Schweigen, von dem alle wussten, dass es undurchdringlich war. Doch dies tat der inzwischen entstandenen guten Stimmung im Raum keinen Abbruch. Und ist es nicht oft so, dass Leute besonders begeistert sind, wenn sie gar nicht so genau wissen, warum?

Das allgemeine Interesse wandte sich nun wieder dem Neuankömmling zu und erneut wurde er mit Fragen bestürmt. Zum Beispiel warum er damals im Winter einfach so mir nichts, dir nichts mit Tannja verschwunden sei.

»Ich bin damals als Nebel gekommen und als Nebel wieder gegangen. Das ist doch nichts Ungewöhnliches. Ihr Menschen denkt immer, wenn man geht, dann verlässt man auch. Das ist aber Unsinn. Gehen kann durchaus ein Weg sein, einander näherzukommen. So ging es mir damals jedenfalls. Ich wusste, dass Teeboller mit diesem entführten Schiff etwas Großes vorhatte. Ich wusste auch, dass ihr Zeit und Geduld aufbringen musstest, um sein Vorhaben in die Tat umzusetzen. Darum bin ich für eine Weile verschwunden. Denn wenn jemand wartet, kann er das auch allein. Warten ist eines der wenigen Dinge, für die man keine Unterstützung braucht. Das sagt jedenfalls der weise Haakon.«

»Und wie willst du dich schleifen und polieren lassen?«, fragte Charlie Schnitzmesser, der mehr praktisch dachte. »Das muss doch ziemlich unangenehm sein! Als ich damals vier meiner Finger verlor, weil ich beim Schnitzen mit meinem scharfen Messer unvorsichtig war«, er reckte die linke Hand hoch, sodass alle sehen konnten, was ihnen längst vertraut war, »da habe ich gedacht, nie wieder etwas tun, ohne mich vorher um die Sicherheit meiner Körperteile zu kümmern. Und nun willst du sogar deine ganze Haut riskieren, Minigoll?«

Minigoll lächelte. Man sah ihm an, dass er inzwischen mit dem Schlaf kämpfte. »Wenn Steinchen eine Methode kennt, die einigermaßen schonend ist, dann vertraue ich ihm ganz und gar.«

Steinchen sah stolz in die Runde. »Ich werde mir etwas Passendes ausdenken. Genauer gesagt, ich werde in aller Ruhe auf den Moment der richtigen Eingebung warten.«

Archibald MacAllister sah die Gelegenheit gekommen, etwas vorzuschlagen, das ihm mehr Freude bereitete als alles andere auf der Welt. »Leute, lasst uns das Warten auf Professor Steinchens Eingebung versüßen, indem wir ein Singsong veranstalten.«

»So früh am Morgen? Und völlig nüchtern? Ich glaube, du spinnst«, sagte Jonny Albatros. Doch es war bereits zu spät. Zwar verzichtete Archibald MacAllister darauf, seinen quälend lauten Dudelsack zu holen, doch er holte ein kleines, achteckiges Kästchen, öffnete seinen Deckel und zog ein ebenfalls achteckig gebautes Instrument mit vielen Knöpfen heraus. Es war eine Konzertina oder, wie man in Archibalds Heimat auch sagte, eine Squeezebox.

»Ich eröffne den Gesangswettstreit mit dem euch allen bekannten Lobstersong«, sagte der kleine Schotte. »Ihr dürft natürlich mitsingen.«

Er atmete zweimal tief durch, während sich einige andere die Ohren zuhielten, drückte und zog am Balg des Instruments und begann mit dem Lied:

»Es war einmal ein Lobster,
Um die Ecke hopst er,
Hopste haste waste kannst …«

»Halt ein, mein Guter«, rief Steinchen. »Ich hab's. Die Eingebung ist soeben in meine äußeren Hirnwindungen gedrungen.«

MacAllister brach tatsächlich das Lied ab, ein Beweis dafür, wie groß sein Respekt vor dem Erfinder war.

»Gib mal dein schönes Instrument her, auf dem du so schöne Musik zu machen verstehst.«

Der geschmeichelte Archibald tat wie ihm geheißen.

»Hier«, erläuterte Steinchen, »haben wir nämlich so etwas wie eine ideale Schleiftrommel. Ich werde die Seitenteile abschrauben und Minigoll in den Balg tun, zusammen mit ein paar scharfen Flintsteinen und etwas Sand. Dann schraube ich das Instrument wieder zusammen und übergebe es dir, Archibald MacAllister vom ehrwürdigen Clan der berühmten MacAllisters, mit dem Auftrag, es ununterbrochen den ganzen Tag lang bis zum Abend zu spielen. Dann werden wir uns hier wieder treffen und nachsehen, was bei der Sache herausgekommen ist.«

Steinchen schritt sofort zur Tat. Er steckte den bereits eingeschlafenen Minigoll, der nun wieder wie immer am Tage ein runder, weißer Stein war, in die Tasche seines Laborkittels, nahm die Squeezebox und verschwand in seiner Werkstatt. Schon bald war er wieder zurück und reichte dem Schotten das Instrument. Es war bedeutend schwerer geworden. Als Archibald zu spielen begann, hörte man neben der Musik polternde Geräusche aus dem Inneren der Konzertina.

Mamma
Papà
Preside McPanza
Professoressa
Friggibully

A mamma e papà

T.A.

MISTO
Carta da fonti gestite in maniera responsabile
FSC® C115118

Questo libro è stampato su carta certificata FSC®

Art Director: Fernando Ambrosi
Graphic Design: Leonardo Stanzial per copia&incolla

Impaginazione e redazione: copia&incolla, Verona

www.battelloavapore.it

Titolo originale: *Max Against Extinction*
© 2020 Tim Allman per il testo
© 2020 Nick Shepherd per le illustrazioni
Max Against Extinction was originally published in English in 2020.
This translation is published by arrangement with Oxford University Press.

Pubblicato per PIEMME da Mondadori Libri S.p.A.
I Edizione 2022
© 2022 - Mondadori Libri S.p.A., Milano
ISBN 978-88-566-7835-2

Anno 2022-2023-2024 Edizione 1 2 3 4 5 6 7 8 9 10

Finito di stampare presso Grafica Veneta S.p.A.
Via Malcanton, 2 – Trebaseleghe (PD)
Printed in Italy

Scritto da
TIM ALLMAN

Disegnato da
NICK SHEPHERD

Tradotto da
MARINA
RULLO

IL BATTELLO A VAPORE

– Non credo che ridiventerò **normale** – ho annunciato ai miei amici nel cortile della scuola.

– Ah, sì? E quando mai sei stato normale tu? – ha sghignazzato Nish.

– Forse non te ne sei accorto, ma

salvare il mondo è diventato il mio chiodo fisso — ho detto.

È vero, non parli d'altro

ha ammesso Tessa.

Macché l'ha rimbeccata Nish. — L'altro giorno ci ha tormentati per ore con quell'indovinello su cosa aveva mangiato a cena e poi ha blaterato all'infinito di

Super Criceto!

— La risposta era doppia

pizza all'ananas. E Super Criceto è davvero un film *mitico* – ho ribattuto. – Ma lasciamo stare. È da quando c'è stato quel concorso sull'ambiente che sto pensando a un nuovo **Piano Per il Pianeta**.

– Un altro? – ha sospirato Tessa. – Abbiamo già fatto tanto per rendere più **green** la nostra scuola!

– Sì, ma dobbiamo fare di più! – ho esclamato, sbracciandomi come un mulino a vento. – Io sono cambiato, ma certe cose non cambiano abbastanza in fretta! Guardate –.

Ho tirato fuori il telefonino e ho mostrato loro alcune foto.

– Chi sarebbe questa gente? – ha chiesto Nish dando un'occhiata distratta allo schermo.

— Quella è Greta Thunberg, la conoscono tutti — ha detto Tessa. — Gli altri non li ho mai visti.

— Greta dalla Svezia, Aditya dall'India, Nina dall'Ecuador, Mari dagli USA... — ho risposto, snocciolando i nomi. — Sono state tutte in TV per le loro **battaglie ambientaliste**.

— Ma anche tu sei stato in TV — ha obiettato Nish.

— Ma qui non stiamo parlando di un quarto d'ora di gloria! — ho sbuffato spazientito. – Voglio dire: ci sono milioni di giovani attivisti che non conosciamo. Dovremmo unirci a loro, ma non so qual è la prossima battaglia da affrontare. Ci sono così tanti problemi! Non posso sopportare di stare con le mani in mano. Per sentirmi bene devo agire!

– Che ne dici di una protesta contro le **puzzette di mio padre?** – ha proposto Nish. – Sono un grave rischio per l'ambiente.

Siamo scoppiati a ridere, poi Tessa ha

detto: – Vedrai che tirerai fuori un piano, Max. È quello che sai fare meglio.

– Be', ho tutta la mattina per inventarmi qualcosa – ho ammesso. – Sempre che gli insegnanti non mi distraggano con lo studio.

Mentre tornavamo insieme a casa, ho provato a spiegare le mie idee, ma Tessa sembrava più interessata a parlare di **patatine**.

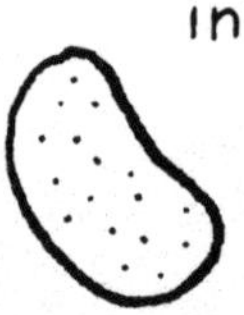

Ci teneva ad assaggiare un nuovo gusto in commercio, così abbiamo fatto una piccola deviazione.

Quando siamo usciti sgranocchiando dal supermercato, mi sono chiesto se ne fosse valsa la pena.

– Bah, questo nuovo gusto **cavolo e senape** non è niente di che – ha commentato Nish.

– Meglio sale e aceto – ho detto. – E se passassimo per Meadow Lane?! È una bella strada!

Ho allungato il passo ma, svoltato l'angolo, sono rimasto impietrito.

– Cos'è successo? – ha chiesto Tessa.

— Quella recinzione. La settimana scorsa non c'era, sono sicuro! —. Ho indicato una rete metallica che separava la strada dal terreno retrostante. Ho attraversato per leggere l'avviso attaccato alla rete. E mi sono sentito cascare le braccia.

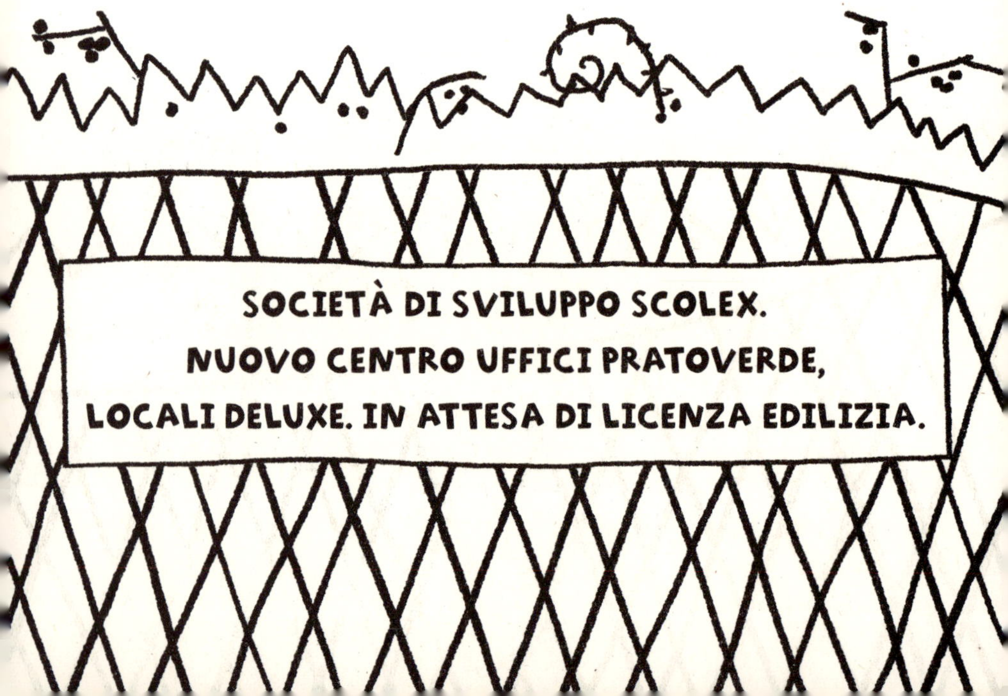

— Non ci posso credere! — ho esclamato, scuotendo la testa inorridito mentre Tessa e Nish mi raggiungevano. — Queste **zucche vuote** vogliono costruire degli uffici in questo bellissimo posto! —. Ho scosso ancora più forte la testa. — Come se non ce ne fossero già abbastanza!

— Bah, io non lo definirei "bellissimo" — ha replicato Tessa. Poi ha aggiunto: — Però

sul resto hai ragione. Mio padre si lamenta sempre dei suoi colleghi d'ufficio, dice che dovrebbero vivere di più nel mondo reale.

– Ma è QUESTO il mondo reale! – ho esclamato. – Ricordi quando siamo venuti qui, Nish?

– Come no! Mi sono ritrovato con le scarpe fradicie e il **sedere pieno di spine!** – ha borbottato lui.

— La natura a volte sa essere crudele — ho tagliato corto. Poi abbiamo guardato in silenzio il terreno al di là della recinzione. Tra macchie di rovi e alberelli rachitici si intravedeva un prato punteggiato di cespugli umidi, vecchie lattine e rimasugli di plastica penzolanti dai rami.

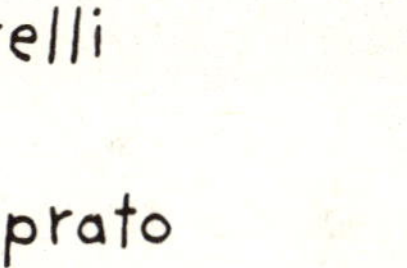

Forse aveva ragione Tessa: non era il massimo della bellezza, ma io sapevo che era importante. Lo chiamavamo Campo di Rovi, ma era molto di più.

L'anno prima l'avevamo esplorato con Nish, addentrandoci tra la sterpaglia. Lui non aveva fatto che lagnarsi dei piedi bagnati, ma io l'avevo trovato fantastico. C'erano fiori che non avevo mai visto, piccoli stagni pieni di rane e tritoni e molti più insetti che in qualsiasi altra parte della città.

— Non sarà bello, ma è una piccola oasi —

ho precisato. – Le aree naturali sono importanti, soprattutto nelle città. Questi uffici non si devono fare!

– Sì, è un peccato – ha ammesso Tessa con aria triste. – Ma è troppo tardi ormai.

– Mi spiace, Max, è una battaglia persa – ha aggiunto Nish.

– Questo lo dici tu! – ho ribattuto. Poi ho cominciato a camminare su e giù con il cervello che andava a mille. – Tutti quei giovani che si battono per il pianeta non si arrenderebbero così facilmente!

Dopo essermi tanto spremuto le meningi, avevo finalmente trovato il mio nuovo **Piano Per il Pianeta**. Avremmo salvato Campo di Rovi!

Sono filato dritto a casa con la mente traboccante di progetti.

Qualsiasi protesta che si rispetti inizia con IL PASSAPAROLA.

Così, dopo cena, mi sono messo subito al lavoro. Nel ripostiglio c'erano dei vecchi scatoloni che ho svuotato e ritagliato per ricavarne dei cartelloni. Poi ho preso in prestito i colori di mia sorella Lily e mi sono chiuso in camera per riflettere.

Per diffondere il messaggio ci voleva uno slogan che facesse colpo.

Pensando che un paio di biscotti (o anche tre) avrebbero favorito la concentrazione, sono sceso in cucina.

La mamma stava leggendo un opuscolo patinato. Ah, Max! Stavamo giusto parlando di vacanze ha detto. – Sono anni che non

ne facciamo una e vorremmo tanto andare all'estero in un bel posto al sole!

— Non ho tempo per queste cose, mamma — ho replicato. — Sto organizzando una NUOVA PROTESTA. Vogliono costruire un centro uffici a Campo di Rovi, dobbiamo fermarli!

Mamma ha arricciato il naso, come se avesse sentito una puzza. — Sei sicuro, Max? Le tue idee geniali finiscono sempre in qualche disastro. Il preside non ti ha ancora perdonato per aver fatto uscire di corsa i tuoi compagni da scuola lo scorso trimestre.

— Abbiamo *camminato*, non corso — ho precisato. — Era uno sciopero per il clima. Dovremmo rifarlo, un giorno o l'altro. Comunque, tranquilla, stavolta la scuola non c'entra niente.

Mamma aveva un'aria poco convinta.

— Uhm. Sarà meglio per te. Ora, però, dai un'occhiata a questi!

Ha spinto verso di me una pila di opuscoli con foto di

spiagge orlate di palme, piscine luccicanti, bagnanti sulle sdraio e un tizio che sorrideva (chissà poi perché) con un'aragosta in mano.

– Molto bello, ma mi annoierei a morte – ho tagliato corto. – E non voglio avere niente a che fare con le aragoste.

– Le aragoste sono un optional – ha sorriso la mamma. – E poi non ti annoieresti.

Nell'hotel c'è l'animazione. Tu e Lily potreste fare tutto quello che vi pare, mentre io e papà ci godiamo un po' di RELAX. Abbiamo proprio bisogno di una pausa! È tanto che non facciamo un viaggio e in questi giorni c'è un'offerta sui voli low-cost...

La mamma ha continuato a blaterare di vacanze per un secolo.

Così, alla fine mi sono distratto e non ho più lavorato ai cartelloni.

Per quanto mi

riguardava, non vedevo l'ora che finisse la scuola perché le vacanze sono sempre meglio delle lezioni e poi avrei avuto tutto il tempo di escogitare nuovi **piani per il pianeta.**

Però, mentre mi infilavo a letto, l'idea di un viaggio ha cominciato a stuzzicarmi. Dopotutto, negli ultimi mesi ero stato parecchio indaffarato con la mia campagna ambientalista.

Appena mi sono addormentato, ho cominciato

a sognare. Mi capita spesso quando mi frullano tante idee in testa e non è sempre piacevole. Stavolta, però, era davvero un gran bel sogno.

Ero a scuola, ma invece di stare al mio banco, ero seduto su un materassino gonfiabile a forma di fenicottero rosa. Nessuno però ci faceva caso, neanche quando a un certo punto volavo fuori dalla finestra e atterravo in un'enorme piscina di limonata. E così, mi ritrovavo spaparanzato con gli occhiali da sole

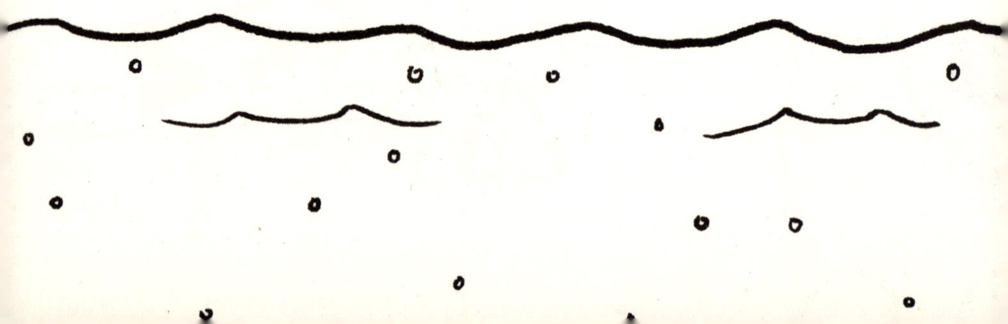

e un casco da bici in testa (be', era un sogno, no?) a mangiare venti gusti di gelato diversi. **Stra-mitico!** Questa sì che è vita!

Forse avevo davvero bisogno di una vacanza...

Il mattino seguente stavo ancora sognando a occhi aperti il sole, il mare e i gelati. Ma mi sono imposto di non pensare più alle vacanze

(per quanto mitiche!) e di concentrarmi piuttosto sul mio obiettivo.

Mi sarei guadagnato una vacanza se fossi riuscito a salvare Campo di Rovi! E visto che ero rimasto indietro con il mio progetto, ho deciso di continuarlo a scuola, dove non sarei stato distratto dagli sproloqui di mia madre.

Ho preso il vecchio lenzuolo che i miei usano per proteggere i mobili quando fanno qualche lavoretto in casa e l'ho infilato nello zaino insieme ai cartoni e ai colori. Per lui avevo in mente uno scopo migliore!

All'ora di pranzo, Nish e Tessa mi hanno aiutato a realizzare i cartelloni. Siamo andati in cortile, dietro la rimessa delle bici, dove non ci avrebbe disturbati nessuno.

Ho disteso per terra il lenzuolo e i cartoni. Ci abbiamo messo un po' a decidere quali parole usare, ma alla fine abbiamo dato libero sfogo alla fantasia.

Sui cartoni abbiamo scritto: ABBIAMO BISOGNO DELLA NATURA e VIVA GLI ANIMALI. E sul lenzuolo: STOP AGLI UFFICI! GIÙ LE MANI DALLA CAMPAGNA!

Poi abbiamo fatto un passo indietro per ammirare il nostro capolavoro.

– Grande! Ben fatto, squadra! – ho approvato, dando il cinque ai miei amici.

ABBIAMO BISOGNO DELLA NATURA
STOP AGLI UFFICI!
VIVA GLI ANIMALI
GIÙ LE MANI DALLA CAMPAGNA!

SALVATE
I NOSTRI SPAZI VERDI

— È meglio rimettere tutto a posto — ha detto Tessa. — L'intervallo è quasi finito.

Ho raccolto i cartelloni stando attento a non sbaffare le scritte, mentre Nish prendeva il lenzuolo. — Ops! Guarda qui — ha detto.

Sul pavimento del cortile era rimasto un messaggio. — STOP UFF! CAMPA NA! — ha letto Nish.

— Il lenzuolo ha lasciato filtrare i colori!

— Stop uff campana... — ho ripetuto.

— Sembra la protesta del vicino di casa di un campanaro matto.

— Non ha nessun senso, proprio come te! —

ha sghignazzato Nish.

Datevi una mossa, voi due! ha tagliato corto Tessa. Imbrattare il cortile della scuola vuol dire finire in grossi guai!

STOP UFF! CAMPA NA!

— Questo sì che ha senso! — ho detto.

Tra la rimessa delle bici e la mensa c'era un passaggio dove abbiamo appeso ad asciugare i cartelli. Nessuno li avrebbe notati. Dopodiché ce la siamo svignata alla chetichella.

— Ricordatevi di lavare le mani! — mi sono raccomandato. — Non facciamoci beccare con le mani... nella marmellata!

Per tutto il pomeriggio sono stato

con l'ansia che il preside (con la fortuna che mi ritrovo!) piombasse da un momento all'altro in classe accusandomi di avere imbrattato il cortile.

Chissà poi come si fa a ripulire un cortile dalla vernice... Basterà aspettare che piova? Fortunatamente, in terra erano rimaste impresse solo poche lettere che nessuno avrebbe potuto ricollegare al nostro progetto.

Quando è suonata la campanella, ho tirato un sospirone di sollievo. Mi sono fiondato alla rimessa delle bici e ho infilato i cartelloni nello zaino. Arrivato a casa, ho arraffato un pacchetto di chips e mi sono collegato a internet per fare una ricerca seria.

Ho trovato un sacco di notizie sull'**importanza** delle aree verdi nelle città e su quante specie animali rischiano l'estinzione. Ho letto anche che stare all'aperto è fondamentale per la nostra salute, cosa su cui sono d'accordo al 100%. Le volte in cui mi sono sentito più felice e rilassato sono state quando ho fatto birdwatching con papà oppure

ho passato del tempo a Campo di Rovi. Tutti hanno bisogno della natura!

Le ricerche su internet ti portano in tante direzioni (con l'aiuto di chips). Ho imparato che il **cambiamento climatico** colpisce *flora* e fauna in tutto il mondo e che i viaggi in aereo sono deleteri per l'ambiente. E sottolineo **deleteri**. Ho cercato di distrarmi giocando a Super Criceto 2, ma non ha funzionato. Ormai avevo il cervello che faceva gli straordinari.

Sono andato a letto angosciato dal pensiero dei viaggi aerei e del cambiamento climatico, e sono rimasto sveglio ad arrovellarmi il cervello. A un certo punto, però, devo essermi addormentato perché ho cominciato a sognare. Ero di nuovo sul materassino a forma di fenicottero, ma stavolta nella piscina al posto della limonata c'era acqua sporca e oleosa. All'improvviso, è apparso un tronco, che veniva verso di me, con sopra un orso polare infuriato. L'orso mi diceva qualcosa che non capivo.

POP!

Poi è apparsa un'aragosta che ha bucato con le chele il materassino. E io affondavo, affondavo...

Il mattino dopo mi sono svegliato spompato, ma con una certezza: non avrei

mai preso l'aereo per andare in vacanza! Avrei voluto parlare delle mie ansie a mamma e papà, ma erano troppo impegnati a dare la colazione a Lily (cioè a trafficare con pappette mollicce) e non era il momento migliore.

Comunque, se volevo portare i cartelloni a Campo di Rovi, dovevo **darmi una mossa.**

Così, ho trangugiato i cereali, agguantato lo zaino e infilato la porta di casa.

Mi sono diretto verso Campo di Rovi,

sforzandomi di non pensare alle vacanze

e al cambiamento climatico.

Quando sei in missione per salvare

il pianeta, c'è sempre qualche

preoccupazione in agguato. Ma io ho scoperto

che il modo migliore per scacciare l'ansia è agire. Dovevo darmi da fare per salvare Campo di Rovi.

Invece di prendere la solita strada, sono passato per Meadow Lane.

La recinzione davanti a Campo di Rovi pareva un mega brufolo sul viso di un amico. Dovevo nasconderla! Mi sono guardato intorno per accertarmi che non ci fosse nessuno. Poi ho tirato fuori striscione e cartelloni dallo zaino e li ho legati con lo spago alla rete metallica.

Grandioso! Ho scattato un sacco di foto con il cellulare e ho ripreso la strada di scuola tutto soddisfatto.

Quando ho incrociato Nish e Tessa in cortile, ho mostrato loro le foto annunciando fiero: – La nuova campagna ambientalista è partita!

– Sì, ma poi? – ha chiesto Tessa dubbiosa. – I costruttori non si fermeranno certo per quattro cartelli.

– Questo è solo l'inizio! Ho in mente un piano. Qui dentro ci sono un sacco di idee – ho risposto, toccandomi la fronte. – Voglio rendere **più naturale** la nostra scuola. Tempo fa, abbiamo piantato degli alberi per creare la **Foresta della Speranza**, ora ci vorrebbe uno stagno o un prato di fiori selvatici...

– Dovrai convincere il preside McPanza – ha obiettato Nish.

– Infatti, è la prima fase del piano – ho ribattuto.

Quando devi chiedergli qualcosa di importante McPanza è introvabile come l'araba fenice. Ma è capace di materializzarsi dal nulla appena fai qualcosa di sbagliato. Lì per lì, ho pensato di **combinarne qualcuna** per costringerlo a sgridarmi, così avrei potuto spiegargli i miei progetti, ma poi mi sono detto che era troppo rischioso. Se lo avessi fatto arrabbiare, non sarebbe stato disposto ad ascoltarmi (e poi già vengo sgridato abbastanza).

Ho passato l'intervallo a cercarlo e

proprio quando stavo per rinunciare l'ho visto attraversare il cortile. Appena si è accorto che mi avvicinavo, si è fiondato nel ripostiglio dei bidoni della spazzatura.

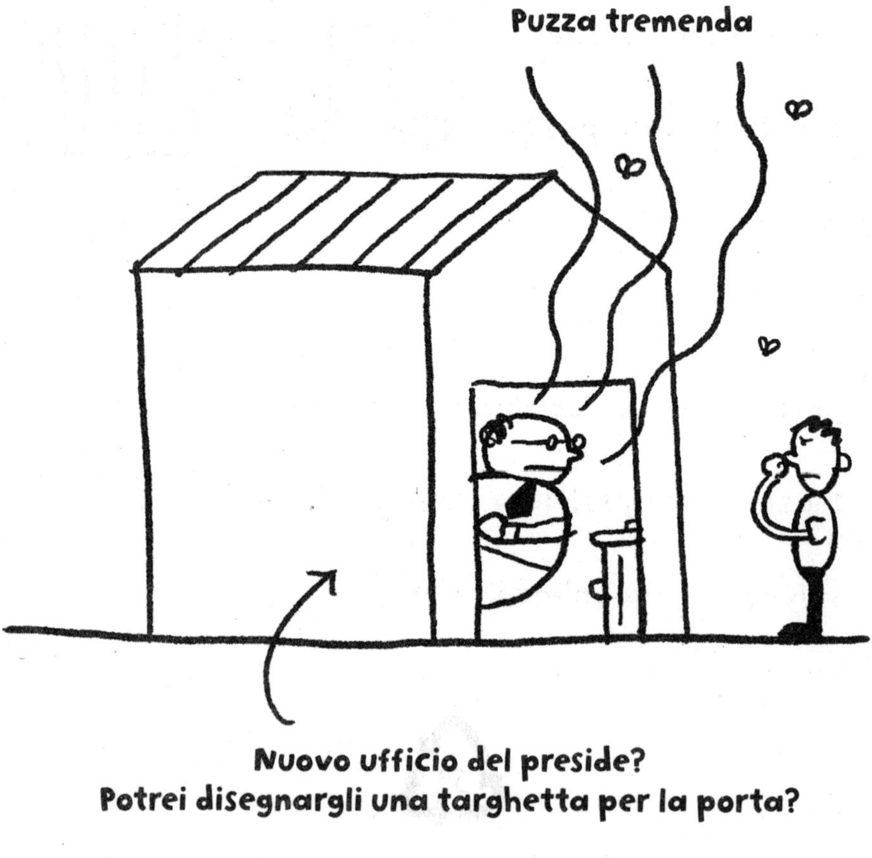

L'ho raggiunto un secondo prima che si chiudesse dentro.

— Ah, sei tu, Max — ha sospirato. — Volevo controllare che i bidoni fossero chiusi. Tutto a posto. Arrivederci!

— Aspetti, devo parlarle! — ho esclamato. — Vorrei trasformare l'Istituto Jedley in un posto più selvaggio! Ho un'idea...

— Non ho tempo per le tue buffonate! — ha tagliato corto il preside. — Gli studenti sono già abbastanza selvaggi per conto loro! E poi sto **indagando** su una scritta in cortile, qualcosa di assurdo sulle campane. Inconcepibile! Tu non ne sai niente, vero?

Mi ha trapassato con gli occhi.

Ho pesato con cura le parole. — In effetti, è davvero assurdo, signor preside —. Il che non era una bugia. — Ma, parlando di spazzatura, ci sarebbe bisogno di più spazio per il riciclo.

(Regola n. 1: quando ti fanno una domanda scomoda, cambia argomento. L'ho imparato dai politici in TV.)

Non è il momento! ha abbaiato il preside. Ora sono occupato e tu dovresti essere in classe! Ed è subito corso via.

Mi sono trascinato in aula con il morale sotto le scarpe. Nel corridoio ho incrociato la professoressa Friggibully.

«Scusi, non potrebbe parlare lei con il preside?» ho implorato. «A me non dà ascolto.»

Le ho illustrato le mie idee per rendere la scuola più eco-compatibile e tutto quello che avevo imparato sull'importanza delle aree naturali. Le ho anche raccontato della minaccia che incombeva su Campo di Rovi. Insomma, non la finivo più di parlare!

— Frena, Max! — mi ha interrotto, alzando una mano. Il preside è sempre molto impegnato. Capisco che la questione ti stia a cuore, ma neanch'io ho il tempo di parlarne adesso. Però, sono d'accordo con te che dobbiamo apprezzare di più la natura. Ci penserò su. Adesso è ora di fare lezione!

Con un sospirone ho tirato fuori il libro degli esercizi. Perché quando ci sono in ballo questioni importanti la scuola deve sempre metterti i bastoni tra le ruote?!

Quando finalmente è suonata la campanella e sono tornato a casa, ho trovato i miei genitori in cucina con Lily.

— Ah, Max! — mi ha accolto la mamma con un'espressione che mi ha subito allarmato.
— Che hai combinato nel ripostiglio? Ci sono

cartoni sparsi dappertutto. Pensavi di rimettere a posto, vero?

Francamente no. – Scusa, poi sistemo.

– Be', vedi di farlo! Tieni, ho qualcosa per te –. Ha frugato in una busta. – Mi sono ricordata che il tuo costume da bagno ti sta piccolo e te ne ho comprato uno nuovo!

Ho preso il costume con la punta delle dita. Era INGUARDABILE.

Rosa fucsia con ragnetti arancione e sul sedere la scritta TIPO DA SPIAGGIA! Lo fissava sospettosa perfino Lily, che ha gusti improponibili.

– Neanche per SOGNO! Non metterò mai quel *coso*! – ho esclamato. – E poi che c'entrano i ragni?

– Non sono ragni, ma **piovre** – ha precisato stizzita mia madre.

– Mi sembrava allegro e per di più era in

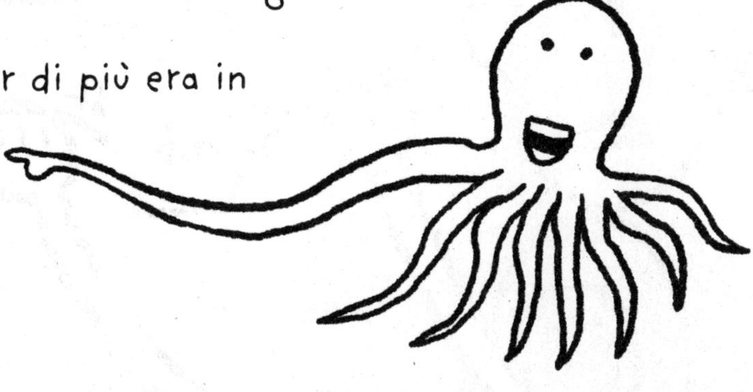

saldo. Ti serve un costume nuovo per la nostra vacanza.

– Allegro?! – ho ripetuto incredulo, mollando il costume sul tavolo. – Comunque, volevo parlarvi proprio di questo. Non dobbiamo prendere l'aereo. Fa malissimo all'ambiente!

Papà ha alzato gli occhi al cielo. – Ora non ricominciare, Max. Sono secoli che non facciamo una vacanza e un viaggio aereo non è poi la fine del mondo.

— Tutto conta! — ho esclamato. — Eravamo d'accordo di impegnarci per cambiare le cose! Ho una proposta migliore. Sentite: perché non facciamo una **casanza**, cioè, una vacanza a casa? Non serve l'aereo ed è molto più economica! Ho un paio di idee...

— Ah, non ne dubito! — mi ha interrotto papà. — Però, non spiegarcele adesso. È quasi ora di cena.

— Ma penserò a tutto io, vedrete che ci divertiremo un sacco! — ho protestato. — Sono bravissimo a fare grandi progetti!

Mi hanno guardato come se avessi proposto di mangiare una saponetta per cena.

– Max, i tuoi grandi progetti di solito provocano **grandi disastri** e si lasciano dietro una gran baraonda – ha sospirato la mamma, indicando il ripostiglio. – Ogni tanto c'è bisogno di staccare la spina.

– Restare a casa non mi sembra il massimo come vacanza – ha aggiunto il papà. – Magari ne discutiamo in un altro momento.

Era come parlare al vento. E i commenti della mamma erano davvero irritanti. Gli avrei fatto vedere io! Avrei organizzato una di quelle vacanze da lasciarli a bocca aperta! Ho imboccato le scale.

— Già che ci sei, porta in camera tua il costume nuovo — ha detto mamma. Ma io ho fatto finta di non sentirla.

Il mattino dopo, andando a scuola ho incontrato come sempre Nish e Tessa.

– Facciamo una piccola deviazione – ho proposto. – Voglio vedere se a Campo di Rovi è cambiato qualcosa.

– Non è una buona idea –

ha obiettato Tessa. – Se non ci sbrighiamo, entreremo in ritardo.

– Tranquilla! Non ci vorrà molto – ho insistito.

– È quello che dici ogni volta che ci fai arrivare in ritardo – ha ribattuto Nish, guardando accigliato l'orologio.

– Be', non è necessario che veniate anche voi. Do un'occhiata io velocemente e poi vi raggiungo.

Ho lasciato che Nish e Tessa proseguissero verso scuola e sono corso a Campo di Rovi.

Appena svoltato l'angolo, mi sono ritrovato davanti il freddo luccichio della recinzione.

Dov'erano finiti i miei cartelli di protesta? Non c'erano più. Li avevano rubati?

Poi mi sono accorto che erano ammonticchiati sul ciglio della strada. Qualcuno li aveva strappati via e buttati lì.

Chi poteva essere stato? Ho raccolto i cartelli inumiditi dalla rugiada, chiedendomi cosa fare. Avrei dovuto riattaccarli?

A un tratto, ho notato un movimento dall'altro lato della recinzione.

Poco dopo sono spuntati due uomini con in testa il casco e addosso un giubbotto giallo neon. Parlottavano tra loro con in mano delle cartellette.

Mi è preso un attacco di panico. Chi erano e che cosa stava succedendo?

Poi uno dei due si è girato e mi ha visto piantato lì come uno **stoccafisso**. Ha detto qualcosa al compagno e sono venuti verso di me.

Stavo per svignarmela, ma ci ho ripensato. Non avevo fatto niente di male, e almeno avrei scoperto che cosa avevano in mente.

'Giorno! ha detto uno dei due in tono inaspettatamente cordiale.

Sono tuoi quei cartelli?

Dovevo tirargli fuori più informazioni possibili senza scoprire i miei piani. Serviva un'**astuta strategia**.

Fortunatamente, avevo alle

spalle anni e anni di esperienza con gli insegnanti e i miei genitori...

– Li ho trovati per terra – ho detto (non era la verità, ma nemmeno una bugia). – Ehm, che sta succedendo?

– Costruiscono un centro direzionale – ha risposto lui, indicandomi l'avviso attaccato alla recinzione. Il casco gli stava grande e **ballonzolava** di qua e di là a ogni parola, cosa che rendeva difficile prendere sul serio il suo proprietario. – Perché ti interessa? – mi ha chiesto poi.

— Oh, tanto per sapere — ho detto simulando indifferenza. — Quando cominciano i lavori?

— Tra un paio di settimane, si spera.

— Che cosa?! — ho esclamato in tono tutt'altro che indifferente. Manca pochissimo! Chi l'ha deciso? E che fine farà il campo?

— Be', non è mica la foresta amazzonica — ha sospirato il tipo con il casco. — Quando si tratta di zone verdi così piccole, meglio usarle per qualcosa che renda. Comunque, non sono io che decido, faccio solo il mio lavoro.

Stavo per ribattere, ma lui ha tagliato corto. – Devo tornare in cantiere. E tu, invece, non dovresti essere a scuola? Ci vediamo.

Mi ha fatto un sorriso educato, <u>ma fasullo,</u> e se n'è andato con il suo casco ballonzolante. Per l'ansia mi si è annodato lo stomaco come un serpente.

Mi sono allontanato fumante di rabbia!

Un paio di settimane... Era tutto quello che avevamo per salvare Campo di Rovi?

Sono entrato a scuola per un pelo e sono **sgusciato** in classe mentre la Friggibully faceva l'appello.

La prof mi ha lanciato un'occhiataccia e mi ha chiamato subito alla cattedra.

Cerca di arrivare prima, Max. Ora, però, non fare quella faccia. Ho una bella notizia. So che ci tieni a rendere più ecologica la nostra scuola e, visto che oggi è una bella giornata, ho pensato di fare lezione all'aperto! Studieremo la natura e faremo un'esercitazione pratica. Insomma, pane per i tuoi denti!

Aveva ragione. Mi sono sentito subito

meglio. E per il resto della mattina ho aspettato con impazienza quel momento.

Dopo pranzo, la professoressa ci ha portati nel campo vicino alla scuola, dove avevamo piantato gli alberi lo scorso trimestre. Stare all'aperto sotto il sole del pomeriggio era una sensazione **magnifica!** Ci siamo seduti sui tappetini che aveva steso in terra e abbiamo cominciato la lezione.

La Friggibully ha distribuito una dispensa sull'ambiente, che ho letto con interesse finché non sono stato distratto da un **enorme ragno** che zampettava tra i fili d'erba. Era grosso quasi quanto un dito di Lily, con il corpo nero lucido. Sembrava un piccolo gioiello. Wow! Ho allungato una mano e il ragno si è arrampicato sul mio palmo, poi si è fermato vibrando come se esplorasse il nuovo ambiente.

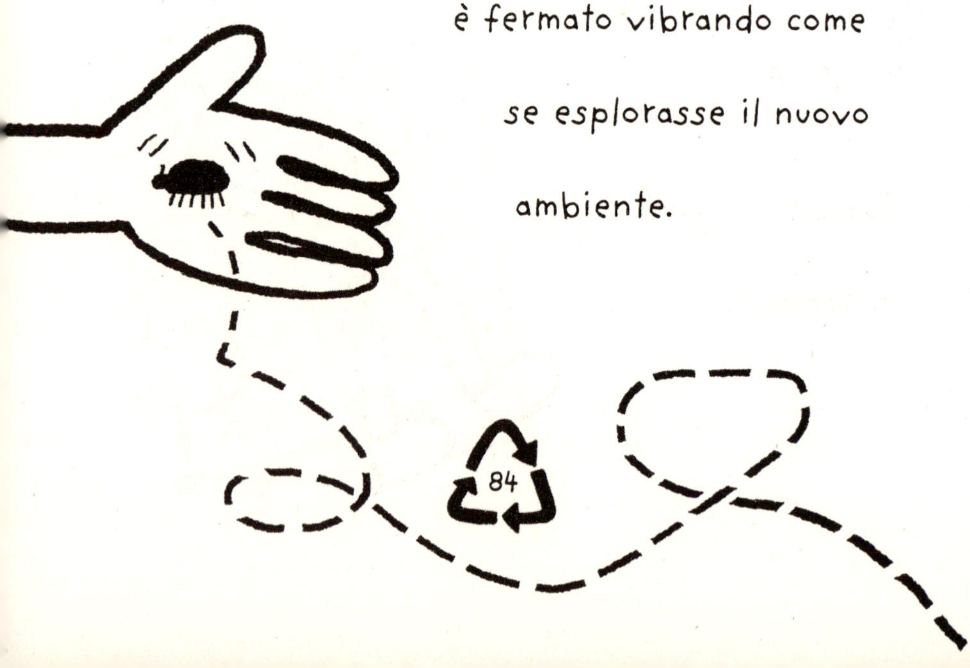

Ho dato una gomitata a Nish. – Ehi, guarda! –. E ho lasciato cadere il ragno sul suo tappetino.

Pensavo che si sarebbe incuriosito. Invece ha avuto una reazione che mai mi sarei aspettato. È saltato in piedi strillando come se lo avesse morso una tarantola.

Cos'è?! Caccia via quel coso! – ha urlato dimenandosi come se avesse il ragno nelle mutande.

— Te lo dicevo che a volte la natura sa essere crudele — ho ridacchiato, mentre tutta la classe ci guardava divertita.

— Che cosa succede, Nish? — ha chiesto a voce alta la Friggibully.

— Lasci stare, prof! Non caverà un **ragno dal buco!** — ho risposto, e tutti sono scoppiati a ridere.

— È solo un ragnetto! Piantala di frignare! — ha gridato Matt McDonald.

Quando ho capito che Nish non si stava affatto divertendo, ho preso con

delicatezza

l'insetto tra le mani.

— Lo porto via —

ho detto, e mi sono

allontanato per liberarlo.

— Come si fa

ad avere paura

di una bestiolina

così innocua? — ha

commentato qualcuno.

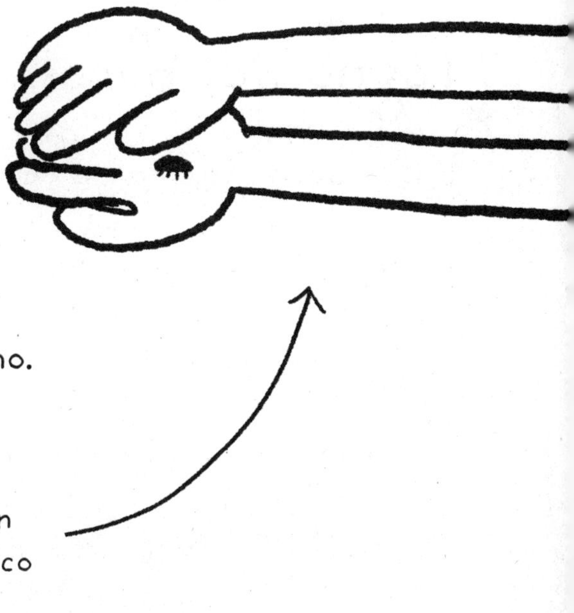

Comodo come un
ragno nel suo buco

Mi è dispiaciuto per Nish. Vedendolo così mortificato, ho pensato a come sdrammatizzare la situazione. Non mi ero sempre vantato di essere un attore nato?

Così ho posato il ragno nell'erba alta e sono stramazzato a terra con un gemito come se mi avessero sparato.

— Non è innocuo! È una vedova nera! — ho ansimato, rotolandomi tra i lamenti.

— Per l'amor del cielo, Max! —. La Friggibully si è avvicinata a grandi passi. — Smettila con queste **pagliacciate** e va' a sederti!

— Ma sono stato morso da una vedova nera! — ho piagnucolato.

— Lo so che tu sai che io so che è uno scherzo, Max — ha detto la prof. — Vai SUBITO a sederti!

Mi sono alzato e sono tornato con

aria imbarazzata dai miei compagni che si sbellicavano dalle risate.

La Friggibully ci ha messo un po' a riportare ordine. Alla fine, mi ha posato una mano sulla spalla. – Mi hai deluso, Max. Ci tenevo a questa lezione perché so quanto è importante per voi giovani stare all'aperto. Credevo che saresti stato il più attento di tutti, invece sono molto sorpresa dal tuo comportamento.

– Mi dispiace – ho detto di getto. – Cercavo solo di sviare l'attenzione da Nish.

— Lo so che le tue intenzioni sono buone, — ha sospirato — ma devi **riflettere** prima di agire. Vedrai che te la caverai molto meglio. A domani.

Il rimprovero della Friggibully mi aveva irritato, ma ho voluto scacciarlo dalla mente: avevo cose ben più importanti a cui pensare.

Tornando a casa, ho parlato con i miei amici.

— Dobbiamo tirare fuori un'idea per Campo

di Rovi! – ho detto. – Abbiamo solo un paio di settimane! Conoscere la natura è importante, ma non serve a niente se qualche zuccone ci costruisce sopra uno stupido palazzo!

Dobbiamo coinvolgere più persone ha proposto Tessa. Cartelli e striscioni non bastano, bisogna far girare la notizia su internet. Se poi riuscissimo a coinvolgere anche i giornali e la TV, sarebbe il massimo.

— Hai ragione! — ho esclamato. — Dobbiamo organizzare un evento con tanta gente. Una **manifestazione!**

— Mmm... Non sono mai stato a una manifestazione — ha detto Nish, dubbioso. — Cosa si fa? Come funziona?

Mi hanno guardato tutti e due con aria interrogativa.

— Be', scriviamo un volantino e lo distribuiamo, creiamo un post e lo condividiamo sui social, per invitare la gente a partecipare. Magari lo pubblicizziamo anche in TV, così quegli antipatici dei costruttori capiranno di avere tutti contro.

— Non finiremo mica nei guai come quella volta che ci hai fatto fare sciopero? — ha chiesto preoccupata Tessa.

— Ah, è stato **mitico**, ne è valsa davvero la pena! — ho dichiarato entusiasta. — Ma è successo un secolo fa e da allora non mi sono più cacciato nei guai. Più o meno. Comunque... non ci saranno problemi se organizziamo la manifestazione nel fine settimana.

— Abbiamo poco tempo — ha obiettato Nish.

— Già. Quindi diamoci una mossa! — ho ribattuto serio. — Sabato ho un impegno con i miei: dobbiamo farla per forza domenica. Magari verso ora di pranzo. Ci penso io a chiamare i giornali!

— Dici che ti prenderanno sul serio?

Forse non daranno retta a dei ragazzini — ha osservato dubbiosa Tessa.

— Dovrebbero, invece! — ho replicato.

Tessa, però, non aveva tutti i torti. — Per rendere più ufficiale la protesta ci vorrebbe un titolo che faccia colpo, qualcosa di sensazionale — ha suggerito.

Ecco una buona idea!

Abbiamo continuato a camminare riflettendo in silenzio. Potevo quasi sentire le **rotelle** che ci giravano nel cervello.

— Ci sono! — ho gridato all'improvviso.

— Ci chiameremo **PUPU: Persone Unite per il Parco Urbano.**

— Mmm... c'è il rischio che la gente lo pronunci **PUPÙ** — ha commentato Nish.

— Però, non è male.

— Sì, è un nome che resta impresso! — ho detto. — Preparerò dei volantini da distribuire a scuola. Tessa, ho un lavoro per te: devi creare una pagina su Datacroc per pubblicizzare la manifestazione.

— Diventerà virale! — ha promesso

entusiasta Tessa, che praticamente vive sui social.

Così, nel giro di pochi giorni, PUPU è partito alla grande. Con la stampante di papà ho preparato dei volantini che Nish mi ha aiutato a distribuire a scuola. Poi ho telefonato al giornale locale, che ha promesso di mandare qualcuno,

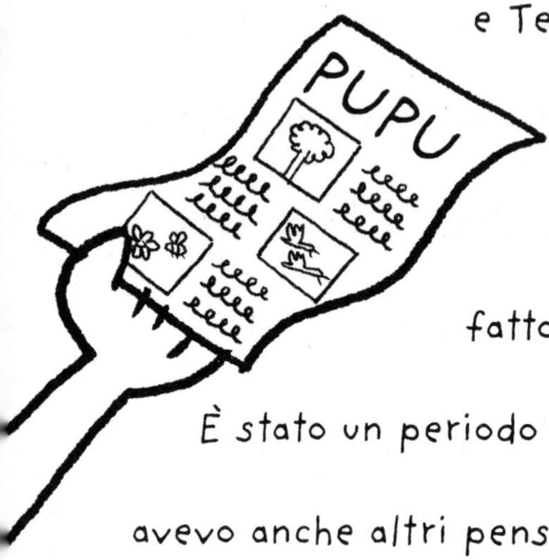

e Tessa ha pubblicizzato l'evento su internet. Insomma, abbiamo fatto un mega passaparola!

È stato un periodo frenetico, perché avevo anche altri pensieri che mi frullavano in testa. Infatti, mi stavo ancora arrovellando sulla vacanza con i miei. Non volevo prendere l'aereo e poi non mi sembrava il caso di partire, visto che avevamo poco tempo per salvare Campo di Rovi.

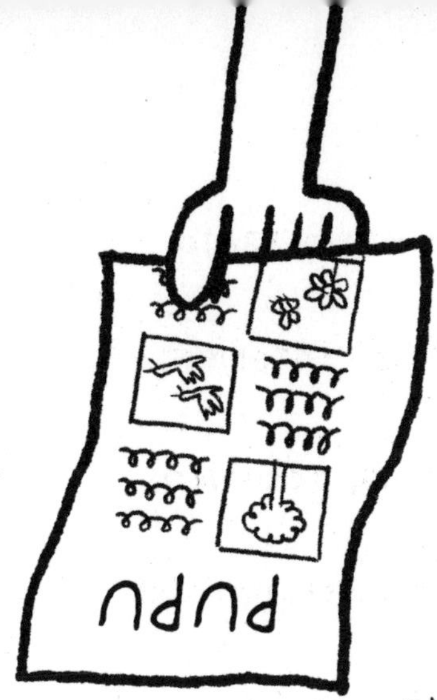

Dovevo convincere mamma e papà a restare a casa, così avrei potuto seguire la campagna di protesta. Mi sono ripromesso di provarci sabato. Mi aspettava un fine settimana di fuoco!

Sabato mi sono alzato presto. Era un giorno importante.

Papà aveva portato Lily a spasso e la mamma era ancora a letto. Avevo il tempo di organizzarmi ma, non sapendo quando si sarebbero fatti vivi, ho fatto tutto in fretta e furia. D'altra parte, ero in missione e le cose cominciavano finalmente a concretizzarsi.

Quando ho sentito la mamma che scendeva le scale, avevo completato quasi tutti i punti sull'agenda.

Cose da fare

- ☐ Inventare cocktail raffinato
- ☐ Cena speciale (niente aragoste)
- ☐ Fuso orario dei Tropici
- ☐ Palme (troppo complicato?)
- ☐ Organizzare spettacolo (scrivere canzone!!!)
- ☐ Mettersi in ghingheri
- ☐ Svegliare mamma

Appena è entrata in cucina, l'ho salutata con un: – Bonjour! Benvenuta all'hotel Max, il MAXimo del lusso! Desidera un cocktail, *madame*?

– Che accidenti stai combinando? – ha chiesto mia madre, stropicciandosi gli occhi. – Guarda in che stato hai ridotto la cucina!

– È solo una piccola prova per la nostra casanza –

ho spiegato. – Perché non si rilassa con un drink speciale, *madame*? Offre la casa! Intanto, metterò a posto.

– Che buffonata! – ha borbottato mamma. – Ti do dieci minuti per riordinare la cucina. Io me ne torno a letto –.

E sospirando si è trascinata in camera.

Mentre mi accingevo a pulire, ho sentito papà che apriva la porta di casa.

Sono corso subito da lui. – Aloha! – l'ho salutato, invitandolo a entrare con un gesto elegante.

Mi ha guardato con sospetto. – Che cos'è successo? Perché porti gli occhiali da sole e quel cappello ridicolo?

Siamo in modalità vacanza! ho risposto. – Prego, posi la valigia e si metta comodo.

– Tua sorella

non è una valigia – ha detto papà, mettendo Lily sul seggiolone.

La mamma è spuntata in cima alla scala.

– Pare sia una prova di *casanza* – ha spiegato al papà, sollevando con aria critica le sopracciglia.

– Sì! – ho esclamato.

– Prego, prendete un cocktail.

– Che roba è? – ha chiesto papà, annusando sospettosamente il bicchiere.

— Cocktail ai frutti tropicali — ho annunciato. — Assaggiate!

Papà ne ha bevuto un timido sorso, poi ha fatto una smorfia. — Bleah! Cos'è questa roba che galleggia? E quella lì non sarà mica *lattuga*? E la polvere in fondo al bicchiere?

— Quelle a galla sono fettine di pomodoro. Non proprio tropicale, ma pur sempre un frutto. La lattuga è un tocco decorativo. La polvere è lievito per dolci, ho pensato che ci stesse bene un po' di **effervescenza**.

— Lievito?! — ha esclamato la mamma.

Poi, senza neppure assaggiarlo, ha versato il suo cocktail nel lavandino scuotendo la testa.

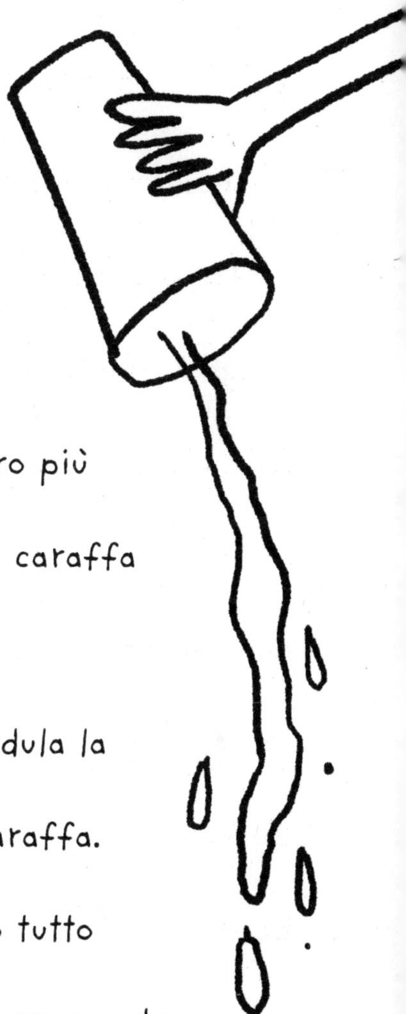

— Niente paura! Ce n'è ancora, se ne desidera un altro più tardi — ho detto, indicando la caraffa piena.

La mamma ha fissato incredula la bottiglia vuota accanto alla caraffa.

— Non dirmi che hai usato tutto il succo di frutta di Lily per fare questa

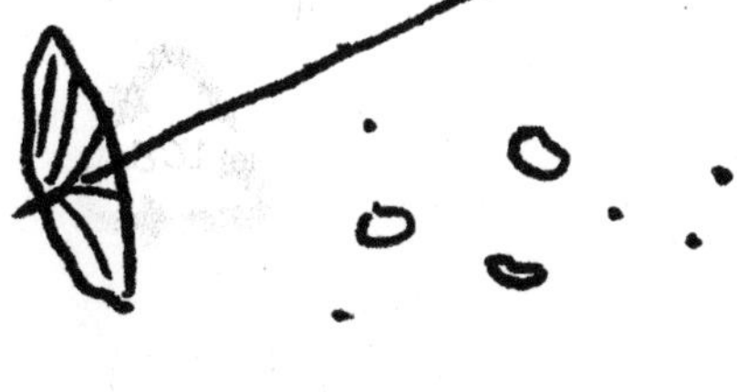

porcheria! – ha esclamato. – Ma insomma, Max!

– Facciamoci una bella tazza di tè! – ha tagliato corto papà, posando il bicchiere e accendendo il bollitore.

– Come desidera, signore – ho detto. – Perché non si rilassa sulla **Spiaggia** mentre penso io al tè?

Papà mi ha guardato confuso. Anche perché non abitiamo vicino al mare. Almeno, non di solito.

Ho accennato alla portafinestra. – Da questa

parte, prego! —. Papà ha lanciato un'occhiata a mamma che stava preparando il tè, poi ha scrollato le spalle e mi ha seguito in giardino.

— Si rilassi, prenda il sole — ho detto, indicando l'asciugamano che avevo steso sulla sabbiera di Lily.

Dubito che mi abbronzerò ha sospirato mio padre, guardando il cielo grigio cemento.

Comunque, si è accomodato sull'asciugamano, mentre io tornavo in cucina per prendere il tè.

Non aveva fatto neanche in tempo a sedersi che è saltato in aria con uno strillo.

Ha gettato via l'asciugamano e ha cominciato a scavare nella sabbia borbottando certe parole che mi sarebbero costate una bella sgridata se le avessi dette io.

— Ahia! Guarda su che cosa mi sono seduto!

Una locomotiva nel **fondoschiena** è proprio un bel relax! – ha gridato, tirando fuori dalla sabbia il trenino di Lily.

– Sono mortificato, signore – ho detto con prontezza. – L'inquinamento da plastica affligge anche i migliori villaggi turistici.

– Basta con queste assurdità! – ha urlato lui. – Rientro in casa e TU vedi di rimettere subito a posto il giardino e la cucina. Intesi?

A quanto pare, non avevo molta scelta. Con un sospiro, mi sono tolto cappello e occhiali e mi sono rimboccato le maniche.

Ci ho messo lo stesso tempo che avevo impiegato per organizzare l'esperimento. Quando mamma è tornata in cucina, avevo appena finito di sistemare.

— Così va meglio. Ci siamo quasi. Sei pronto per il pranzo? — ha chiesto.

— Ah! Anche a questo ho pensato io, madame! — ho annunciato, rimettendo cappello e occhiali. — Ecco una specialità —. Ho preso dal frigo un piatto e l'ho infilato nel microonde.

— No, **ci risiamo** — ha sospirato mamma, passandosi una mano tra i capelli. — Cos'altro hai inventato?

— Una fantastica pasta con verdure esotiche — ho risposto. — Sarà pronta in cinque minuti. Si accomodi, signora, prego.

— Mi fido poco — ha borbottato, ma io l'ho convinta ad apparecchiare e sedersi a tavola.

Quando il forno ha fatto *plin!* ho servito la pasta e ho chiamato papà.

— Pasta tropicale! — ho annunciato fiero.

Papà ha squadrato il piatto. — Più che pasta sembra un pastone. Che cosa c'è dentro?

Mamma ha punzecchiato sospettosamente il cibo con la forchetta. — Fagioli, noccioline e uvetta... Ingredienti non molto tropicali, Max.

— Be', assaggiamola. È stato un piacere conoscervi! — ha detto papà strizzando l'occhio e ha messo in bocca una forchettata di pasta.

Ha masticato piano rabbrividendo. Poi ha

deglutito con una smorfia e ha posato la forchetta, scuotendo la testa.

– È granulosa, amara e... *strana*. Sa di tutto meno che di pasta. Scusa, Max, ma non me la sento proprio di mangiarla. Per caso, ci hai messo del caffè?

– Certo. E anche del **cacao**. Era per darle un gusto esotico – ho spiegato.

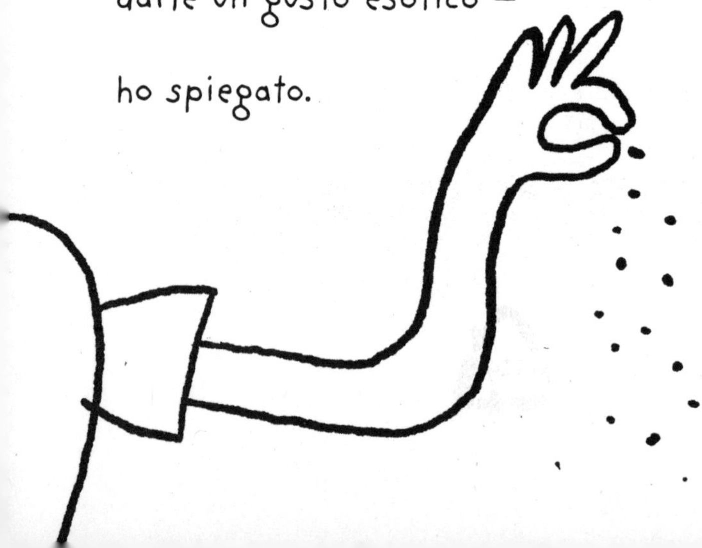

Mamma ha allontanato il suo piatto intatto.

– Preparo dei panini – ha detto seccata.

Papà ha cominciato a lavare i piatti, ma improvvisamente si è bloccato. – Non è possibile! – ha esclamato guardando l'orologio alla parete. – Devo correre a fare la spesa prima che chiudano i negozi!

– È già così tardi?! – si è stupita mamma.

– Vai, sbrigati!

– Prendo l'auto. Non dirmi di usare

la bici, Max, non farei mai in tempo! –. Ha agguantato chiavi e cellulare ed è corso alla porta. Poi si è fermato di colpo, fissando lo schermo.

– Un momento! Secondo il mio telefono,

è solo l'una e mezzo! – ha detto grattandosi la testa perplesso.

– Anche secondo il mio – ha detto mamma.

– L'orologio della cucina va avanti. Meno male!

Era ora di confessare. – Ehm, ho spostato avanti io le lancette – ho ammesso. – Ho pensato che impostando il fuso orario dei Tropici ci sarebbe sembrato di essere all'estero.

– Santa pace, Max! – ha sospirato il papà. – Be', tanto vale uscire ormai. Ciao!

Ho mangiato un panino con la mamma e l'ho aiutata a ripulire i piatti dagli avanzi di pasta tropicale. Poi ho intuito che i miei avevano bisogno di una pausa da me e così ho deciso di ritirarmi in camera fino al ritorno di papà.

Mi sono collegato a Datacroc e ho gongolato

nel vedere quante persone avevano condiviso i post di PUPU e confermato la loro presenza alla manifestazione.

Mi ha davvero tirato su di morale!

Quando si naviga su internet, il tempo vola. A un certo punto, mi sono accorto che era ora di concludere il mio esperimento vacanziero prima che fosse troppo tardi. Ho infilato cappello e occhiali, poi ho fatto il sacrificio estremo: ho indossato l'orripilante costume con i ragnetti. Se neanche

così riuscivo a mettere i miei dell'umore giusto, allora non c'era niente da fare. Ho preso la **chitarra giocattolo** di Lily e sono sceso di sotto.

I miei erano in cucina. Appena mi ha visto, mamma ha fatto un sospirone. – Ci risiamo! –. Poi notando il costume da bagno, si è illuminata tutta. – Ah! Ma allora ti piace il costume nuovo!

Ho ignorato il commento e battuto le mani per richiamare l'attenzione.

– L'hotel Max offre un intrattenimento a tutti i suoi gentili clienti. Prego, accomodatevi e godetevi lo spettacolo!

Mi sono schiarito la gola e, strimpellando la chitarra, ho attaccato a cantare:

È ora di prendersi una vacanza,
ma siamo già felici abbastanza,
non serve andare a tanta distanza.

Le aragoste mi fanno stranire,
su questo c'è poco da dire.
Meglio stare a casa a poltrire.

Amo il mondo floreale,
le api, i grilli e le cicale.
Facciamo una vacanza naturale!

La più grande felicità
è stare con mamma e papà.
E anche Lily, si sa.

Ho concluso con un inchino che ha fatto cadere il cappello, ma non importava. Quando ho guardato i miei, invece dell'espressione esasperata che mi aspettavo, ho visto un gran sorriso.

– **Bravo!** – ha esclamato divertito papà, battendo le mani. – L'hai scritta proprio tu? Domanda inutile. È fantastica!

– Sì, hai una bella voce! – ha aggiunto la mamma.

– Forse bisogna lavorare un po' sulla strumentazione...

— Perché non ci fai vedere tu? —. Le ho passato sorridendo la chitarra.

È stato l'inizio di una bellissima serata. La mamma si è divertita un mondo a suonare la chitarrina di Lily, mentre papà batteva il tempo sulla scatola dei biscotti con cucchiaio e forchetta e io cantavo e ballavo con mia sorella.

Eravamo una vera rock band familiare!

Era da un pezzo che non passavamo una serata così. È stata una specie di piccola vacanza casalinga.

Domenica mi sono svegliato all'alba tutto eccitato: era il grande giorno della manifestazione!

Dopo colazione, sono arrivati Nish e Tessa e insieme abbiamo radunato

i cartelloni che avevamo preparato. Avevo detto ai miei che andavamo a fare un giro a Campo di Rovi, ma non gli avevo raccontato tutta la storia. Non potevo rischiare che si opponessero: il futuro di Campo di Rovi era

troppo importante!

Ci siamo diretti alla manifestazione: la discesa in campo di PUPU!

Quando siamo arrivati sul posto,

però, non c'era anima viva. – Dove sono tutti? – ho chiesto deluso.

– Tranquillo, Max! – ha detto Tessa. – È appena l'una. Non sei abituato ad arrivare in orario.

Forse non aveva tutti i torti. Abbiamo attaccato lo **striscione** alla recinzione e siamo rimasti lì ad aspettare. Non è passato molto tempo che sono arrivati gli altri: i miei compagni di classe Ryan e Ali con la sorella maggiore di Ryan, poi Rashid e Lianne, Charlie con i suoi genitori, Chloe e Mo e perfino quell'orso di Danny Belter. Continuava ad arrivare gente, soprattutto compagni di scuola, ma anche perfetti sconosciuti. Ragazzini e adulti, compresa la Friggibully, che sembrava diversa: meno insegnante e più persona normale.

— Guarda, ci sono anche i giornalisti! — ha detto Nish, indicando un uomo con un'enorme telecamera e una donna con un bloc-notes.

— Grande! — ho esclamato raggiante. — C'è tantissima gente!

— Ora che facciamo? — ha chiesto Nish.

Bisogna ammettere che era una bella domanda. Non ci avevo minimamente pensato.

— Ci vuole un discorso — ha suggerito Tessa. — Alle manifestazioni c'è sempre qualcuno che fa discorsi.

Mi hanno guardato tutti e due con aria d'attesa.

– *Dovresti dire qualcosa. Dai, non è la prima volta che lo fai!* – mi ha incoraggiato Tessa.

– Ma non mi sono preparato. Che cosa dico? – ho balbettato.

– Quello che ti passa per la testa, come al solito – ha ridacchiato Nish. – *Vai, Max,*

ce la puoi fare!

La gente cominciava a dare segni di impazienza, avevo paura che se ne sarebbe andata via. Così ho fatto un respiro profondo, sono salito su un ceppo e ho gridato:

Signore e signori, un momento di attenzione! Farò un breve discorso!

Le persone si sono avvicinate e il cameraman ha puntato su di me l'obiettivo. Ho cercato di tenere a freno l'ansia.

– Grazie a tutti per essere venuti! Sono Max di PUPU.

Siamo contrari al nuovo centro direzionale perché Campo di Rovi è fondamentale per la fauna selvatica. Tante specie animali si stanno estinguendo per colpa dell'uomo e noi vogliamo impedirlo!

C'è stato un piccolo applauso. Stavo andando bene! Così ho continuato.

— Forse questo campo non significa molto per voi, ma io lo adoro. Ci sono uccelli, alberi, fiori selvatici e stagni pieni di tritoni maculati che sembrano baby dinosauri!

È un posto speciale, dobbiamo salvarlo. Il mondo ha bisogno di alberi e tritoni, non di cemento e mattoni!

— Alberi e tritoni, non cemento e mattoni! — ha gridato Nish tra gli applausi.

Lo slogan, ripreso dai miei compagni di classe, ha risuonato ovunque. La gente applaudiva entusiasta, mentre il fotografo scattava foto a raffica.

Quando sono saltato giù dal ceppo, si è avvicinata la Friggibully.

— Mi è piaciuto il tuo discorso, Max. Si capisce che questa protesta ti sta molto a cuore. Ben fatto! Ora devo andare. Ci vediamo domattina a scuola.

Mi sono guardato intorno. La folla cominciava a disperdersi e i compagni mi hanno raggiunto per salutarmi. La manifestazione si stava sciogliendo.

— Ora che succede? — ha chiesto Nish.

In quel momento è arrivata la giornalista.

La manifestazione è finita? ha chiesto, bloc-notes alla mano.

Ho fatto un rapido sondaggio: a parte Nish e Tessa, erano rimasti solo Mo e Ryan, che gironzolavano sulla strada, e Danny, che osservava Campo di Rovi.

– Ehm... no! **PUPU** non si arrende così facilmente! – ho dichiarato.

– Allora che succede? – si è informata la giornalista.

Perché tutti mi facevano la stessa domanda?

Gli avrei fatto vedere io cosa sarebbe successo. Appoggiata alla recinzione c'era la bici di Danny Belter con l'antifurto appeso al manubrio. E dentro era rimasta la chiave...

Ho avuto un'**illuminazione**. Ho passato il gancio dell'antifurto intorno alla vita e mi sono incatenato alla recinzione.

Poi ho fatto scattare il lucchetto. Era ora di prendere posizione...

Nish e Tessa sono rimasti a bocca aperta, mentre il cameraman non perdeva un fotogramma.

– **Ehi!** – ha gridato Danny, arrivando di corsa. – Quell'antifurto è mio!

– Scusa, poi te lo restituisco. È per una buona causa – ho detto.

Mi ha fulminato con lo sguardo. – Vedi di non perderlo, eh? –. Poi si è allontanato spingendo imbronciato la bici.

– Che immagine sensazionale! – ha esclamato la giornalista. Mi ha chiesto come mi chiamavo, quale scuola frequentavo e qualche altra informazione. Poi lei e il cameraman sono tornati alla loro auto e sono filati via. Anche Ryan e Mo se n'erano andati. Eravamo rimasti solo io, Nish e Tessa.

All'improvviso era sceso un gran silenzio.

– Ora che succede? – ha chiesto Nish.

– Piantala di chiedere sempre la stessa cosa! Aspettiamo – ho risposto. – Mi sono incatenato alla recinzione per salvare Campo di Rovi e resterò qui fino a quando ce ne sarà bisogno!

— Ci vorrà un po' di tempo, Max — ha detto Tessa. — Sono tutti a casa. Non sarebbe meglio chiuderla qui? È andata alla grande. Possiamo tornare un altro giorno.

Ho scosso la testa imbronciato.

Io resto qui. È una questione di principio!

Tessa e Nish hanno annuito, ma si capiva che non erano affatto convinti. Per un po' nessuno ha aperto bocca.

Poi Tessa ha rotto il *silenzio*. – Scusate, ma io devo proprio andare a casa. È quasi ora di cena, non ho neanche pranzato e non ci vedo dalla fame. Sei sicuro che vuoi restare qui, Max?

Ho fatto cenno di sì. Era una questione di **principio!**

– Be', mi dispiace di non poterti fare compagnia. *In bocca al lupo!* Torno presto –. Ed è andata via.

– Siamo rimasti *solo* noi due, eh? – ho detto sorridendo a Nish, che ha risposto con un cenno vago. Poi si è appoggiato alla recinzione con le mani in tasca.

Dovevamo portarci qualcosa da fare, tipo un gioco, per passare il tempo

ha mugugnato.

— Non ci ho pensato — ho ammesso.

Nish va matto per il calcio, ma in quel momento era un'idea impraticabile. Ha cominciato a camminare su e giù strusciando i piedi a terra.

— Che ne dici di giocare a "Vedo vedo"? — ho proposto allegro. — Comincio io. Vedo, vedo... una cosa che comincia con la R!

Recinzione ha borbottato Nish senza entusiasmo.

— Giusto! Ora tocca a te.

— Scusa, Max, ma è un gioco stupido — ha tagliato corto Nish, continuando a fare su e giù.

Per un po' si è sentito solo lo

strascichio delle sue scarpe sull'asfalto.

Si vedeva che era **annoiato** e dell'umore meno adatto a farmi compagnia.

– Guarda, se vuoi andare via anche tu, non è un problema – ho detto.

– Davvero? – ha fatto subito lui. – Te la senti di stare solo?

– Ma sì! – ho sorriso. – Dai, ci vediamo dopo.

– Se sei convinto tu... – ha mormorato, quasi riuscendo a non fare trapelare il sollievo.

Così è andato via in fretta e furia, lasciandomi solo. Ora c'era un silenzio di tomba. Mi sono chiesto cosa avrebbe mangiato Tessa a cena e ho provato un certo **languorino**. Avrei dovuto portarmi qualcosa da mettere sotto i denti. Ho pensato di chiamare i miei, ma avevo il telefonino scarico. Insomma, ero proprio solo.

Silenzio di tomba
Brontolio

Mi seccava dirlo, ma cominciavo ad annoiarmi anch'io. (Per fortuna, non c'era nessuno a cui dirlo.) Quando sei incatenato a una recinzione, non c'è molto da fare.

A un certo punto, ho visto avvicinarsi qualcuno. Un altro giornalista?

Chissà se aveva del cibo... Se voleva intervistarmi, gli avrei chiesto da mangiare. Mi sembrava uno scambio equo.

Ho allungato il collo per vedere meglio e ho riconosciuto Tessa. Mitica! Anzi **stra-mitica**, visto che mi aveva portato panini e patatine.

Ho subito arraffato le provviste.

— Mi hai salvato la vita! Stavo morendo di

fame — ho farfugliato con la bocca piena.

— No problem! — ha risposto. — Mi pareva brutto cenare mentre tu eri qui solo, così ho pensato di portarti uno **spuntino**. Ehi, ma quello laggiù non è Nish?

In fondo alla strada era comparsa una figura dal buffo passo molleggiato. Non poteva essere che lui.

Quando ci ha raggiunti, ho visto con grande

sollievo che mi aveva portato una **bottiglia d'acqua**. L'ho svuotata d'un fiato. Non mi ero reso conto di quanto avessi sete.

— Ehi, ne avevi proprio bisogno! — ha esclamato Nish. — Ora ti decidi a venire via da lì? Si sta facendo buio.

— Vero, ma resto lo stesso. È una questione di principio! — ho ribattuto.

Nish e Tessa si sono scambiati un'occhiata. Era chiaro che

disapprovavano. Però, stavolta non mi hanno lasciato solo.

Cominciavo ad avvertire un **bisognino** impellente. Tutta l'acqua che avevo bevuto doveva essere andata dritta in basso. Stavo per chiedere a Nish se potevo fare pipì nella bottiglia vuota, ma era una di quelle riutilizzabili e, se l'avessi usata come gabinetto d'emergenza,

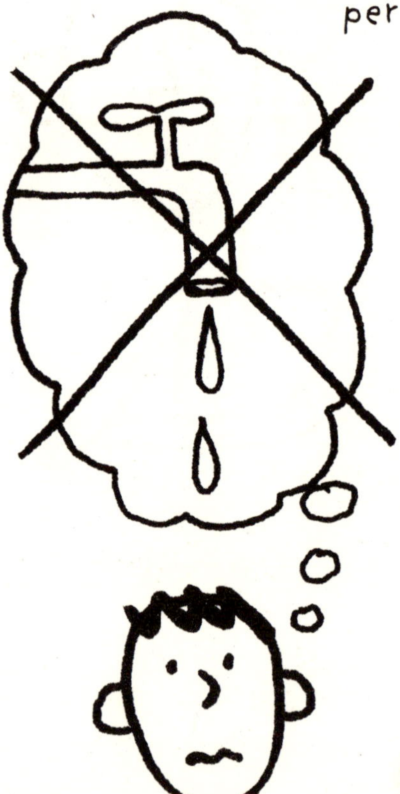

nessuno avrebbe più voluto riutilizzarla.

Mi sono sforzato di pensare ad altro.

Ma i miei pensieri scaccia-pipì sono stati interrotti da un grido lamentoso nel crepuscolo.

Nish ha sobbalzato per lo spavento. – Cos'era?

– Un gufo, probabilmente – ho buttato lì. – Non mi sorprenderei se ce ne fossero a Campo di Rovi.

E magari anche **pipistrelli**. Non è straordinario?

— Pipistrelli?! — ha esclamato Tessa.

— Sentite, si è fatto buio e questo posto mette i brividi. Andiamo via.

Aspettate, cos'è quello? ha chiesto Nish indicando la strada. In lontananza si vedeva una strana luce tremolante che appariva e spariva. Siamo rimasti a fissarla pietrificati.

— Viene verso di noi! — ha gridato Tessa. — Sentite questo rumore?

Nel tentativo di girarmi per vedere meglio, ho fatto tintinnare l'antifurto della bici.

– Sssh! – mi ha zittito Tessa. Siamo rimasti in silenzio ad ascoltare l'inquietante fischio e cigolio che accompagnavano la luce.

– È un fantasma! – ha bisbigliato Nish. – O un serial killer con un'ascia!

– Io non credo ai fantasmi – ha ribattuto Tessa.

Non ci credevo neanch'io, però mi ero aggrappato così forte alla recinzione che le mani mi sono diventate sudate e doloranti.

A un certo punto, non ce l'ho fatta più.

— Scappiamo! Presto, passami la chiave del lucchetto!

In quel momento ho chiuso gli occhi abbagliato dalla luce.

— Troppo tardi! — ha gridato Tessa.

— **È qui!**

Non osavo aprire gli occhi. Il cuore mi batteva come un martello pneumatico e, anche se faceva freddo, avevo la sudarella. Se non fossi stato incatenato alla recinzione, sarei potuto scappare. Non vedevo e non sentivo altro che una luce abbagliante e un sibilo fantasmatico.

Ho creduto di farmela sotto. È già brutto affrontare un fantasma, ma farlo con le mutande bagnate è terribile.

– Ehm, buonasera, signor Twyford! – ha detto Tessa.

Che cosa?! Ho aperto gli occhi. Sì, era proprio papà, che pedalava sfiatato sul suo tandem.

— Finalmente! — ha ansimato, spegnendo il fanalino della bici. — Stai bene?

— Sì, tutto a posto! — ho risposto più allegro di quanto non fossi. — È solo che il rumore della bici nel buio ci ha messo una **fifa tremenda**.

Papà ha guardato l'antifurto che mi teneva bloccato. — Mmm... la mente a volte gioca strani scherzi. Per esempio, ora sembra che tu sia incatenato alla recinzione. Ma dev'essere un'illusione ottica perché so che non faresti mai certe stupidaggini.

Quando papà tira fuori il suo tono sarcastico è un brutto segno. Significa che sta passando dalla modalità "irritato" a quella "fuori dai gangheri".

— Perché non ci hai detto niente, Max? — ha chiesto brusco. — Eravamo in pensiero e non rispondevi al cellulare. Dovresti essere a casa da un pezzo. Non so cosa stai combinando, ma apri subito quel lucchetto e vieni via.

— Scusa, papà — ho balbettato. — Passami la chiave, Nish.

– Non ce l'ho – ha risposto lui.

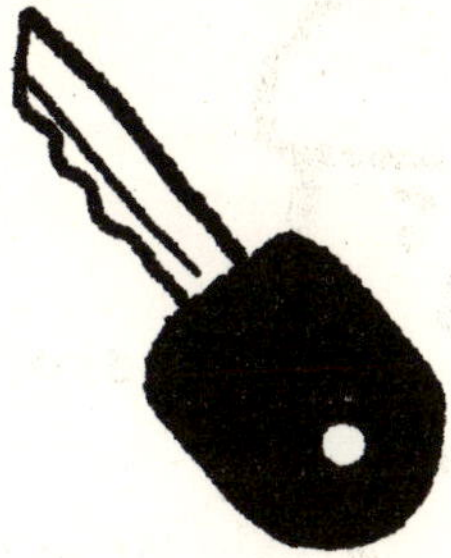

– Ma se te l'ho data io! – ho esclamato. – Avevo paura di perderla, non ti ricordi?

– Sì, ma io per non perderla l'ho data a Tessa – ha spiegato Nish.

Ho guardato Tessa, che ha alzato le spalle. – Io l'ho ridata a te, Max. Sono sicurissima.

– Ah sì? Scommetto che

avevi paura di perderla – ha detto sempre più sarcastico papà. – Be', ora l'avete persa TUTTI! Ridicolo!

– Sarà caduta per terra – ho ipotizzato.

– Cercatela qui intorno. E **sbrigatevi** che mi scappa di andare in bagno!

Hanno cominciato a perlustrare il terreno alla luce tremolante della bici.

Io ero bloccato e non potevo aiutarli e l'unico pensiero che avevo in testa era fare pipì. Se non trovavano subito quella chiave...

Troppo tardi: ormai ero al limite. Ho iniziato a ruotare piano piano verso a recinzione, cosa che equivaleva a sentirsi strofinare lentamente una grattugia sulla schiena.

Ahia!

– Che stai facendo, Max? – ha chiesto papà, interrompendo le ricerche.

– Manovre igieniche. Non guardate!

Quando finalmente sono riuscito a dare loro le spalle, ho potuto liberarmi. Ho fatto pipì tante volte in vita mia, non ho difficoltà a dirlo, ma questa è stata decisamente la più scomoda di tutte.

Ho provato un travolgente senso di sollievo e di soddisfazione, finché non ho cominciato ad avvertire una certa umidità nei jeans. Non potevo guardare in basso perché il naso mi si impigliava nella recinzione ma, anche se era buio pesto, ho avuto l'assoluta certezza di essermi **bagnato i pantaloni**. Ho lanciato un gemito, sperando che nessuno se ne fosse accorto.

– Tutto bene? – ha chiesto papà, puntando su di me il fanalino della bici. – E questa cos'è? –. Ha sfilato qualcosa dalla tasca posteriore dei miei jeans. – Ecco dov'era la chiave! – ha detto trionfante, agitandola in aria. – Santa pace, Max!

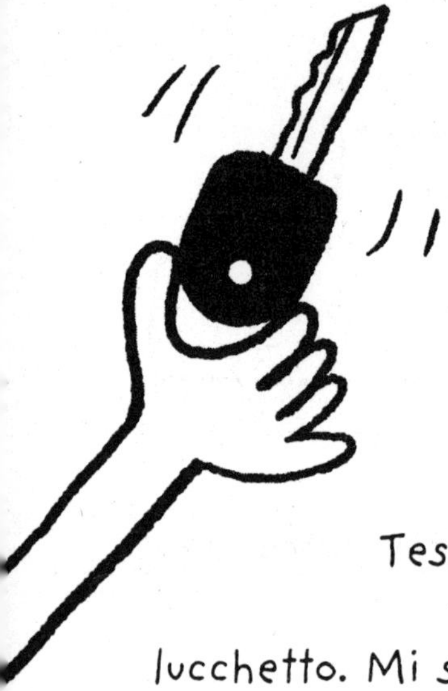

– Lo dicevo io che te l'avevo ridata! – ha esclamato Tessa, mentre papà apriva il lucchetto. Mi sono sentito un perfetto idiota. Con i jeans bagnati di pipì.

Una volta libero, ho fatto qualche goffo passo indietro, sperando che le chiazze sui pantaloni passassero inosservate nell'oscurità.

Sfortunatamente, papà aveva un occhio d'aquila. – Caspita, Max, hai sbagliato mira – ha detto.

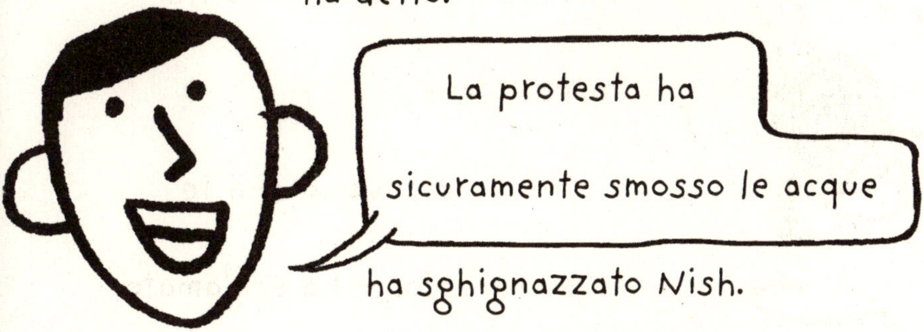

ha sghignazzato Nish.

– Non ce l'ho fatta a trattenerla, zuccone! – ho ribattuto indignato. Ero così rosso di vergogna che la faccia mi brillava nel buio.

Vedendomi in imbarazzo, Nish ha smesso di ridere.

– Scusa, Max. Certo, non è

facile andare in bagno stando incatenati a una recinzione.

– Non preoccuparti – ha aggiunto in fretta papà. – Sono cose che capitano. Ora andiamo via.

Abbiamo raccolto i cartelloni e seguito papà che spingeva a mano la bici. Dopo aver accompagnato Nish e Tessa, siamo finalmente arrivati a casa, dove mi sono fatto una doccia e ho mangiato un panino. Non vedevo l'ora di infilarmi a letto. Ma la mamma e il papà mi hanno fatto un LUNGO pistolotto sull'importanza di comportarmi in modo responsabile e dire sempre quello che faccio, soprattutto quando ho in mente di incatenarmi a una recinzione. Ero così stanco che mi sono limitato a fare di sì con la testa.

Alla fine, mamma mi ha accompagnato a letto. Mi ha chiesto se fosse valsa la pena di organizzare la manifestazione. Aveva avuto successo? Ero talmente sfinito che non lo sapevo neanch'io.

La mattina dopo mi sono svegliato troppo presto, ancora stanco.

Sapevo che non sarei riuscito a riaddormentarmi, così mi sono trascinato giù dal letto e sono sceso di sotto.

Papà era in cucina. – Ah, Max! Buongiorno.

Ti sei svegliato presto per sfuggire ai cacciatori di autografi?

Era una frase senza senso, come la maggior parte delle sue battute. – Che vuoi dire? – ho chiesto perplesso.

– A quanto pare, sei diventato **famoso**. Per un quarto d'ora, per lo meno –. Mi ha passato il giornale locale. Il titolo diceva:

Sotto c'era una grande foto di ME incatenato alla recinzione e un articolo che citava le mie parole su Campo di Rovi.

– Bravo! Ben fatto! – ha approvato papà. – Se devo dirla tutta, vederti incatenato non mi entusiasma più di tanto, ma sembra che stavolta abbia funzionato. Sei riuscito a **fare notizia!**

Aveva ragione. Mi ero svegliato non sapendo cosa aspettarmi, ma il risultato era grandioso. La protesta era stata un successone!

Mi si è scaldato il cuore. PUPU stava facendo progressi!

Mentre mi preparavo i cereali con il latte, papà mi ha lasciato usare il suo telefonino per condividere l'articolo su Datacroc. Ero elettrizzato: lo avrebbero letto **tutti!**

Infatti, nel giro di pochi minuti, ho ricevuto un'infinità di **Mi piace.**

Quando sono arrivato a scuola, qualcuno ha gridato: – Come sta il piccolo attivista? –. E tutti si sono radunati intorno a me, sparando domande sulla protesta e sull'effetto che fa

stare incatenati a una recinzione. Io ho raccontato tutta la storia (sorvolando sulla parte dei jeans bagnati...), poi ho notato che Danny Belter mi stava fissando intensamente, come un gufo irascibile che soffre d'insonnia. Ho lasciato il gruppo e mi sono avvicinato a lui un po' intimorito.

— Ciao, Danny. Ecco qui il tuo antifurto — ho detto, tirandolo fuori dallo zaino. — Scusa

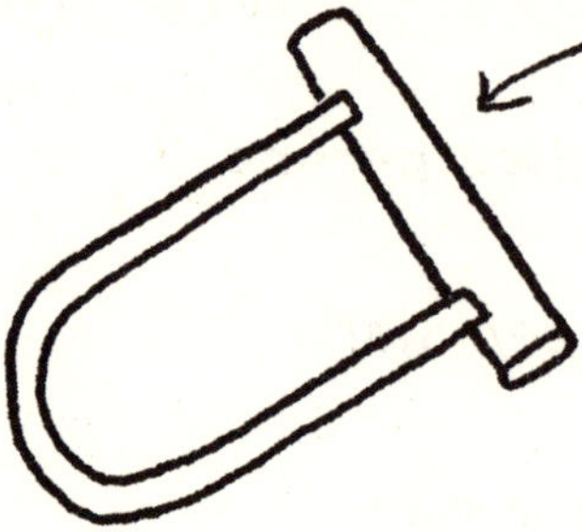

Tirato a lucido

se l'ho preso senza chiederti il permesso, ma... ne avevo bisogno.

Mi sono preparato a una sfuriata di quelle rare, ma con mia grande sorpresa è andata diversamente.

– Ok – ha risposto. – Mi piace tanto quel posto, sai?! A volte ci vado anch'io e mi sento... felice. Spero tu riesca a salvarlo –. Mi ha salutato con aria solenne ed è andato via.

Sono rimasto di stucco. Non avrei mai pensato che Danny frequentasse Campo di

Rovi. Ma se riusciva a rendere felice perfino lui, allora era un posto davvero speciale!

È stata una giornata fantastica: i miei compagni non hanno fatto altro che congratularsi e parlare dell'articolo. Mi ha riempito di orgoglio vederli tutti così motivati.

Be', *quasi* tutti. Mentre stavo per tornare a casa, mi sono sentito chiamare da una voce fin troppo nota. – Max Twyford! Devo dirti una parola! –. Mi sono girato con un sospiro rassegnato e ho visto il preside spuntare **minaccioso** all'orizzonte.

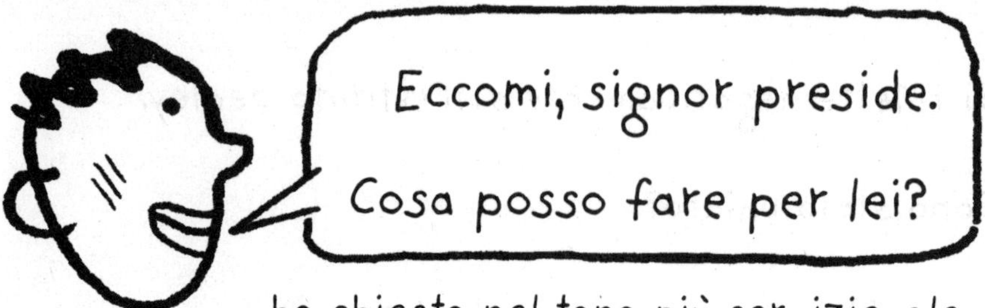

ho chiesto nel tono più servizievole possibile.

— Smetterla di incatenarti alle recinzioni! Sei su tutti i giornali! Inconcepibile!

— Ma non l'ho fatto in un giorno di scuola! — ho obiettato.

— Trafficare con le recinzioni è *sempre* deplorevole, Max.

Si riflette negativamente sull'Istituto Jedley.

Sono stato chiaro?

– Sì, signor preside – ho borbottato.

Poi mi sono allontanato con i miei amici senza più pensare a lui.

– Allora, che effetto fa essere un **eco-eroe?** – ha chiesto Nish. – La tua foto finirà accanto a quelle degli attivisti che ci hai fatto vedere.

– Non ci giurerei – ho riso. – Comunque, quello che conta non è fare l'eroe, ma salvare Campo di Rovi. Ci vediamo domani!

Appena arrivato a casa, mi sono fiondato in camera, ho acceso il computer e mi sono collegato a Datacroc. **Pazzesco!** Il mio post era stato condiviso a manetta e aveva

448 Mi piace. C'erano parecchi commenti, alcuni positivi, altri un po' meno e altri decisamente brutti. Leggerli tutti mi faceva girare la testa, così mi sono limitato a contare i "Mi piace". Un paio d'ore dopo, erano diventati 602. E prima di andare a letto, quasi

800!

Dopo tutte quelle ore passate su internet, non riuscivo a prendere sonno. Così sono rimasto sveglio con la mente brulicante come un vecchio calzino pieno di pulci.

Ho cercato di non pensare ai commenti negativi, ma era più facile a dirsi che a farsi. Tutti quei "Mi piace" improvvisamente sembravano così... **vuoti**. Erano davvero importanti? Potevo anche avere un miliardo di followers, ma se nel mondo reale avessero costruito quel centro uffici, significava che avevo fallito.

Il giorno dopo sono sceso a colazione stanco e demoralizzato.

— Buongiorno, VIP! — mi ha salutato allegro papà entrando in cucina. — Come va oggi?

— Tutto ok — ho farfugliato senza entusiasmo con

la bocca piena. Non mi sentivo un VIP, e a dire la verità neanche ci tenevo a esserlo. Papà ha capito che non ero dell'umore giusto e mi ha lasciato in pace. Così, dopo avere spazzolato le ultime briciole, sono uscito per andare a scuola.

Campo di Rovi era sulla bocca di tutti, ma non era abbastanza. La protesta era appena iniziata, dovevo escogitare un piano per la **seconda fase**. Ho passato la mattina a lambiccarmi il cervello senza tirare fuori neanche un'idea.

Dopo pranzo, quando sono uscito in cortile con i miei compagni, la prof Friggibully è venuta a cercarmi. – Devo dirti una parola, Max –. Ho scambiato uno sguardo interrogativo con Nish e Tessa. Di che si trattava?

– Un altro giornalista? – ho chiesto.

– No, una persona molto più interessante! Vieni con me.

L'ho seguita in aula, dove ci aspettava una donna con un grande cappello in bilico sulla chioma riccia. Aveva un fiorellino infilato nel risvolto della giacca e due occhi sorridenti.

— Ehi! Tu devi essere Max. Piacere, Holly Pooter. Sono una studiosa di ambienti palustri e ci tenevo a conoscerti. Ho letto tutto sulla tua protesta e quello

che hai detto sui tritoni mi ha incuriosita.

Sono la mia specialità!

— Quindi, lei è una... tritonologa? — ho chiesto.

— Mmm... sì, effettivamente si potrebbe dire così — ha sorriso. — Sono la direttrice scientifica di PROT-Proteggiamo i Tritoni, un'associazione che da anni si batte per salvaguardare il loro habitat naturale. Allora, dimmi tutto della tua campagna. Sono curiosissima!

Ha cominciato a farmi un sacco di domande

su Campo di Rovi e io le ho parlato della fauna locale e soprattutto dei tritoni. Glieli ho descritti come meglio potevo: la cresta sulla schiena e la coda, la pelle bitorzoluta

Il grande libro dei piccoli tritoni

e le macchie nere da leopardo sulla pancia.

Lei mi ha ascoltato con attenzione, prendendo appunti, poi mi ha chiesto di disegnarle una mappa, indicando con una croce gli stagni dove li avevo avvistati.

— Perfetto! È come una mappa del tesoro — ha detto raggiante. — Grazie, Max. Andrò a vedere se c'è qualcosa di interessante.

— Ma come farà a entrare? Il terreno è tutto recintato — ho obiettato.

— Nessun problema. Una tritonologa esperta non si fa certo scoraggiare da una recinzione! – ha replicato lei facendomi l'occhiolino. – Grazie per il tuo tempo, Max. Sei stato di grande aiuto. Devo dire che hai proprio una vista d'aquila. Continua così!

Ci ha salutati sfiorando la tesa del cappello ed è uscita.

La conversazione aveva esaurito quasi tutta la ricreazione ed era già ora di riprendere le lezioni. Ma non mi importava, perché parlare con Holly era stato fantastico. Adesso avevamo dalla nostra parte una **vera scienziata!**

Quel pomeriggio, in aula, la mia fantasia sbrigliata ha fatto gli straordinari. Mentre facevo finta di ascoltare la lezione, i pensieri mi ronzavano in testa come tante mosche che sbattevano contro una finestra.

Non vedevo l'ora che suonasse la campanella per parlare con i miei amici. Mentre tornavamo a casa, ho raccontato loro dell'incontro con la tritonologa.

– Uniremo le forze con Proteggiamo i Tritoni – ho annunciato. – Sarà un'alleanza anti-cemento!

– **PUPÙ** e **PROT!** Che accoppiata – ha sghignazzato Nish. – Cosa ne verrà fuori?!

– Ottima domanda! –. E gli ho spiegato il mio piano, che era semplicemente geniale (me lo dico da solo). – Organizzeremo un sit-in! Ci travestiamo da tritoni e ci sediamo nella piscina gonfiabile di Lily con uno striscione che dice: SALVATE GLI STAGNI! Potremmo anche distribuire i volantini e invitare Holly per parlare alla gente di ambienti palustri. Che ne dite?

— Almeno, se ti scappa la pipì nessuno ci farà caso — ha ridacchiato Nish, ma io l'ho zittito con un'occhiataccia.

— Non starlo a sentire — ha detto Tessa. — Piuttosto, come ci travestiamo da tritoni?

— No problem! — ho risposto. — Danny Belter ha un pigiama a forma di dinosauro, che è *sufficientemente* simile a un tritone. Lo prenderemo in prestito!

— Un pigiama a forma di dinosauro?! — ha esclamato Nish. — E tu come lo sai?

— Sua sorella ha messo una foto su Datacroc. Lui gliel'ha fatta togliere, ma ormai era troppo tardi!

— Mmm... Chiedere al tipo più scorbutico del mondo di prestarci una cosa che vuole tenere segreta? La vedo dura — ha obiettato Tessa. — Soprattutto dopo che gli hai sgraffignato l'antifurto della bici.

— Preso *in prestito*! — ho precisato. — E poi Danny non aveva niente in contrario.

Ci siamo fermati all'incrocio dove di solito ci separavamo. — Comunque, non preoccupatevi: qualcosa m'inventerò – li ho rassicurati. – Ci vediamo domani!

Quella sera mi sono messo d'impegno a progettare un **costume da tritone**, ma non ho fatto grandi progressi. Francamente, l'idea di stare così conciato in una piscinetta davanti a tutti non mi entusiasmava. Però, non potevo più tirarmi indietro. Quel pensiero mi ha assillato tutta la notte, ma il mattino dopo era l'ultimo giorno di scuola e alla fine me ne sono dimenticato.

L'ultimo giorno di scuola è sempre speciale:

si respira aria di buonumore, gli insegnanti sono rilassati e si fanno cose divertenti in classe. Perfino il preside è disposto ad abbozzare un **vero sorriso**.

Al suono della campanella, tutti si sono riversati nel cortile assolato, pronti per le vacanze. Io e i miei amici siamo andati verso l'uscita facendoci strada tra gruppi schiamazzanti di studenti che sciamavano intorno eccitati.

Vedendo tra i genitori in attesa Holly Pooter, sono

rimasto di stucco. Cos'era venuta a fare? Ci ha salutati sfiorando la tesa del cappello e io l'ho presentata a Nish e Tessa.

— Devo dirti una cosa importante — ha iniziato. — Ho visitato gli stagni di cui mi hai parlato e ho visto i tritoni. Che simpatici diavoletti! Sono tritoni crestati, gli unici esemplari da queste parti, una specie protetta!

— Protetta? — ha ripetuto Tessa. — Quindi, nessuno potrà più costruire in quella zona?

— La faccenda è un po' più complicata

di così – ha replicato Holly. – Niente è al sicuro per sempre. Noi ambientalisti dobbiamo stare sempre in guardia. Comunque: ho registrato quel sito come riserva naturale, e finché i tritoni vivono lì, per legge, nessuno può costruirci. Per il momento la zona è

al sicuro!

– Questo significa che non abbiamo più bisogno di vestirci come pagliacci. Grande! – ha esclamato Nish.

– Meno male! – ho fatto eco. Mi girava la testa: che notizia fantastica! La nostra protesta aveva raggiunto l'obiettivo, PUPU aveva vinto! Dovevo dirlo a tutti.

Ho battuto le mani per chiedere silenzio e tossicchiato per schiarirmi la voce. Ascoltate tutti! Ho una notizia importante! Ci ho messo un po' per ottenere l'attenzione dei miei compagni, ma alla fine ho annunciato che Campo di Rovi era salvo.

— Tre urrà per Max! — ha gridato Holly

e tutti hanno urlato in coro: URRÀ!

URRÀ! URRÀ!

— Be', non ho fatto tutto io — ho balbettato imbarazzato. — Mi hanno aiutato in tanti. La signora Potter, Nish e Tessa, e soprattutto... i tritoni.

— Può darsi. Ma sei stato tu a capire per primo l'importanza di quella zona — ha detto Holly. — Se non ti fossi incatenato alla recinzione, quei tritoni si sarebbero estinti!

Gli studenti cominciavano a disperdersi. Era ora di tornare a casa. Ho proposto di fare un salto a Campo di Rovi e Holly ha accettato. Abbiamo fatto la strada insieme, chiacchierando sotto il sole.

Arrivati a Meadow Lane, ci siamo fermati

a guardare il nostro campo. – La toglieranno questa? – ho chiesto, tamburellando con il dito sulla recinzione.

– Lo spero! Ora non è più un cantiere, ma una riserva naturale – ha risposto Holly, e tutti abbiamo annuito soddisfatti.

Poi ha guardato l'orologio. – Ora devo proprio andare. Hanno trovato un rospo raro nello scarico di un parrucchiere e devo dargli un'occhiata. Spero di rivedervi.

Mi raccomando, tenete gli occhi ben aperti: è incredibile quante cose passino inosservate in natura. Godetevi le vacanze!

Dopo di che, la nostra nuova amica si è allontanata in fretta. Ho salutato Nish e Tessa e mi sono avviato verso casa. Mi sembrava di camminare sulle nuvole. Se **Salvare la natura** faceva questo effetto, non vedevo l'ora di riprovarci!

Ero impaziente di raccontare tutto ai miei genitori. Così, appena arrivato, gli ho parlato dei rarissimi tritoni crestati e della simpatica tritonologa e dei suoi complimenti per la mia vista d'aquila (cosa di cui ero particolarmente fiero, lo ammetto). La notizia più bella, però, era che eravamo riusciti a salvare Campo di Rovi.

C'erano così tante cose da dire che non la finivo più di parlare.

— Magnifico! Ottime notizie, Max! — ha esclamato il papà. — Siamo fieri di te. Ci hai creduto fino in fondo e hai vinto.

— E stranamente non hai neanche preso una punizione — ha aggiunto la mamma con una strizzatina d'occhio.

— Ben fatto, tesoro!

Ah, a proposito... Io e papà ci chiedevamo... ora che la scuola è finita... ecco... potremmo pensare alla nostra vacanza. Che ne dici?!

— Sì, abbiamo prenotato — ha annunciato papà, indicando una pila di opuscoli turistici.

Mi sono irrigidito. Fino a quel momento era filato tutto liscio, non volevo rovinare l'atmosfera con un altro battibecco su vacanze tropicali e aerei.

— Guarda qua — ha continuato papà, spingendo verso di me un opuscolo. Al posto di spiagge assolate e palme c'erano foreste, montagne e gente imbacuccata intorno a un falò. — Non andremo all'estero, ma staremo qui in **campeggio**. Quindi niente tropici e niente aerei, Max!

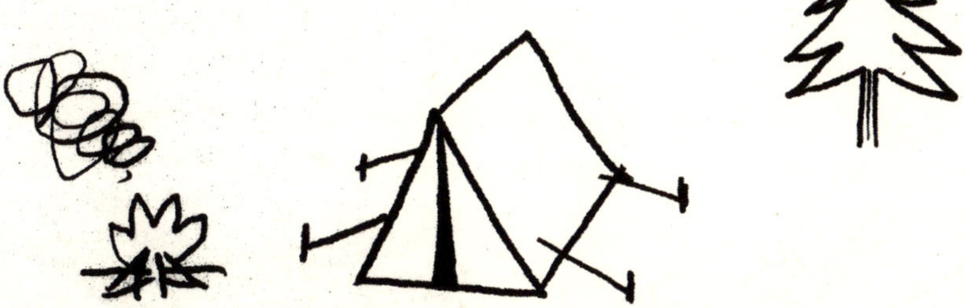

— E soprattutto niente aragoste — ha sorriso la mamma.

— Sicuri? — ho chiesto dubbioso. — Non volevate una vacanza al sole?

— Magari farà bel tempo — ha risposto speranzoso papà.

— Probabilmente pioverà — ha replicato mamma. — Ma va bene anche così. Il camping sembra carino ed è circondato da ettari di campagna. Puoi andare

con papà a esplorarla

e fare birdwatching.

E poi nel paese vicino

c'è una bella sala da tè. Se piove, io mi

rifugerò lì.

Ero rimasto senza parole. Sapevo quanto ci tenevano ad andare al mare in un posto lontano da casa.

— Non sei contento? — ha chiesto il papà, notando il mio silenzio. — Pensi che non ti divertirai?

— Certo che mi divertirò — ho risposto.

– È solo che mi sento in colpa perché non è la vacanza dei vostri sogni.

– Ma noi siamo felici lo stesso – ha detto mamma. – La tua vacanza casalinga ci è piaciuta più di quanto pensassimo. Sappiamo che stai cercando di fare la cosa giusta per l'ambiente e vogliamo **fare la nostra parte**. E poi con i soldi risparmiati pensavamo di comprare un'amaca gigante per il giardino!

– Mitico! – ho esclamato. – Sapete che vi dico?! Per entrare nello spirito vacanziero, metterò il cappello estivo e il costume con i ragnetti.

– Però, lascia stare le padelle – ha aggiunto papà, e insieme abbiamo riso.

Stava andando tutto alla grande. Alla fine, io e i miei amici avevamo salvato Campo di Rovi e dimostrato che cambiare le cose è possibile. Insomma, me la meritavo proprio una vacanza!

Hai letto "Max salva il pianeta"?

Ciao, mi chiamo Max e ho una missione
da compiere:

SALVARE IL PIANETA.

Siccome sono convinto che occorra
fare di tutto perché avvenga
il GRANDE CAMBIAMENTO, ho deciso
di escogitare e mettere immediatamente
in atto alcune *IDEUZZE* tipo:

- Nascondere le chiavi della macchina ai miei genitori (ma ora non chiedetemi perché sono finite nel water...)
- Andare a scuola indossando un sacco a pelo per risparmiare sul riscaldamento
- Piantare alberi all'insaputa del preside... che non ne era affatto contento!

**E tu, vuoi unirti
al CAMBIAMENTO?**

PIÙ SPOSTAMENTI
A PIEDI & IN BICI

Se devi andare lontano, condividi il viaggio con qualcuno. Le auto producono grandi quantità di anidride carbonica.
Se condividiamo i tragitti in automobile o usiamo autobus e treni, inquineremo meno il mondo.
Inoltre siamo più contenti e in salute quando camminiamo o andiamo in bici.

COMPRA MENO COSE
& ABBI CURA DI CIÒ CHE HAI

Molte cose moderne sono fatte con idrocarburi. Per esempio tutte le plastiche e molti degli abiti che indossi sono fatti con derivati del petrolio, il quale però un giorno si esaurirà.

Prima di acquistare rifletti. Ti serve davvero ciò che stai comprando? È meglio riparare le cose e scambiarle o condividerle con gli amici piuttosto che buttarle via e prenderne di nuove.

ABBASSA IL RISCALDAMENTO
& METTITI UNA FELPA

Scaldare le case produce molta anidride carbonica. Se hai freddo puoi indossare una felpa in più. Puoi anche spegnere i termosifoni e le luci quando non sei in una stanza e spegnere il televisore quando non lo guardi.

Queste pagine sono state scritte da Mim Saxl, Low Carbon West Oxford & Eleanor Watts, Rose Hill & Iffley Low Carbon

PROTEGGI LA NATURA
& PIANTA PIÙ ALBERI

Abbiamo bisogno degli alberi poiché assorbono l'anidride carbonica e la trasformano nell'ossigeno che ci serve per respirare! Piantare alberi e avere cura degli animali intorno a noi è una cosa buona e può essere molto divertente!

SPIEGA COME TI SENTI
& PASSA ALL'AZIONE

Molti di noi sono preoccupati o spaventati per il cambiamento climatico. Aiuta molto parlare con parenti e amici di come ci si sente a questo riguardo. Forse anche loro vogliono fare dei cambiamenti! Puoi mettere avvisi in giro, parlare con i tuoi genitori o scrivere agli amministratori del tuo territorio.

MANGIA MENO CARNE E DERIVATI DEL LATTE
& COMPRA PRODOTTI A KM 0

In molte parti del mondo si stanno abbattendo o bruciando alberi per allevare animali da carne. In più le mucche, le pecore e i maiali fanno moltissimi rutti e puzze. Ciò produce metano, che implementa il dannosissimo effetto serra!

Molte delle idee presenti nel libro sono state ispirate dal lavoro del Kids Climate Action Network.

Il sito internet è: kidsclimateaction.org

Tim Allman è cresciuto nel Worcestershire, dove per sua sfortuna non era nemmeno lontanamente informato sulle questioni riguardanti la salvaguardia della natura come lo sono invece i giovani di oggi. Ha studiato botanica e tutela ambientale all'università e in seguito ha abbandonato un lavoro perfettamente adeguato alle sue competenze per unirsi alla protesta contro la costruzione di strade. Ciò ha inaugurato un decennio di impegno come attivista ambientale a tempo pieno e lo ha spinto a dedicare la sua vita intera al cambiamento sociale e ambientale.

Nick Shepherd viene da un piccolo villaggio industriale nello Yorkshire e, malgrado avesse splendide verdeggianti colline a pochi minuti di bicicletta da dove abitava, non c'era niente che gli piacesse di più che stare a casa, giocare ai videogiochi e disegnare buffi personaggi. Dopo molti anni di studio e lavoro non è cambiato molto. Nick ama gli animali: una volta ha salvato due scoiattolini e li ha curati finché non sono totalmente guariti. Ora divide la sua casa, che è anche il suo studio, con il suo gatto, il quale ama passare tutto il giorno seduto sulla sua tastieraaaaaaa.